Roland Weis

Kaltblut

W0338947

Roland Weis

Kaltblut

rombach verlag

© 2024. Rombach Verlag GmbH & Co. KG, Freiburg i.Br.
1. Auflage. Alle Rechte vorbehalten
Umschlag: Bärbel Engler
Satz: rombach digitale manufaktur, Freiburg i.Br.
Herstellung: Rombach Druck- und Verlagshaus GmbH & Co. KG, Freiburg i.Br.
Printed in Germany
ISBN 978-3-7930-6127-4

Inhalt

Vorrede

Lokalreporter Alfred hat genug von Kriminalfällen, von nächtlichen Sauftouren, von Weibergeschichten und vom unsteten Leben als Junggeselle. Seit seine unerwiderte Liebe, die einstige Kollegin Anna, eine kleine Tochter bekommen hat, deren Vater sich aber Richtung Südamerika aus dem Staub gemacht hat, fühlt Alfred sich verantwortlich. Er übernimmt fürsorglich Vaterpflichten und verspricht Anna, ab sofort einen seriösen Lebenswandel zu führen.
Das muss schiefgehen. Wieder einmal wird Alfred in Ereignisse verwickelt, die ihn zwingen, all seine guten Vorsätze über Bord zu werfen. Alles beginnt bei einer touristischen Geisterwanderung in St. Märgen und mit einer Toten, die für manchen in St. Märgen höchst unwillkommene Geister der Vergangenheit heraufbeschwört.
Auch diesmal sind Örtlichkeiten, Personen und Hintergründe nur zum Teil Erfindung. Etliche Protagonisten gibt es wirklich. Wenn St. Märgen nicht erfunden ist, wieso sollte man dann einen erfundenen Bürgermeister dort ins Rathaus setzen. Man nimmt den echten, auch wenn er in diesem Buch vielleicht stärker raucht als normalerweise im echten Alltag. Im Übrigen hat er sich ausdrücklich beim Autor persönlich die Mitwirkung in einem Schwarzwald-Krimi erbeten und so muss er nun auch mit den Folgen leben.
Der Verfasser übertreibt gerne, und deshalb sind die tatsächlich existierenden Personen, die auch diesen Alfred-Krimi wieder bevölkern, nicht alle so leicht zu erkennen wie St. Märgens Bürgermeister. Manche wird der Leser für Erfindungen halten, aber er sollte sich dabei seiner Sache nicht allzu sicher sein. Ansonsten gilt aber: Opfer und Täter sind frei erfunden.

Roland Weis im August 2024

Geisterwanderung

Im Pfisterwald bei St. Märgen geschahen seltsame Dinge. Eine Horde aufgeregter Touristen trabte durch den Wald und verscheuchte Vögel und Eichhörnchen. Der Abend war bereits angebrochen, zwischen den hohen Fichten herrschte gruselige Dämmerung. Das war so beabsichtigt, denn hier fand eine Geisterwanderung der Kurverwaltung statt.
In der freudigen Erwartung, dass man ihnen einen gehörigen Schrecken einjagen werde, drängelten sich mehr als vierzig Teilnehmer hinter dem Führer, der die Schar mit schaurig unterlegter Stimme dirigierte.
Die Erwartungen wurden nicht enttäuscht. Nach den Waldgeistern der Narrenzunft Betzitglunki, einem kopflosen Schimmelreiter und dem beklagenswerten Plattenwiibli erschreckte eine vierte Attraktion die gruselempfänglichen nächtlichen Spaziergänger: eine Leiche. Sie lag den Teilnehmern der Geisterwanderung quasi vor den Füßen. Es war ungefähr an jener Stelle im Pfisterwald, wo ein tief eingeschnittener Hohlweg hinunter zum Waldspielplatz führt. Die Leiche polterte die Böschung herunter in den Hohlweg und blieb zu Füßen zweier vollschlanker Frauen liegen, die, dem Anlass unangemessen, dürftig bekleidet waren, dafür aber umso üppiger tätowiert. Sie trugen auf Schenkel, Busen und Oberarmen jene Art von Tatoos zur Schau, die es einem unmöglich machen, wegzugucken. „Zwei Chantals", kam es dem Lokalreporter Alfred schon beim Start der Geisterwanderung in den Sinn, als er dieser zwei Teilnehmerinnen ansichtig wurde. Sie zwinkerten ihm zu, als sie bemerkten, dass er sie beobachtete. Schnell drehte er sich weg. Die Geisterwanderung war am Klostertor oben im Ort in der Dorfmitte von St. Märgen gestartet, und mitten im Pfisterwald ging sie

jetzt abrupt zu Ende. Die Leiche kam aus dem Nichts, von oben, als hätte sie auf einem Baum gesessen, und sie kullerte über den Weg wie ein Mehlsack, ehe sie vor den Füßen von Wanderführer Sepp zum Liegen kam. Man hörte Rascheln im Unterholz. Jemand entfernte sich schnell. Alle waren viel zu gelähmt vom Anblick der Leiche, als dass sich jemand auf die Verfolgung gemacht hätte.
Die vordere der beiden peinlich tätowierten Frauen sprang erschrocken zurück und rief entzückt: „Boah, was für eine geile Show!"
Ihre Begleiterin zückte das Handy und hielt den unvergesslichen Moment sogleich im Video fest: „Das poste ich auf Insta – ist ja voll krass!"
Auch Alfred fand es krass. Der Lokalreporter von der Neustädter Online-Plattform Goodwood-Wäldernews drängelte sich nach vorne. Er schob einen älteren Herrn beiseite, der mit einer Profikameraausrüstung vom Feinsten behangen war und bereits eifrig fotografierte. Dieser wehrte sich gegen das Weggeschubstwerden: „Mal langsam, junger Mann, ich bin von der Presse!"
„Ich auch!", sagte Alfred energisch und drängelte weiter. Er zückte sein Handy. Aber nicht, weil er diesen verrenkten Körper auf dem Waldboden für eine weitere gelungene Attraktion der Geisterwanderung hielt, sondern weil er sofort erkannte: Das war eine echte Leiche.
Er war nicht der Einzige, der das erkannte. Ein älterer Mann in Shorts, mit weißen Tennissocken in den Sandalen, schob sich an den zwei Frauen vorbei und übernahm wichtigtuerisch die Ordnungsgewalt: „Treten Sie zurück. Vorsicht! Das ist eine Frau."
Entsetzte Schreie und ungläubige Rufe begleiteten seine Worte. Ein paar Kinder begannen zu weinen. Jemand brüllte: „Ruft die Polizei! Nichts anfassen!"

Alfred und der unbekannte ältere Pressekollege knipsten entschlossen um die Wette. Alfred mit seinem ramponierten Handy, der energische Konkurrent mit einer Sony-System-Spiegelreflexkamera im Wert eines Mittelklasse-Gebrauchtwagens.

Sepp, dem Führer der Geisterwanderung, hatte es zunächst die Sprache verschlagen. Jetzt fand er sie wieder: „Meine Güte, das ist ja die Bärbel. Die Baschimattenbieri."

Er beugte sich über den regungslosen Körper und hielt das Ohr nahe ans Gesicht der Frau. Schließlich sah er mit niedergeschlagenem Blick in die Runde und schüttelte den hageren Kopf: „Sie ist tot!"

Zu Beginn der Geisterwanderung hatte der Führer sich als „Sepp" vorgestellt. Manche Teilnehmer kannten ihn und sprachen vom „Stihl-Sepp". Alfred sprach ihn entsprechend an: „Herr Stihl, Sie kennen die Frau? Ist es eine Bekannte von Ihnen?"

„Es ist die Baschimattenbieri", sagte der Stihl-Sepp niedergeschlagen. „Die junge Bäuerin vom Baschimattenhof." Hilflos blickte er in die Baumwipfel. „Was ist nur passiert?"

Der kurzbehoste Mann in Tennissocken gab Antwort: „Sie wurde ermordet. Das sieht doch jeder. Jemand hat die Tote von dort oben auf den Weg heruntergestoßen." Er deutete auf den Kamm des Hohlweges, von wo die Leiche herabgefallen war.

„Ich habe die Polizei gerufen, sie wird gleich kommen", verkündete eine junge Frau, die als Assistentin zu Sepp gehörte. Sie hatte die Teilnehmerliste und zu Beginn der Geisterführung den Eintritt kassiert. Jetzt wedelte sie mit ihrem Smartphone. „Wir sollen nichts anfassen und niemand darf den Ort verlassen."

„Lea, sei so gut und ruf auch den Manfred an", sagte der Stihl-Sepp. „Er soll kommen. Als Bürgermeister muss er das schließlich auch wissen."
Die mit Lea Angesprochene nickte und tätigte den nächsten Anruf. Offenbar wusste sie, wie Bürgermeister Manfred Kreutz zu erreichen war.
Sepp Stihl und der Tennissockenträger, der sich als Willibald Dresen vorstellte, übernahmen den Ordnungsdienst. Sie achteten darauf, dass niemand der Toten zu nahe kam. Die junge Frau, Lea Vorderhalder, half ihnen dabei und beruhigte die Kinder, von denen viele weinten. Der Schreck steckte aber nicht nur ihnen in den Gliedern. Auch die Erwachsenen waren verstört und bleich wie die Geister, für die sie 12 Euro Eintritt bezahlt hatten. Vierzig verstörte Teilnehmer der Geisterwanderung warteten nun im Pfisterwald gemeinsam auf die Polizei, die zwölf Minuten nach der Alarmierung eintraf, fast zeitgleich mit dem Bürgermeister.
Alfred nutzte die Wartezeit, um mit seiner Begleiterin Vanessa Zigaretten zu drehen und zu rauchen und um über die Ereignisse zu rätseln. „Eigentlich soll ich nicht so viel rauchen", gestand er, während er sich bereits den dritten Glimmstängel anzündete.
„Wer sagt das?", wollte Vanessa wissen.
„Anna", erwiderte Alfred. „Sie meint, ich würde meine Gesundheit ruinieren. Wahrscheinlich hat sie recht."
Vanessa verdrehte die Augen. „Wenn Anna pfeift, hüpfst du über jedes Stöckchen", lästerte sie. Natürlich war sie eifersüchtig. Sie wusste, dass Anna Alfreds große Liebe war, die aber stets unerwidert geblieben war. Stattdessen nutzte Anna Alfred aus und spannte ihn als Ersatzvater für ihr neugeborenes Töchterchen Eva Maria Luisa ein. Ihr war nämlich der leibliche Vater abhandengekommen. Ihr Mann Peter Sterzer, ein Berufsfotograf, hatte sich nach Südamerika abgesetzt und

wollte nichts mehr von ihr wissen. Die Scheidung lief. Alfred aber, der Blödmann, so sah es Vanessa, ließ sich von Anna an der Nase herumführen. Sie machte ihm schöne Augen und Hoffnungen, und Alfred fiel darauf herein.
Alfred warf die halb gerauchte Zigarette auf den Waldweg und trat sie aus. Wachsweich erklärte er: „Ich meine, ein bisschen Gesundheitsbewusstsein kann mir nicht schaden."
Demonstrativ zündete Vanessa sich die nächste Kippe an. Sie schenkte ihm einen schiefen Blick.
Vanessa war Alfreds treue Freundin aus Studentenzeiten. Sie führten eine An-Aus-Beziehung. Vanessa liebte Alfred von Herzen und hätte alles für ihn getan. Alfred hingegen konnte sich nicht entscheiden: Liebte er nur ihren Hintern, ihren kleinen Busen, ihre freche Nase, ihre Strubbelfrisur und den Sex mit ihr, oder war es mehr? Sie war klug, unorthodox, politisch unkorrekt, lebte in den Tag hinein und teilte Alfreds Vorlieben für Zigaretten, Kneipen und lange Nächte. Sie hatte ihn zu dieser Geisterwanderung überredet. Sie schrieb gerade ihre Masterarbeit im Fach europäische Ethnologie. Titel: „Geisterglaube und Volksüberlieferung im Hochschwarzwald". Die Geisterwanderung, so hatte sie argumentiert, würde ihr jede Menge Stoff liefern, denn sie gehe auf tatsächliche Ereignisse zurück, die sich im Aberglauben der Landbevölkerung erhalten hätten. Das sei eine Theorie ihrer Professorin Wimpfer-Pifo, die sie nun mit ihrer Masterarbeit zu untermauern gedenke.
Alfred hatte sich zu dieser Geisterwanderung nur widerwillig überreden lassen, aber am Ende eingewilligt, um daraus eine Reportage für sein Online-Portal „Goodwood Wälder-News" zu verfassen. Deshalb schoss er auch unablässig Fotos, zum Beispiel als die Betzitglunki erschienen.
Man muss sich diese Geisterwanderung so vorstellen: 40 Menschen spazieren mit Fackeln lachend und lärmend

durch den dunklen Pfisterwald, bis plötzlich vier maskierte St. Märgener aus dem Gebüsch brechen und „Hu, hu, hu“, schreien, ehe sie wieder im Unterholz verschwinden. Sepp Stihl erklärte dann, dass es sich um Betzitglunkis handele, das seien Nachtgeister, die ihr Unwesen treiben, um Kinder zu erschrecken. Zu dieser Märchengestalt gibt es eine St. Märgener Fasnetfigur, nämlich die Zunft der Betzitglunki. Mit dem Betzitglunki machten früher überall im Hochschwarzwald Eltern ihren Kindern Angst, wenn sie abends nicht vor dem „Angelusläuten“, der Zeit des Abendgebetes, zuhause waren. Denn dies war die Zeit, um ins Bett zu gehen, die Bett-Zeit, auf alemannisch Betzit! Mütter mahnten ihre Sprösslinge gerne: „Kumme jo di recht Zit heim, schonscht holt euch de Betzitglunki.“
Dies alles hatte Alfred recherchiert, bevor er durch den Pfisterwald stolperte. Deshalb erschrak er auch nicht, als vor seiner Nase vier Betzitglunki als erste gruselige Attraktion aus dem Wald polterten. Es handelte sich um Mitglieder der Fasnetzunft gleichen Namens. Sie trugen Masken, die an Halloween-Geister erinnerten, einen zerfransten Hut aus dem Stoff ehemaliger Kartoffelsäcke und ein nach Lodenmantel aussehendes grünes Häs. Außer „Hu, hu“, sagten sie nicht viel. Einer fuchtelte mit einem dürren Ast durch die Luft, einer wälzte sich knurrend auf dem Weg. Der ältere Kameraprofi machte Bilder und stand Alfred im Weg. Das sollte den ganzen Abend so gehen. Dann waren die Geister auch schon wieder verschwunden. Später tauchten sie auf ähnliche Weise noch mehrfach aus dem Unterholz auf.
„Sie sollten eines der Kinder entführen“, übte Alfred Kritik. „Das würde ihre Glaubwürdigkeit stark erhöhen.“
Vanessa hatte sich bei ihm eingehakt. Sie bildeten das Ende der Schlange. Weit voraus ging Sepp Stihl, der Führer. Ihm auf dem Fuß folgte der Fotograf, dahinter ahnungslose Tou-

risten und aufgeregte Kinder, die mit freudigem Grusel all seinen Ausführungen folgten. Nach hinten hin zerfledderte die Teilnehmerschar. Die Raucher bildeten den Schluss. Hinter Alfred und Vanessa, die sich eigentlich als Schlusslichter wähnten, kamen kurz vor dem Zwischenfall mit der Leiche zwei Männer gehastet. Beide steckten in beigegrauen Anzügen, die so gar nicht zum Anlass passen wollten. Sie überholten Alfred und Vanessa grußlos. Beide trugen dunkle Sonnenbrillen, als wäre es im Pfisterwald nicht schon finster genug.
Vorsichtig sah Vanessa sich um: „Hoffentlich kommt jetzt niemand mehr. Ich möchte endlich eine rauchen."
„Im Wald verboten", belehrte Alfred.
Sie ignorierte den Einwand, blieb stehen zündete sich eine Zigarette an und bot Alfred ebenfalls eine an. Er griff zu. Man musste schließlich nicht jeder Versuchung widerstehen.
Plötzlich raschelte es neben den beiden im Gebüsch und eine leicht zerzauste Frau erschien. Sie ordnete sich das Haar und blickte sehr ertappt aus der freizügigen Wäsche. Sie trug keinen BH, wie Alfred sofort sachkundig erkannte, denn unter einem hellen T-Shirt mit der Aufschrift „Adidas" wippten ihre zwei beachtlichen sekundären Geschlechtsmerkmale. Außerdem trug sie einen unanständig kurzen Minirock und ansonsten nur noch Flip-Flops. Sie sah aus, als komme sie soeben aus dem benachbarten Waldbad, nicht aber wie jemand, der sich zu einer Abendwanderung im Wald hergerichtet hat.
„Sie hat heimlich Pippi gemacht", mutmaßte Vanessa.
Alfred widersprach: „Für mich sieht sie eher so aus, als hätte sie im Gebüsch jemanden unter ihren Rock gelassen."
„Auf jeden Fall sind hier seltsame Leute unterwegs", meinte Vanessa kopfschüttelnd. „Man weiß nicht, wer einem mehr Schrecken einjagt, die Geister oder die Teilnehmer der Geisterwanderung."

Angelockt durch einige erschrockene Rufe und ein kollektives Raunen schlossen sie wieder zur übrigen Gruppe auf, die eine kleine Waldlichtung erreicht hatte. Dort bildeten sie einen Halbkreis um ein flackerndes Lagerfeuer, an dem eine seltsame Gestalt stand, eine Mischung aus Lederstrumpf und Catweazle. Das war das Plattenwible, wie Sepp Stihl erklärte. Bei der Figur des Plattenwible handelte es sich um die historisch authentische Josefa Schuler, die zu Beginn des 20. Jahrhunderts als Einsiedlerin in den Wäldern zwischen St. Märgen und dem Plattensee bei St. Peter gehaust hat. Die Figur am Feuer rührte mit einem Stock in den Flammen, schmauchte eine Pfeife und erzählte ihre Lebensgeschichte. Alfred verstand so viel, dass das leibhaftige Plattenwible um 1890 von einem Kuhhirten eine uneheliche Tochter bekommen hatte, die aber als Fünfjährige an Diphterie starb. Das verkraftete die Mutter nicht, sie wurde schrullig und wunderlich, schlief nicht mehr im Bett und lebte vom Verkauf selbstgemachter Reisigbesen. Das brachte ihr auch den Beinamen „Kandelhexe“ ein. Zu jeder Jahreszeit lief das Plattenwible barfuß durch die Gegend. Sie trug drei Röcke übereinander und einen ausgebeulten Männerhut auf dem Kopf. Nach und nach rankten sich Legenden um sie, etwa dass sie sich von selbstgefangenen Fröschen ernähre und den Bauern nachts das Kirschwasser aus dem Schrank stehle. Begegnete sie Wanderern, so schnorrte sie stotternd Geld und Tabak. Das tat jetzt auch die Darstellerin, die vom Feuer weg in die Reihen des Publikums ging und ihren zerknautschten Hut kreisen ließ. Alfred warf eine Zigarette hinein, die er sich soeben gedreht hatte.
Aus den Augenwinkeln beobachtet er gleichzeitig die Frau im Minirock, die aus dem Gebüsch gekommen war. Sie sah eine Spur zu billig und aufreizend attraktiv aus. Alfred schätzte, dass sie knapp dreißig war, also etwa in seinem Alter. Sie warf

großzügig mehrere Geldscheine in den Hut, den das Plattenwible herumgehen ließ.
Nach dem Plattenwible lenkte Sepp Stihl die Teilnehmer der Geisterwanderung bergab Richtung Kinderspielplatz. Doch bevor sie dort anlangten, erklang Hufgetrappel und eine Horde mit weißen Umhängen bekleideter Reiter sprengte den Waldweg herunter. Die Touristenschar brachte sich links und rechts des Weges auf der Böschung in Sicherheit. Auch Alfred und Vanessa kraxelten hinauf, doch die vier Reiter in ihren weißen Leintüchern machten auf einer Waldlichtung Halt und ließen ihre Pferde im Kreis traben. Die Reiter sahen aus wie Mitglieder des Ku-Klux-Klan, mindestens aber wie Teilnehmer eines Hemdglunkiumzugs. Einer der vier Berittenen trug die Attrappe eines Kopfes unter dem Arm. Es sollte so aussehen, als besäße er keinen eigenen Kopf, allerdings hatte er zwei biertellergroße Löcher in seinen weißen Umhang geschnitten, hinter denen Augen, Augenbrauen und ein Stück Nase hervorschauten. Die Täuschung war also eher mäßig gut gelungen.
Der Mann mit Sandalen und Tennissocken kam neben Alfred zu stehen und erklärte ungefragt: „Das sind Mitglieder vom Reit- und Fahrverein. Schauen Sie sich nur die Gäule an. Das sind keine Reitpferde, sondern Bierkutscher!"
Die Schimmelreiter hielten ihre Pferde an und ließen sich kurz besichtigen. Die Tiere waren unruhig. Sie witterten mit ihren Nüstern in den Himmel und wieherten beinahe synchron. Von fern aus dem Wald wurde das Wiehern beantwortet.
Alfred hatte von Pferden so viel Ahnung wie ein Ochse vom Schlittschuhfahren, aber trotzdem musste er dem Mann Recht geben. Die braunen Rosse, auf denen die Hemdglunki saßen, waren breit und stämmig, prächtige Exemplare mit stämmigen Beinen und kräftigem Hals. Sie besaßen einen

langen Schweif und eine helle Mähne. Wenn die Tiere laut schnaubten und dazu ihren Kopf schüttelten, wie sie es jetzt auf der Lichtung taten, hätte man sich nicht gewundert, wären Feuerzungen aus ihren Nüstern gekommen.
„Es sind Schwarzwälder Kaltblutpferde“, erklärte Lea Vorderhalder, die Assistentin von Führer Sepp Stihl. „Diese Pferderasse ist bei uns in St. Märgen und im gesamten Südschwarzwald heimisch. Füchse, Schwarzwälder Füchse. Man hat sie früher für die Waldarbeit gezüchtet.“
All diese kurzen Szenen der Geisterwanderung gingen Alfred jetzt wieder durch den Kopf, als er zusammen mit Vanessa dabei zuschaute, wie die mit mehreren Streifenwagen angerückte Polizei mit Trassierband jenen Platz abriegelte, wo die aus dem Wald gefallene Leiche lag. Aus einem der Streifenwagen stieg St. Märgens Bürgermeister Manfred Kreutz aus, ein mittelgroßer Mann mit kurzgeschnittenen weißen Haaren. Er kam im legeren Anzug, der ihm aber über dem Bauch etwas spannte, und den er deshalb nach dem Aussteigen erst einmal zurechtrücken musste, wie Alfred aufmerksam registrierte. Kreutz grüßte nach allen Seiten und bückte sich dann unter dem Flatterband hindurch. Sepp Stihl nahm ihn in Empfang, der Führer der Geisterwanderung. Flüsternd setzte er ihn ins Bild.
Eine junge Streifenpolizistin gab Anweisungen, dass die Teilnehmer der Geisterwanderung den Ort vorerst nicht verlassen durften. Von jedem wurden die Personalien aufgenommen und eine erste Zeugenaussage protokolliert. Das dauerte. Es vergingen beinahe zwei Stunden. Inzwischen hatten sich auch die Betzitglunki, das Plattenwible und die vier berittenen Hemdglunki eingefunden. Sie hatten ihre Masken abgelegt und man sah in die erschrockenen Gesichter von vier jungen Männern, die sich flüsternd unterhielten. Soweit Alfred mithören konnte, kannten sie alle die Ermordete. Ei-

ner der Betzitglunki sagte: „Erst gestern war ich noch bei ihr und hab ihre Heizung in Ordnung gebracht. Und jetzt sowas …“

Als Alfred endlich bei der Polizei an der Reihe war und zu diesem Zweck in einen Kleintransporter dirigiert wurde, wo ein Beamter vor seinem Laptop saß und die Aussagen zu Protokoll nahm, fiel ihm nicht allzu viel ein.

„War die Leiche von einem Baum heruntergefallen?“ Er konnte es nicht sagen. „War sie die Böschung heruntergekugelt?“ Auch das wusste er nicht. „Lag sie schon auf dem Weg, als die Gruppe die Stelle erreichte?“

„Keine Ahnung!“, sagte Alfred ehrlicherweise. „Ich war ganz hinten, einer der Letzten. Ich habe nichts gesehen, nur die Schreie und das aufgeregte Lärmen gehört.“

„Ist Ihnen irgendetwas aufgefallen? War jemand von den Teilnehmern der Geisterwanderung seltsam oder komisch?“

Alfred verneinte. Er schielte nach dem Tablet des Polizisten, um zu erkennen, was dieser eintippte.

„Wo ist Junkel?“, fragte Alfred.

„Hä? Wie? Was meinen Sie?“

„Kommissar Junkel von der Kripo in Freiburg? Er ermittelt doch normalerweise im Hochschwarzwald. Ich habe ihn noch nicht gesehen.“

„Ach Sie meinen den alten Siegfried Junkel. Den gibt es nicht mehr. Der ist dienstunfähig“, erklärte der Polizeibeamte freimütig. „Irgendwas mit der Lunge. Reha in Höchenschwand. Der kommt bestimmt nicht mehr in den Dienst zurück. Die Ermittlungen leitet Kriminaloberkommissarin Schwänzel.“

Alfred verdaute die Information: Sein alter Kumpel und Rivale Junkel in der Reha in Höchenschwand! Der alte Saufkopf! Jetzt büßte er für seinen Lebenswandel. Alfred besaß neuerdings eine Sensibilität für Gesundheitsthemen. Seit ihn Anna unter ihre Fittiche genommen hatte. Sie bläute ihm tagtäglich ein, was gesund und was schädlich für ihn war. „Und denk an das Baby“, pflegte sie mit Blick auf ihren Säugling zu mahnen, obwohl Alfred nicht einleuchtete, was seine Rauchgewohnheiten mit dem Wohlbefinden der kleinen Eva Maria Luisa zu tun haben sollten.

Gesund leben

Das kleine Bistro, das Alfred und Vanessa schließlich in St. Märgen fanden, hieß Waldkuchi und befand sich direkt an der Ecke zwischen Rathaus und Kloster. Fast zwei Stunden hatte es gedauert, bis die Polizei drunten im Pfisterwald die Personalien sämtlicher Teilnehmer der Geisterwanderung aufgenommen hatte. Der Wald war immer noch ausgeleuchtet wie die Allianz-Arena und Dutzende von Beamten streiften auf Spurensuche durchs Unterholz, vermutlich die ganze Nacht, wie Alfred von Kriminaloberkommissarin Evelyn Schwänzel erfahren hatte. Die Ermittlerin der Kripo Freiburg, eine fesche Mitdreißigerin mit Kurzhaarfrisur, hatte resolut Regie geführt, die Vernehmungen in die benachbarte Schwarzwaldhalle verlegt, Bürgermeister Manfred Kreutz und Wanderführer Sepp Stihl mit diversen Aufgaben betraut und sich Alfred vorgeknöpft: „Sie haben fotografiert und unsere Beamten kennen Sie. Man hat mir gesagt, Sie sind von der Presse. Um es gleich zu sagen: Ich gebe keine Auskünfte, Sie müssen sich an die Staatsanwaltschaft wenden."
Alfred hatte der Oberkommissarin ins Gesicht gegrinst und frech geantwortet: „Ich brauche keine Auskünfte. Ich war ja selbst dabei. Wahrscheinlich weiß ich mehr als Sie!"
Evelyn Schwänzel kniff die Lippen zusammen und dachte nach. Dann kritzelte sie etwas in ihren Notizblock und lächelte dabei. Alfred war leicht verunsichert. Die Frau strahlte eine beängstigende Selbstsicherheit aus. Sie hatte ein klares, markantes Gesicht, eine kühle Schönheit, nicht unattraktiv, aber auf keinen Fall Alfreds Typ. Der kranke Kommissar Junkel wäre ihm als Ermittler lieber gewesen. Mit dem konnte er wenigstens rauchen. Die Schwänzel trank Tee aus einer mitgebrachten Thermoskanne. Sie notierte sich Alfreds

Handynummer und entließ ihn aus der Vernehmung, die sich für Alfred wie ein Verhör angefühlt hatte, mit den Worten: „Kommen Sie bloß nicht auf die Idee, sich in die Ermittlungen einzumischen. Sie haben in der Vergangenheit genug Unheil angerichtet."

„Sie vermuten also ein Gewaltdelikt?", kombinierte Alfred laut.

Sie sah ihn streng an. Der Blick besagte: Halt dich raus!

Alfred grinste arglos: „Ich habe also Recht?"

„Sie können jetzt gehen, vielen Dank", sagte die Oberkommissarin kühl

„Ich habe eine Aufklärungsquote von einhundert Prozent", protestierte Alfred, während ihn ein Polizeibeamter aus der Schwarzwaldhalle komplimentierte. Draußen wartete Vanessa auf ihn, die ihre Vernehmung bereits hinter sich hatte.

„Und", fragte Vanessa, als sie sich in der Waldkuchi auf hochbeinigen Hockern an einem schmalen Tisch gegenübersaßen, „wirst du dich in die Ermittlungen einmischen?"

„Erstmal müssen es Ermittlungen sein. Was ist, wenn die Tote an Herzinfarkt gestorben ist? Oder vielleicht hatte sie einen Schlaganfall. Vielleicht ist sie auch nur unglücklich gestürzt?"

Sie tranken Bier und studierten die Speisekarte, während sie den Abend noch einmal Revue passieren ließen.

„Wie nahe warst du an der Toten dran?", fragte Alfred.

Vanessa zuckte mit ihren schmalen Schultern: „Weiß nicht genau. Ein Meter, zwei Meter."

„Ist dir was aufgefallen?"

Alfreds Freundin überlegte, kam aber zu keinem Ergebnis. Sie schüttelte den Kopf und meinte mit Blick auf die Speisekarte: „Ich nehme die Sommer-Tarte. Blätterteig mit Tomaten und Zucchini-Ziegenkäse"

Alfred verdrehte die Augen: „Vegan, oder?"

„Ja, das ist gesund. Und klimafreundlich."
„Was ist an Blätterteig klimafreundlich", nörgelte Alfred. „Das ist Augenwischerei."
Vanessa machte mit beiden Händen eine Abwehrbewegung: „Lass uns diese Diskussion ein andermal führen. Ich habe heute nicht den Nerv dazu."
Sie kannte Alfred und seine ziemlich rückständigen Essgewohnheiten. Von Salat und Gemüse hielt er wenig, mit vegetarischen oder gar veganen Angeboten konnte man ihn jagen. Bei ihm musste es deftig sein. Speck hielt er für ein Grundnahrungsmittel, Fleisch für unverzichtbar. Er bestellte eine Portion Wurstsalat und moserte, nachdem die Bedienung die Bestellung aufgenommen hatte: „Ein echter Schwarzwälder wie ich verhungert hier." Demonstrativ klopfte er auf die Speisekarte und zählte auf: „Gefüllte Kohlrabi mit Rahmgemüse, Zucchini im Bergkäse-Ei-Mantel, Musmehlcrème mit Zwetschgenröster, Eintopf mit Auberginen, Tomaten und Kichererbsen, Tomaten-Bauernbrotsuppe mit Leindotteröl ..."
„Du bist gar kein echter Schwarzwälder", widersprach Vanessa, die wusste, dass Alfred erst vor ungefähr zehn Jahren in den Schwarzwald gezogen war. „Du kannst gar nicht mitreden. Das sind alles alte Schwarzwälder Rezepte."
Alfred wechselte das Thema: „Da war doch so ein Mann in Tennissocken. Der stand direkt bei der Toten. Als Erster. Erinnerst du dich?"
„Ja! Das war der Typ, der gleich so auf wichtig gemacht hat. Er hat sich als Willibald Dresen vorgestellt."
„Genau den meine ich", bestätigte Alfred. „Der hat sich so breitbeinig vor die Tote gestellt als wäre sie sein Eigentum. Und dann hat er sofort gesagt: Sie wurde ermordet. Ist das nicht seltsam? Woher wollte er das so genau wissen?"
Das Essen wurde gebracht. Alfred beäugte misstrauisch Vanessas Blätterteig-Tarte, fand aber nichts mehr zu bean-

standen. Während er im Akkord seinen Wurstsalat schaufelte und dabei bereits das zweite Bier hinunterschüttete, kam er auf den Todesfall im Pfisterwald zurück: „Man kann mit einem ersten flüchtigen Blick nicht erkennen, ob ein Mensch ermordet wurde oder nicht. Höchstens, er hat ein blutiges, rundes Loch in der Stirn. Aber dieser Kerl, dieser Wendelin Dresen …"
„Willibald Dresen", verbesserte Vanessa.
„Meinetwegen. Dieser Willibald hat sofort gewusst: Sie wurde ermordet. Das ist verdächtig. Das konnte er gar nicht wissen."
„Vielleicht ist er Arzt?"
„Er sah nicht aus wie ein Arzt. Eher wie ein Teppichklopfer!"
„Was ist denn ein Teppichklopfer?" Vanessa kicherte amüsiert.
„Das ist so ein Kerl, der am Samstagnachmittag in Sandalen und Tennissocken im Garten steht und an der Teppichstange den Perser aus dem Wohnzimmer klopft."
„Wie könnten wir herausfinden, was er wirklich ist?"
Alfred seufzte gespielt: „Du willst also auch wissen, was da los war, nicht wahr? Die Oberkommissarsfregatte hat mir verboten, mich in den Fall einzumischen."
„Das hat dich doch noch nie abgehalten. Du bist Journalist. Du warst dabei. Es ist doch völlig normal, es ist sogar deine Pflicht, dich einzumischen. Komm bloß nicht mit faulen Ausreden."
Alfred fasste Vanessa über dem Tisch bei beiden Händen: „Also nun mal im Ernst. Wenn das ein Mord war, und danach sieht es ja wohl aus, dann müssen wir diesem Willibald Dresen auf den Zahn fühlen."
„Außer seinem Namen haben wir nichts", meinte Vanessa leicht resigniert.
„Oh doch", widersprach Alfred. „Wir wissen zum Beispiel, dass er ein Spießer ist. Kein normaler Mensch rennt in San-

dalen mit Tennissocken herum. Außerdem hat er an der Geisterwanderung teilgenommen. Erinnerst du dich, wir mussten uns anmelden und dabei Name, Adresse und Telefonnummer angeben. Bestimmt gibt es irgendwo eine Teilnehmerliste. Da muss er auch draufstehen."

„Bei der HTG, der Hochschwarzwald Tourismus Kurverwaltung", schlug Vanessa vor. „Die Geisterwanderung wurde von der HTG organisiert. Dieser Sepp Stihl, der Führer, der hat die Namen abgehakt, das habe ich gesehen. Und Lea Vorderhalder, die junge Frau, die hat sie ihm dann abgenommen. Einer von den beiden muss die Liste haben."

Sie wurden abgelenkt, denn in diesem Moment betrat Bürgermeister Manfred Kreutz das Lokal. In seiner Begleitung befand sich eben jene Lea Vorderhalder, die junge Frau, die sie bei der Geisterwanderung kennengelernt hatten. Sie hatte die Kinder beruhigt, erinnerte Alfred sich. Und sie hatte ihn über Kaltblutpferde aufgeklärt. Offenbar hatte nun auch der Bürgermeister die Vernehmungen vor Ort überstanden. Alfred sah auf die Uhr. Es ging auf Mitternacht zu. Da die Waldkuchi schon deutliche Signale Richtung Feierabend aussandte, Stühle schon zusammengeschoben wurden und außer Alfred und Vanessa keine Gäste mehr anwesend waren, steuerte der Bürgermeister zielsicher auf ihren Tisch zu. „Dürfen wir uns dazusetzen?", fragte er und nahm Platz, ohne eine Antwort abzuwarten. Zu dem Mann hinter der Theke, der mit einem „Guten Abend Herr Bürgermeister" gegrüßt hatte, sagte er mehr befehlend als fragend: „Es gibt doch noch was, Mathias, oder? Nur ein schnelles Bier. Das war wieder mal ein verdammt harter Tag."

„Sie meinen den Mord unten im Pfisterwald?", fragte Alfred, nachdem der Bürgermeister sich auf Alfreds Seite an den Tisch gesetzt hatte. Lea Vorderhalder setzte sich neben Vanessa.

Kreutz seufzte und rieb sich die Schläfen. „Ja, das auch. Das war sozusagen die Krönung."
„Noch mehr Ärger?", wollte Alfred wissen.
Der Bürgermeister griff in die Innentasche seines Jacketts, das immer noch spannte, und zog einen zusammengefalteten Brief hervor. Ungefragt schob er das Papier Alfred hin. „Das war heute anonym in meiner Dienstpost. Es ist nicht das erste Mal. Ich krieg regelmäßig solche Pamphlete."
Dankbar für das Bier, das der Wirt Mathias ihm hinstellte, nahm Kreutz einen tiefen Schluck und ließ Alfred lesen. Ohne Anrede hieß es da in Schreibmaschinenschrift: „Hau endlich ab, Kreutz! Leg dein Amt nieder, sonst passiert was! Schon mal was Falsches getrunken? Könnte bald passieren, wärst nicht der Erste, der danach aus den Latschen kippt. Da kann man von den Russen was lernen! Du weißt Bescheid, wir wollen deine Visage hier nicht mehr sehen." Unterschrieben war der Drohbrief mit „Unzufriedene Bürger".
Alfred lachte: „Ein Vollidiot! Das nehmen Sie doch hoffentlich nicht ernst?"
Manfred Kreutz steckte mit bekümmerter Miene das Schreiben wieder ein. Er erklärte, dass dies nicht der erste Drohbrief dieser Art war. „Seit zwei Jahren geht das schon so. Irgendjemand hat mich auf dem Kieker. Aber ich habe keine Ahnung warum."
„Das sind Kinderspielchen", winkte Alfred ab. „Gibt es häufig in der Kommunalpolitik. Viel ernster ist doch, was heute Abend im Pfisterwald geschehen ist. Haben Sie die Tote gekannt?"
„Wir haben sie alle gekannt", mischte sich Lea Vorderhalder ein. Sie war jung und rosig, hatte eine gesunde Haut und fröhliche Augen. Ein adrettes Landei. Man sah ihr an, dass sie viel an der frischen Luft zu tun hatte. Jetzt wirkte sie empört: „Das war die Bäuerin vom Baschimattenhof. Die Bärbel. Ge-

rade hat sie den Hof wieder auf Vordermann gebracht, und dann so etwas …"
„Was? Glauben Sie, es war tatsächlich ein Mord?"
Bürgermeister Kreutz beantwortete die Frage: „Die Polizei sagt, man müsse erst die Obduktion abwarten. Sie haben die Leiche in die Gerichtsmedizin gebracht. Die Oberkommissarin, die die Ermittlungen leitet, will mich informieren, sobald sie Genaueres weiß."
„Was war die Tote für eine Person? Lebte sie alleine? War sie verheiratet, hat sie Kinder?", wollte Alfred wissen.
Der Bürgermeister und seine Begleiterin sahen sich kurz vielsagend an. Lea Vorderhalder kaute auf ihren Lippen. Manfred Kreutz sagte bedächtig: „Über Tote soll man nichts Schlechtes sagen. Sie war alleinstehend, aber man sagt, sehr lebenslustig. Immer irgendwelche Männergeschichten."
Lea Vorderhalder nickte dazu. Alfred fiel auf, dass sie leicht errötete. Aber das mochte auch an ihren Backfischbacken liegen. Sie sah sehr nach Landleben aus.
„Außerdem war sie politisch … äh … sagen wir mal, sie war nicht ganz einfach. Hatte seltsame Ansichten."
Alfreds Interesse war geweckt: „Können Sie das etwas präzisieren?"
Wieder schaute der Bürgermeister kurz Lea Voderhalder an. Offenbar wollte er selbst sich nicht äußern, aber Lea Vorderhalder nahm ihm das ab: „Sie war stramm rechts. Bei ihr auf dem Hof fanden manchmal dubiose Treffen statt. Manche sagen, sie gehörte zu den Reichsbürgern."
Manfred Kreutz winkte mit beiden Armen: „Vergessen wir das. Das spielt hier keine Rolle mehr. Ein Mensch ist gestorben, das ist tragisch genug. Und wie es mit ihrem Hof weitergeht, das weiß jetzt auch niemand."
Alfred zückte seinen Tabakbeutel und begann sich eine Zigarette zu drehen. Dabei führte er das Gespräch fort: „Es war

da ein Mann bei der Geisterwanderung, ein gewisser Willibald Dresen, der rief sofort Mord, kaum hatte er die Leiche gesehen."

Bürgermeister Kreutz und Lea Vorderhalder warfen sich erneut vielsagende Blicke zu als der Name Willibald Dresen fiel. Alfred entging es nicht. Aber er kam nicht dazu, weiter zu fragen, denn mit Blick auf Alfreds Zigarette schlug Kreutz vor: „Gehen wir vor die Tür und rauchen eine? Kann ich jetzt auch gebrauchen. Außerdem will Mathias Schluss machen."

So war es. Der Wirt zückte demonstrativ seine Abrechnungskiste und tippte darauf herum. Der Bürgermeister übernahm die Rechnung. Draußen rauchten sie noch gemeinsam. „Darf ich Sie mal anrufen, wegen diesem anonymen Brief, oder können wir dazu mal einen Termin machen?", fragte Alfred und Kreutz gab ihm sein Kärtchen mit Telefonnummer.

Mitternacht war vorüber. Auch der Betzitglunki hatte sicher längst Feierabend. Alfred und Vanessa verabschiedeten sich und machten sich auf den Heimweg.

„Schlafe ich bei dir?", fragte Vanessa, als sie Alfreds in die Jahre gekommenes rotes Cabriolet bestiegen. Der Sportwagen parkte unter einem Laubbaum, der in ihrer Abwesenheit klebrige Blatt- oder Blütenreste abgeworfen hatte, die nun Motorhaube und Windschutzscheibe sprenkelten. Alfred klaubte einige der madenähnlichen kleinen Stängel von der Frontscheibe und entdeckte dabei einen Zettel, der unter dem Scheibenwischer klemmte.

„Verdammte Hacke! Schon wieder ein Knöllchen. Ist man denn nirgends sicher?"

Unwirsch zog er den Zettel unter dem Scheibenwischer hervor, und stellte dabei fest, dass es sich nicht um ein Knöllchen handelte, sondern um einen Flyer, der zum „Großen St. Märgener Rossfest" am letzten Septemberwochenende einlud.

„Tag des Schwarzwälder Pferdes", las er vor.

„Schlafe ich bei dir?“, wiederholte Vanessa ihre Frage. Sie hatte allen Grund dazu. Alfred hätte sie gerne am Bahnhof in Hinterzarten abgesetzt, damit sie mit dem Zug nach Freiburg fuhr, wo sie in ihrer Studentenbude lebte. Wenn er sie nach Neustadt zu sich nach Hause mitnahm, was gelegentlich vorkam, würde sie dort übernachten und am nächsten Morgen nicht aus den Federn kommen. Und das passte nicht in Alfreds Pläne, denn er hatte Anna versprochen, sich am morgigen Tag um ihre Kleine zu kümmern. Sie hatten ausgemacht, dass Alfred zum Frühstück kam und dann Eva Maria Luisa übernahm, den vier Monate alten Säugling. Dann hatte Anna Zeit für diverse Arzt- und Behördentermine und konnte in Ruhe einkaufen. Schon mehrfach hatte Alfred für Anna solche und ähnliche Babysitterdienste übernommen.
„Ich bin müde“, log er zuerst. Als Vanessa nicht darauf reagierte, erhöhte er auf: „Ich hab morgen früh Termine.“
Vanessa meinte behaglich, das mache ihr nichts aus, sie würde ausschlafen und dann eben alleine frühstücken, was wiederum Alfred nötigte, die Katze aus dem Sack zu lassen: „Ich habe Anna versprochen …“
Vanessa ließ ihn nicht ausreden, sondern unterbrach barsch: „Dann fahr mich zum Bahnhof, du Idiot! Rennst du immer noch hinter Anna her? Merkst du nicht, dass sie dich ausnutzt?“
Mehr gab es nicht zu sagen, die Stimmung war versaut. Alfred chauffierte Vanessa stumm nach Hinterzarten, ließ sie ungeküsst aussteigen und knurrte zum Abschied nur ein trotziges „Bis demnächst.“ Vanessa stolzierte davon, ohne ihn nochmals eines Blickes zu würdigen. Sie war eifersüchtig auf Anna, und anders als in den Anfängen ihrer komplizierten Beziehung konnte und wollte sie es mittlerweile nicht mehr verbergen.

Alfred erschien pünktlich zur verabredeten frühen Stunde anderntags bei Anna. Sie wohnte in der Hauptstraße in einer Dachwohnung, nur zwei Gehminuten von Alfred entfernt, der in einer Junggesellenwohnung am Adlerbuckel hauste. Kaum hatte er ihre Wohnung betreten, legte sie ihm auch schon ihren Säugling in den Arm, der unwillig krähte. „Kannst du sie ein bisschen schaukeln, bitte? Das beruhigt sie. Ich muss mich fertigmachen zum Arzttermin."
Alfred schaukelte Eva Maria Luisa und sprach dem kleinen Wesen gut zu: „Mach heia, heia. Gugugu, ich bin's, Onkel Alfred, Gugugu!"
„Du musst normal mit ihr sprechen", wies Anna ihn zurecht. „Schon im Säuglingsalter haben die Kinder ein hohes Sprachverständnis. Wenn du nur so Stummelsprache mit ihr sprichst, schränkt das ihre Entwicklung ein. Ganze Sätze bitte!"
Alfred knurrte unverständlich. Anna hatte recht eigenwillige Vorstellungen von Kindeserziehung, wie sie insgesamt eigenwillige Vorstellungen vom Leben hatte, insbesondere von der Ernährung, vom Rauchen, vom Trinken und von vielen anderen Dingen, die Alfred gerne mochte. Aber sie sah hinreißend aus und Alfred war blind verknallt, obwohl er bei Anna nie wirklich hatte landen können. Jedenfalls nicht mit dem, was er eigentlich von ihr begehrte. Sie verbot ihm nicht direkt etwas, aber sie hatte unverkennbar den Ehrgeiz, aus ihm einen ganzheitlich guten Menschen zu machen. Deshalb servierte sie ihm immerfort Getränke, die grün, braun oder gelb aussahen und so gesund waren, dass sie einfach nicht mehr schmecken konnten; oder sie tischte ihm vegane Menüs auf, die sie liebevoll selbst zubereitet hatte und die Alfred meisterhafte Perfektion in der Kunst erlangen ließ, einen Würgereiz zu unterdrücken.

„Du weißt, in der Wohnung wird nicht geraucht. Und draußen auch nicht, solange du die Kleine hast. Und denk daran, die Spülmaschine auszuräumen. Vielleicht kannst du auch die Wohnung mal kurz durchsaugen, sei so gut."
Das waren ihre letzten Worte. Sie knotete ihre schwarzen Locken zu einem Zopf im Nacken zusammen, schnappte ihre Tasche, und schon war sie zur Tür hinaus. Der kleinen Eva Maria Luisa gab sie ein Küsschen, Alfred ging leer aus. Mit dem Kind auf dem Arm und einem Zettel voller Anweisungen und Aufgaben blieb er zurück. Anna pflegte ihm minutiös aufzuschreiben, wann und wie er Eva Maria Luisa zu füttern hatte, wann er ihr die Windeln wechseln musste, wie viel frische Luft sie vertrug, was sie anziehen sollte, wann sie zum Schläfchen niedergelegt werden musste.
Er wartete einige Minuten, und als er sicher war, dass Anna nicht zurückkehren würde, was sie manchmal tat, vorgeblich weil sie etwas vergessen hatte, aber wie Alfred ahnte, um ihn zu kontrollieren, legte er die Kleine neben sich aufs Sofa, kraulte mit einer Hand ihr Bäuchlein und mit der anderen schnappte er sich die Playstation und setzte den Flachbildschirm in Betrieb. Er war bei „Fortnite" beim letzten Mal in die Endrunde gekommen. Vielleicht würde er es diesmal schaffen, alle Konkurrenten aus dem Weg zu räumen. Die Kleine gurrte vergnügt, wenn Alfred sie kraulte und hin und her wippte. Sobald er die Hand wegnahm, fing sie an zu murren, was alsbald in penetrantes Geschrei überging. Aber mit einer Hand kann man nicht Fortnite spielen. Es würde ein blöder Vormittag werden, soviel stand bald fest.

Anonyme Idioten

Erstaunt registrierte Alfred den Namen der Telefonistin, als er im Rathaus von St. Märgen anrief: „Lea Vorderhalder, Büro Bürgermeister Kreutz."
Alfred stutzte verblüfft. Die Stimme fragte: „Hallo, wer ist da? Wie kann ich helfen?"
„Sind Sie die Lea Vorderhalder von der Geisterwanderung ...?", fragte Alfred, ohne sich vorzustellen.
Die Vorzimmerdame des Bürgermeisters bestätigte, und Alfred nannte endlich seinen Namen und den Grund seines Anrufs: „Ich wollte einen Termin ausmachen, mit Bürgermeister Kreutz. Sie waren doch dabei, als wir in der Waldkuchi darüber sprachen. Wegen der anonymen Schreiben, die der Bürgermeister regelmäßig bekommt."
„Ja, ich erinnere mich. Wie wär's gleich heute Nachmittag, 14 Uhr? Da hat er noch nichts im Kalender."
Alfred sagte sofort zu. Wo gab es das schon einmal, dass man einen Bürgermeister ohne Termine antraf?
Es gab nur ein Problem: Die kleine Eva Maria Luisa. Alfred sah das Mädchen liebevoll an. Sie war schon eine Süße, wie sie so neben ihm auf dem Sofa lag, mit den Ärmchen ruderte und lächelnd Spucke absonderte, sobald Alfred ihr den Bauch kraulte. Anna wollte erst am späten Nachmittag zurückkommen. Alfred hatte versprochen, bis dahin auf die Kleine aufzupassen. In Annas Mutterschutzprogramm bedeutete dies: Bis auf einen kleinen Spaziergang durfte Alfred auf keinen Fall die Wohnung verlassen. Und auf keinen Fall durfte er das Kind alleine in der Wohnung lassen.
„Kleine Eva, hast du Lust auf einen Ausflug? Möchtest du gerne mit Onkel Alfred nach St. Märgen fahren?" Er stupste die Nase des Säuglings, und Klein-Eva gluckste zufrieden.

Alfred wertete dies als Zustimmung. Er hinterließ für Anna einen Zettel, mit der spartanischen, aber nicht falschen Nachricht: „Bin mit Eva kurz unterwegs." Dann verpackte er Eva Maria Luisa wetterfest, steckte sie in den Buggy-Kinderwagen und trug sie das Treppenhaus hinunter auf die Hauptstraße. Er spähte um sich wie ein flüchtiger Verbrecher, als er sie über die Straße hinunter zum Adlerbuckel schob, wo er in einem Hinterhof seinen roten Flitzer geparkt hatte. Zwar besaß er keinen Kindersitz, aber wenn man mit dem im Buggy angeschnallten Baby den Kinderwagen zusammenklappte, konnte man ihn auf den Beifahrersitz stapeln und mit dem Sicherheitsgurt befestigen. Das würde dem Kind sicher gefallen, auf diese Weise und mit offenem Verdeck durch die schöne Hochschwarzwald-Landschaft chauffiert zu werden.
25 Minuten später erreichte Alfred das Rathaus in St. Märgen, entlud den Kinderwagen und parkte vor dem Eingang der Waldkuchi, die um diese Zeit geschlossen hatte. Eva Maria Luisa hatte die Fahrt bestens überstanden, sie schlief friedlich und wachte auch nicht auf, als Alfred sie mitsamt Kinderwagen die Rathaustreppen emportrug, hinauf ins Obergeschoss, wo sich das Bürgermeisterbüro befand.
Lea Vorderhalder nahm Alfred in Empfang und war unverzüglich entzückt über das Baby: „Oh, was für ein süßer kleiner Schnuckel. Wusste gar nicht, dass sie junger Vater sind. Herzlichen Glückwunsch …"
Alfred wollte abwehren und erklären, aber da trat schon der Bürgermeister aus seinem Büro und hielt jovial die Tür auf: „Hereinspaziert, herzlich willkommen!"
Alfred wurde in den Besucherstuhl dirigiert, Bürgermeister Kreutz nahm hinter seinem schlichten Schreibtisch Platz. Lea Vorderhalder servierte Kaffee, Eva Maria Luisa schlief.

Sie unterhielten sich kurz über den Mord im Pfisterwald. „Gibt es dazu was Neues?", wollte Alfred wissen, aber der Bürgermeister verneinte.
„Deswegen bin ich auch nicht gekommen. Ich interessiere mich für die anonymen Drohbriefe, die Sie erhalten. Können Sie mir einige davon zeigen?"
Manfred Kreutz nickte. Er schien froh, endlich einmal über die Plage reden zu können, die ihn seit Monaten verfolgte. „Jemand will mich vergiften", sagte er voller Ernst. Er schob Alfred die jüngste Ausgabe des Gemeindeamtsblattes hin. „Da, lesen Sie!"
Alfred griff sich das Heftchen. Dort stand gleich auf der Titelseite ein offener Brief des Bürgermeisters an die Einwohner von St. Märgen. Alfred überflog den Text: „Liebe Mitbürgerinnen und Mitbürger, ich komme heute, und dies mit Rücksprache und Bestärkung durch den Gemeinderat, in einer sehr ernsten und bedrückenden Angelegenheit auf Sie zu.
Wie Sie sicherlich alle schon aus verschiedenen Presseberichten entnommen haben, ist das Amt des Bürgermeisters vielfach von zumeist verbalen Angriffen begleitet. Leider muss ich Ihnen mitteilen, dass dies in unserem Ort sämtliche Grenzen überschritten hat und ein Angriff auf die Gesundheit von mir, aber auch auf die Gesundheit von in unmittelbarer Nähe zu mir Beschäftigten, stattfindet.
Liebe Mitbürgerinnen und Mitbürger, bereits im Jahr 2018 bekam ich einen Drohanruf. Darauf nicht erklärbarer nächtlicher PKW-Verkehr um mein Haus. Im Jahr 2019 folgten weitere Vorkommnisse im Rathaus, im Jahr 2020 wurde bei einer gutachterlichen Raumluftüberprüfung eine auffallende Konzentration von Schwermetallen im Büro und in meinem Auto nachgewiesen. Diese toxischen Stoffe manifestierten sich leider im Körper von Mitarbeitenden als auch in meinem Körper, was zu gesundheitlichen Beschwerden führt. Beglei-

tet von Manipulation, übler Nachrede wie zum Beispiel „Der soll verrecken da hinten!“, Verleumdung und Stalking (wurde gegenüber Dritten zugegeben und ist polizeilich dokumentiert), versuchte man mich wohl von einer Kandidatur im Jahr 2021 abzuhalten. Leider, und dies spricht letztendlich für eine hohe kriminelle Energie, reißen die Vorkommnisse bis heute nicht ab. Sowohl Mitarbeitende als auch Mitglieder des Gemeinderates haben Vorkommnisse zu Protokoll gegeben.
Sofern sich Menschen unserer Gemeinde und darüber hinaus von mir missverstanden oder benachteiligt fühlen, biete ich jederzeit ein persönliches Gespräch an. Sofern sich jemand anonym an mich wenden möchte, werde ich im nächsten Gemeindeblatt einen Juristen, eine Juristin o. ä. als Ansprechperson bekanntgeben.
Liebe Mitbürgerinnen und Mitbürger, sprechen Sie vermeintlich unzufriedene, hetzerische und ins Persönliche übergriffige Menschen an und bauen Sie diesen mit mir Brücken zum Wohle aller Einwohner und Gäste.“
„Und?“, wollte Alfred wissen, nachdem er gelesen hatte. „Hat sich jemand gemeldet?“
„Natürlich nicht“, sagte der Bürgermeister resigniert.
„Wer könnte Ihnen nach dem Leben trachten? Und warum?“
„Ich habe keine Beweise, aber es gab mal Streit wegen einer Grundstücksangelegenheit …“
„Dann kennen Sie doch den Namen?“
Verschwörerisch sagte Kreutz: „Das war Willibald Dresen. Er ist ein notorischer Störenfried. Ein komplizierter Mensch. Immer hat man Ärger mit ihm … Aber ich will niemanden beschuldigen. Ich kann nichts beweisen. Ich will, dass es endlich aufhört und ich meiner Arbeit nachgehen kann.“
Das Baby fing an zu schreien. Alfred sprang auf und hob den Säugling aus dem Buggy. Eva Maria Luisa hatte ein Organ wie ein Marktschreier. Ihr Gebrüll rief Lea Vorderhalder auf

den Plan. Sie kam besorgt aus dem Vorzimmer ins Bürgermeisterbüro: „Ist etwas, kann ich helfen?"
„Schon gut", beschwichtigte Alfred, der die Nase in Evas Windelpaket steckte. Es duftete anrüchig. Der typisch säuerlich penetrante Wohlgeruch, der von vollgeschissenen Babywindeln ausgeht. „Ich muss sie frisch wickeln!"
„Soll ich das übernehmen?", fragte Lea hilfsbereit.
Alfred winkte ab. „Ich bin geübt. Brauche nur einen guten Wickeltisch." Er sah sich im Bürgermeisterzimmer um. „Darf ich hier …?", fragte er und bettete den Säugling auf den Bürgermeisterschreibtisch, ohne eine Antwort abzuwarten. Aus dem Staufach des Buggys fingerte er eine frische Windel. Dann entblätterte er die unablässig brüllende Eva Maria Luisa, wobei der Brei, den sie in ihrer Windel hinterlassen hatte, sich auf die Schreibtischplatte ausbreitete.
„Oh je", jammerte Alfred. „Ich hätte ein Handtuch unterlegen sollen. Haben Sie was zum Abwischen?"
Bürgermeister Kreutz stand überrumpelt und hilflos daneben, aber Lea Vorderhalder sprang sofort zur Tür: „Ich hole was. Einen Moment!"
„Sie ist sehr nett und hilfsbereit", lobte Alfred die Vorzimmerdame des Bürgermeisters.
„Ja", bestätigte Kreutz. „Deshalb habe ich ihr auch die Urlaubsvertretung anvertraut. Meine etatmäßige Sekretärin befindet sich in Urlaub. Lea arbeitet normalerweise nicht im Rathaus. Sie hat hier mal gelernt, aber seit einigen Jahren kümmert sie sich halbtags um die Geschäftsstelle der St. Märgener Pferdezuchtgenossenschaft. Ich habe sie sozusagen ausgeliehen. Nur in Urlaubszeiten hilft sie hier aus."
Eva Maria Luisa interessierte sich nicht dafür. Sie wollte eine frische Windel. Das Baby rollte über Manfred Kreutz' Schreibtisch und strampelte mit Armen und Beinen. Es bekam mit seinen kleinen Fingern das Amtsblatt zu fassen und

stopfte es sich unverzüglich in den Schnabel. Immerhin endete das Geschrei. Die amtlichen Bekanntmachungen schienen zu munden. Alfred ließ es geschehen, während er mit Unmengen an Hakle-feucht Tüchern den Kinderpopo säuberte. Die benutzten Tücher übereignete er dem bürgermeisterlichen Papierkorb.

Man sah Manfred Kreutz an, dass er das Geschehen missbilligte und gerne interveniert hätte. Aber irgendwie gelangen ihm nur hilflose Ruderbewegungen mit den Armen und schließlich die resignierte Kapitulation: „Ich geh mal vor die Tür, eine rauchen!"

Während seiner Abwesenheit kehrte Lea Vorderhalder zurück, wischte akkurat den Schreibtisch wieder sauber, bettete das Baby auf einem weichen Tuch und schimpfte mit Alfred, weil er den Papierkorb des Bürgermeisters mit stinkendem Feuchtpapier geflutet hatte. „Das gehört in den Müll, nicht zum Papier", belehrte sie ihn.

Alfred war sehr dankbar für die Hilfe. Er wusste nicht, wie er sich erkenntlich zeigen sollte. In der Annahme, alle Frauen liebten das, bot er an: „Wollen Sie die Kleine mal auf den Arm nehmen?"

Lea Vorderhalder wollte. Kaum schaukelte sie die frisch gewickelte Klein-Eva auf ihren Armen, beruhigte sich das Baby und begann zu gurren.

Alfred hatte einen Einfall: „Sie haben doch bei der Organisation der Geisterwanderung geholfen, nicht wahr? Gibt es die Teilnehmerliste noch?"

„Aber ja", bestätigte Lea. „Die bewahre ich auf. Was wollen Sie damit?"

„Ich würde gerne ein paar Teilnehmer befragen, wegen der Mordsache. Das machen Journalisten so. Könnten Sie mir eine Fotokopie machen?"

Lea Vorderhalder sah keinen Grund, Alfred den Wunsch abzuschlagen. Sie gingen in ihr Büro, fertigten eine Fotokopie von der Teilnehmerliste und entsorgten dann gemeinsam hinter dem Rathaus den Windelabfall in einer Restmülltonne. Dort stand der Bürgermeister und rauchte.
Lea raunte Alfred zu: „Er meint, wenn er hinter dem Rathaus raucht, kriegt es niemand mit."
Alfred gesellte sich zu ihm und zündete sich ebenfalls eine Zigarette an.
„Ich schreibe mal einen Artikel über die anonymen Drohungen", versprach Alfred. „Aber vorher statte ich diesem Willibald Dresen einen Besuch ab."

Die Teilnehmerliste

Die Übergabe von Eva Maria Luisa an Anna war ein Desaster. Zwar schlief die Kleine friedlich und zufrieden, doch Anna war außer sich, als Alfred mit eineinhalbstündiger Verspätung erschien und ihr etwas von einem „langen Spaziergang im Wald“ vorflunkerte.

„Ich glaube dir kein Wort. Die Reifen vom Kinderwagen sind sauber und trocken. Der ist ganz bestimmt nicht im Wald gewesen. Du lügst! Wo warst du? Etwa in der Spritz?“

Anna hatte eine Allergie gegen Alfreds Stammkneipe und machte sie für alles Unheil dieser Welt verantwortlich, insbesondere für Alfreds Unzuverlässigkeit.

Alfred hauchte Anna an: „Rieche ich etwa nach Bier?“

„Pfui Teufel, du stinkst nach Zigaretten. Ich habe dir doch verboten zu rauchen, wenn du auf Eva aufpasst.“

Annas sonst so sanften Haselnussaugen blitzten vor Wut. Hektische Röte zog auf ihren Wangen auf, und ihre Stupsnase rümpfte sich empört. Alfred liebte diesen Anblick, er liebte es, wenn Anna fuchsteufelswild wurde, wenn aus dem braven Schwarzwaldmädchen plötzlich eine Furie wurde. Aber er war ihr in solchen Momenten nicht gewachsen, denn sie hatte die Wahrheit und Gerechtigkeit auf ihrer Seite und er verkörperte demgegenüber das Schlechte und – was noch schlimmer wog – das typische Machomäßige des Mannes.

So trat er gerupft den Rückzug an. Wo er wirklich gewesen war, verriet er Anna jedoch nicht.

Er querte die Hauptstraße und eilte aufgewühlt den Adlerbuckel hinunter. Nie konnte er es Anna recht machen, stets gerieten sie aneinander. Dabei träumte er von ihr und begehrte sie. Doch von einer amourösen Affäre mit ihr war er so weit entfernt wie eh und je. Sie küsste ihn zwar hin und wieder schwesterlich, aber ansonsten hielt sie ihn sich vom Leib und schreckte dabei auch vor dem Killerargument nicht zurück: „Ich bin nach der Geburt noch nicht so weit. Lass mir noch etwas Zeit!"

Immerhin lag die Geburt von Eva Maria Luisa mittlerweile schon vier Monate zurück. Wie lange musste eine Frau abstinent bleiben? Alfred hatte keine Ahnung, aber er wurde den Verdacht nicht los, dass Anna sich ihre Mutterschaft als nützlichen mentalen Keuschheitsgürtel umgelegt hatte. Über diese Dinge war er so in Gedanken versunken, dass er beinahe über die Batterie von leeren Wein- und Schnapsflaschen gestolpert wäre, die am Straßenrand aufgereiht stand, und über die er hinwegsteigen musste, um zum Eingang zu seiner Wohnung zu kommen.

„Was ist denn hier los?", sprach er zu sich selbst und trat einen Schritt zurück. Vor der fast zwei Meter langen Flaschenfront lehnte ein Schild aus Karton: „Zu verschenken!"

„Ich fasse es nicht. Wer kommt denn auf so eine dumme Idee?"

Alfred musste nicht lange rätseln. Im Hauseingang saß Hector, der stadtbekannte Flaschensammler.

„Hallo!", sagte Hector unschuldig.

Jeder in Neustadt kannte Hector, den etwas wirren Typen mit dem langen Mantel, den ausgetretenen Schuhen und der speckigen Schirmmütze. Hector gehörte zum Stadtbild. Er war täglich mit Plastiktüten in der Stadt unterwegs, sammelt Pfandflaschen und Büchsen und verdiente sich damit sein Taschengeld. Gerne pumpte er auch Passanten an, oder er schnorrte am Stehcafé und in den Tankstellen an Titiseestraße und Gutachstraße einen Kaffee.

Alfred hatte einen Deal mit Hector. Er überließ ihm regelmäßig seine Bestände an leeren Bierflaschen, dafür musste Hector alles übrige Leergut, das in Alfreds Haushalt anfiel, für diesen entsorgen.

Aber so hatten sie nicht gewettet. „Was fällt dir ein, Hector", schimpfte Alfred. „Du sollst meine leeren Flaschen nicht auf der Straße aufstellen, du sollst sie zum Glascontainer bringen."

Hector grinste schief und zuckte mit den Schultern: „Ich verschenke sie."

„Niemand will leere Flaschen geschenkt. Das ist Unsinn."

„Weiß ... weiß man doch nicht. Mal ausprobieren."

Alfred deutete auf den Pappkarton: „Und das Schild da, hast du das selbst geschrieben?"

Hector schüttelte verlegen den Kopf. Verstohlen deutete er auf die andere Straßenseite. Dort stand auf dem Gehweg beim früheren Friseurgeschäft Kasper ein Stuhl, auf dem eine Bücherkiste deponiert war.

Den Rest konnte Alfred sich denken.

„Die Flaschen sind weg, wenn ich wiederkomme!", befahl er streng, und Hector beeilte sich nickend, ihn zu besänftigen: „Mache ich gleich, mache ich gleich. Hast du zehn Euro? Ich brauch Geld, hab keins. Hast du zehn Euro?"

„Verschwinde!"

Alfreds Laune besserte sich nicht, als er die Badische Zeitung aus dem Briefkasten klaubte und sich in seiner Bude an die Lektüre machte. Eigentlich war er sich sicher gewesen, dass er auf seiner Plattform Goodwood-Wäldernews den Mord im Pfisterwald exklusiv hatte, mit Bildern und Details, die nicht im Polizeibericht standen. Aber er sah sich getäuscht. Die BZ veröffentlichte einen halbseitigen Bilderbogen, die Fotos in unverschämter Qualität, wie Alfred sie mit seinem Smartphone niemals zustande gebracht hätte. Er suchte nach dem Namen des Fotografen und fand ihn kleingedruckt und vertikal neben einem der Bilder: Bert Kleinteich. War das etwa der Mann, der ihm am Tatort beim Fotografieren ständig im Weg gewesen war? Der Kerl mit der Profikamera?

Alfred erinnerte sich an die Teilnehmerliste und kramte sie hervor. Akribisch ging er die Namen durch. Tatsächlich fand er den Gesuchten in der vorletzten Zeile. Bert Kleinteich, Reporter, St. Märgen, stand da hingekritzelt.
Nachdenklich machte Alfred einen Haken hinter dem Namen. Lea Vorderhalder hatte sämtliche Teilnehmer der Geisterwanderung mit Namen und Adresse verewigt, mit Ausnahme von Führer Sepp Stihl, dessen Namen Alfred vergeblich suchte. Für Alfred waren die Teilnehmer lauter Verdächtige, ausgenommen er selbst und Vanessa. Ihre Namen strich er im Geiste. Es musste nach seiner Ansicht irgendeinen Zusammenhang zwischen der Geisterwanderung und dem Mord geben. Warum sonst sollte sich ein Täter die Mühe machen, sein Opfer den Teilnehmern dieser Geisterwanderung mitten im Wald vor die Füße zu legen?
Er teilte die Namen auf der Liste in verschiedene Gruppen ein: Touristen, die laut Adresszeile von weiter her als Freiburg stammten, sortierte er in die erste Gruppe, die er am wenigsten für verdächtig erachtete. Damit war bereits fast die Hälfte aller Namen erledigt. Die zweite Gruppe umfasste Einheimische mit Kindern. Auch sie hielt Alfred für unverdächtig, wer würde schon seine Kinder zu einem Mord mitnehmen? Als auch diese aussortiert waren, blieben noch zehn Namen übrig, davon acht aus St. Märgen, die Alfred aufgrund seiner Beobachtungen bei der Geisterwanderung bestimmten Personen zuordnete: Willibald Dresen, das war der Mann in Tennissocken; Lea Vorderhalder, die Assistentin; Bert Kleinteich, der Fotograf; Swetlana Pfeifmann, hinter diesen Namen vermutete Alfred die aufreizenden junge Frau im Minirock, deren brustbetonendes T-Shirt Alfred in nachhaltiger Erinnerung geblieben war; Desiree Wursthorn und Celina Kleiser, bei denen es sich nach Alfreds Überlegungen nur um die beiden tätowierten Schwergewichte handeln

konnte; sowie zwei Personen, die lediglich mit der Ortsangabe Freiburg und mit den Nachnamen Höltscher und Vogt angegeben waren, und bei denen es sich nach dem von Alfred angewandten Ausschlussverfahren höchstwahrscheinlich um die beiden Männer handelte, die ihm wegen ihrer Anzüge und Sonnenbrillen aufgefallen waren. Als letzter Name, mit dem Alfred nichts anfangen konnte und den er auch nicht zuordnen konnte, stand am Ende der Liste noch Josef Saier, St. Märgen. Alfred kritzelte ein Fragezeichen dahinter.

Nach einigem Überlegen brachte Alfred die Namen in eine Reihenfolge. Ganz oben stand Willibald Dresen. Hauptverdächtiger! Obwohl: Die Leiche war heruntergefallen und schon hatte Dresen vor ihr gestanden. Er konnte also wohl kaum der Mörder sein. Trotzdem verdächtig. Celina und Desiree, die beiden wandelnden Tattoostudios, setzte Alfred an den Schluss. Hatten Sie nicht damit geprahlt, ihre Aufnahmen vom Tatort auf Instagram einzustellen? Mit wenigen Klicks fand er ihren Account. Er staunte: Desiree hatte immerhin 2.150 Follower, Celina 1.800. Beide erklärten sich zu Influencerinnen in Sachen Lifestyle, Kosmetikberatung und Dorftratsch, eine für St. Märgener Verhältnisse gewagte Kombination, wie Alfred fand. Nach dem, was Alfred von den beiden in Erinnerung geblieben war, hätten sie selbst einen Grundkurs nötig gehabt. Alfred scrollte sich durch die letzten Postings der beiden. Das meiste war belanglos, etwa, wie man sich selbst die Haare exotisch färbt, zum Beispiel auberginenfarben oder pfirsichgelb, oder Schminktipps die vor allem mit einem extremen Verbrauch von Kajal und Eyeliner einhergingen. Besonders viele Likes ernteten die beiden bei einer Rubrik, die sie mit „Wer mit wem“ überschrieben hatten. Darin breiteten sie Details über beginnende und endende Liebschaften aus, ebenso über glückliche und unglückliche Ehen, über Scheidungen und Schwangerschaften, dies alles aus St. Märgen und Umgebung. Alfred scrollte weiter. Über den Vorfall im Pfisterwald hatten beide ein verwackeltes Video eingestellt, mit dem Original-O-Ton von Willibald Dresen: „Sie wurde ermordet. Das sieht doch jeder. Jemand hat die Tote von dort oben auf den Weg heruntergestoßen." Dann erschienen Baumwipfel und schwarze Nacht. Nach zwölf Sekunden war das Video zu Ende.

Alfred vergab ein „Like" und erklärte sich zum Follower. Vielleicht waren die beiden selbsternannten Influencerinnen noch nützlich.

Er wusste nicht so recht, wo er anfangen sollte. Auf jeden Fall würde er recherchieren, soviel stand für ihn fest. Schließlich roch das Ganze nach einer Bombengeschichte für sein Online-Portal Goodwood-Wäldernews. Er betrieb dieses Portal zusammen mit seinem Freiburger Studienfreund, dem jungen Rechtsanwalt Jochen Schiller. Jochen, der die gutgehende Kanzlei seines Vaters übernommen hatte, war der Finanzier, Alfred der Chefredakteur. Zum Team gehörten noch Tim Joy, der Chefprogrammierer, der mit Hilfe von KI-Programmen sämtliche relevanten News, Veranstaltungen, Presseinfos und sonstigen Verlautbarungen aus dem Hochschwarzwald zu knackigen kleinen News umformulierte und so für permanentes Leben auf der Plattform sorgte. Alfred besorgte die „Storys" und Erna und Anita, zwei Hausfrauen, die Jochen eingestellt hatte, um Anzeigen einzuwerben, kümmerten sich darum, dass Geld hereinkam. Das Geschäftsmodell funktionierte. Goodwood-Wäldernews fuhr Gewinne ein. Es gab sogar ein kleines Redaktionsbüro. Jochen Schiller hatte eine Zwei-Zimmerwohnung im Obergeschoss des Campus Basili angemietet und dort die Büro- und Redaktionsräume eingerichtet, in denen Alfred sich aber selten blicken ließ. Er arbeitet von zu Hause aus am Rechner oder unterwegs mit dem, mit dem er sich mühelos ins Redaktionsprogramm einklicken

konnte. So war er noch am Abend der Geisterwanderung aus der Waldkuchi heraus in der Lage gewesen, sofort live Text und Bilder vom Mord im Pfisterwald online zu stellen.
Alfred nahm seine Liste zur Hand und startete mit einer Internet-Recherche. Nicht zu jedem Namen war sie so ergiebig wie beim Influencerinnenduo Celina und Desiree. Zu Willibald Dresen fand Alfred keine Homepage aber etliche Leserbriefe, die dieser an die BZ verfasst hatte. Darin ging es um die Pannen auf der Höllentalbahn, um angeblich gesundheitsschädliche Windräder auf der Platte bei St. Peter, von denen Dresen sich belästigt fühlte, um das Glockenläuten der Pfarrkirche St. Märgen, das Dresen gerne verboten hätte, um viel zu viele schwer erziehbare Flüchtlinge im viel zu kleinen St. Märgen, sowie um Kröten, Biber, Wölfe und Rotmilane, die Dresen in seinen Leserbriefen verächtlich als „Streicheltiere der Gutmenschen" bezeichnete und deren Abschuss und Ausmerzung er forderte. Es reichte, um Alfred das Bild eines renitenten Besserwissers zu vermitteln.
Ergiebig war die Homepage des Fotografen Bert Kleinteich. Dahinter verbarg sich ein veritables Redaktionsbüro. Auf einer professionell aufgemachten Homepage „Kleinteichs-Welt" veröffentlichte Kleinteich regelmäßig üppig bebilderte Reportagen aus dem Hochschwarzwald, beispielsweise über „Das Geheimnis der Ohmenkapelle", über „Schwarzwälder Jung-Köche" oder über den neuesten Krimi eines mäßig begabten einheimischen Schriftstellers. Der aktuelle Aufmacher war ein Bericht über den „Pferderipper von St. Märgen". Alfred las kurz hinein. Ein Unbekannter war mehrfach auf Weiden eingebrochen und hatte Pferde mit unbekannten Gegenständen schwer verletzt, vorzugsweise im Genitalbereich. Auf dem Thurner war ein Pferd verendet, ein anderes Tier auf einem Hof im Steinbachtal hatte eingeschläfert werden müssen. Kleinteich sprach in sei-

ner Reportage von bisher vier bekannten Fällen, die sich alle innerhalb der vergangenen drei Monate ereignet hatten. Ein unappetitliches Thema.

Alfred las weiter auf der Kleinteich-Homepage: „Als Crossmedia-Dienstleister generieren wir Texte, Fotos und Videos, bevorzugt im Reporter-Stil und ausgerichtet auf digitale und traditionelle Medien-Kanäle. Je nach Anlass und Zweck produzieren wir den Content als kompletten Dreiklang (Text/Foto/Video) oder einzelne der drei Komponenten. Sie haben keine eigene Presseabteilung im Haus? Die Lösung: Wir setzen Ihre Message mediengerecht für Digital und Print um, als externe Pressestelle auf Zeit!"

Ein Kollege also. Vielleicht sogar ein Verdächtiger.

Auch die adrette Swetlana Pfeifmann ließ sich leicht im Netz finden. Es handelte sich nämlich um die Ehefrau eines Veterinärs und Tiermediziners, dessen Homepage Auskunft gab, dass er eine Tierarztpraxis für Nutztiere im Dreisamtal unterhielt. Swetlana Pfeifmann war seine deutlich jüngere Ehefrau. Ein Bild auf der Homepage zeigte sie im Kittel einer Praxishelferin neben ihrem Mann, wobei selbst dieses klinische Foto ihre sagenhaften Brüste nicht verbergen konnte. Alfred scrollte ein wenig durch die Seiten des Internetauftritts. Der Veterinär wirkte sehr seriös. Es gab auf seiner Homepage auch einen Link zur Schwarzwälder Pferdezuchtgenossenschaft mit Sitz in St. Märgen. Offenbar war der Veterinär Pfeifmann Spezialist für Schwarzwälder Kaltblut-Pferde, insbesondere für deren Zucht. Das führte Alfred als Nächstes zu Lea Vorderhalder, von der er inzwischen wusste, dass sie im Hauptamt die Geschäftsstelle der Pferdezuchtgenossenschaft leitete und derzeit nur aushilfsweise im Rathaus als Urlaubsvertretung das Sekretariat des Bürgermeisters führte. Zu Lea Vorderhalder gab es viele Treffer im Zusammenhang mit dem Rossfest von St. Märgen, das, wie Alfred bei dieser

Gelegenheit erfuhr, nur alle drei Jahre stattfand. In diesem Herbst war es wieder soweit.
So viel hatten seine Recherchen bereits ergeben, als das Handy klingelte. Es war Alfreds einstiger Kumpel Linus. Seit einem Streit vor einigen Monaten hatten sie keinen Kontakt mehr miteinander gehabt. Alfred war überrascht, dass Linus ihn anrief.
„Was gibt's?“, fragte er kurz angebunden.
Ebenso kurz angebunden antwortete Linus: „Du hast noch Winterreifen in meiner Garage. Ich wollte dir nur sagen, dass ich morgen alles ausräume und auf die Straße stelle. Ich ziehe um. Ich habe die Wohnung an die Russen verkauft. Du kannst dein Zeug abholen.“
Ehe Alfred weitere Fragen stellen konnte, hatte Linus auch schon wieder aufgelegt.

Der Baschimattenhof

Alfred wollte sehen, wo und wie die ermordete Bäuerin Bärbel Heulupfer gelebt hatte. Zu diesem Zweck suchte er ihren Hof auf. Der Baschimattenhof stand an einem steilen Berghang im Ortsteil Holzschlag. Alfred fand ihn nicht gleich auf Anhieb. Das Erlenbachtal, in dem der Hof stand, erschien Alfred als der letzte Winkel von St. Märgen, vielleicht war es auch das Ende der Welt. Lediglich ein schmales Teersträßchen, das von der ebenfalls schon schmalen Wagensteigstraße abbog und sich dann talaufwärts schlängelte, erschloss diesen abgeschiedenen Winkel. Links und rechts stieg die Landschaft bis an die Waldränder steil an, ein kleiner Bach, der Erlenbach, säumte den Weg. Irgendwann war die geteerte Straße zu Ende, und Alfred bog in einen Schotterweg ein, der schließlich nach einigen Kehren vor dem Hof endete, der sich in den Hang duckte wie eine Flakbatterie aus dem Zweiten Weltkrieg. Talseitig grasten auf einer Weide mehrere stolze Schwarzwälder Füchse. An der Bergseite hatte eine Ziegenherde ihren Auslauf. Der Hof kauerte friedlich in der Landschaft. Ein Rotmilan zog am Himmel seine Kreise.

Alfred steuerte seinen roten Flitzer im Schritttempo die Kehren empor und parkte schließlich vor einem bizarr aussehenden landwirtschaftlichen Gerät, einem Kreiselwender, der seine Tentakel in alle Himmelsrichtungen ausstreckte und vor sich hin rostete. Einige Hühner stiebten empört davon und gackerten sich ob der Störung in Rage. Alfred blieb hinter dem Steuer sitzen und taxierte den Hof. Es handelte sich um eine Mischung aus Alt- und Neubau. Der neuere Teil, in dem sich der Wohntrakt befand, war noch nicht verputzt, roter Backstein leuchtete unter einem mit Solarpanelen gedeckten schwarzem Dach. Der schindelgedeckte Ökonomieteil, dessen Dachtenne von der Bergseite her durch eine Hocheinfahrt erschlossen war, hing windschief am Neubau, als würde er nur durch dessen Backsteinmauern noch aufrechterhalten.

Der Kreiselwender, neben dem Alfred geparkt hatte, gehörte zu einem Fuhrpark von weiteren heruntergekommenen Maschinen und Fahrzeugen, die von Brennnesseln und anderem wucherndem Unkraut umzingelt waren. Man sah auf den ersten Blick, dass diese Gerätschaften schon lange nicht mehr in Gebrauch gewesen waren. Eine Weile ließ Alfred den Anblick auf sich wirken. Er erkannte, dass einiges am Hof wohl erst in jüngster Zeit in Schuss gebracht worden war, einiges aber sichtbar noch aus dem vorigen Jahrhundert stammte. Er erinnerte sich an den Ausruf von Lea Vorderhalder im Pfisterwald: „Gerade hat die Bärbel den Hof wieder auf Vordermann gebracht, und dann so etwas …“

Alfred stieg aus. Er war auf einen kläffenden Hofhund gefasst, aber wenn es ihn gab, ließ er sich nicht blicken. Er lauschte. Die Hühner hatten sich wieder beruhigt. Bienen summten. Vom Berghang her tönten schwach die Glocken, die die Ziegen um den Hals trugen. Plötzlich durchschnitt das kreischende Heulen einer Kreissäge die friedliche Ruhe. Der Krach kam aus dem Ökonomieteil des Hofes. Vorsichtig näherte Alfred sich. Alle Türen standen offen. Er blickte in dunkle, niedrige Ställe voller Pferdeboxen, die allesamt leer waren. Die Tiere waren auf der Weide.

Das Kreischen kam aus einer Durchfahrt, die im hinteren Teil des Hofes quer durch das Gebäude ging. Darüber war die Hochzufahrt. Alfred erkannte einen Mann in Latzhosen und Holzfällerhemd, der armdicke Äste in ofengerechte Scheite zersägte und sorgsam aufstapelte. Er trug Ohrenschützer und kehrte Alfred den Rücken zu. So wusste Alfred nicht, wie er sich bemerkbar machen sollte, denn Schreien half nichts. Er entdeckte das Kabel, mit dem die Kreissäge mit Strom versorgt wurde. Es endete in einer schwarzen Steckdose, die in einem schweren Balken eingelassen war. Kurzerhand zog Alfred den Stecker.

Mit einem letzten Aufkreischen bohrte sich das Sägeblatt in einen dicken Buchenast und blieb auf halber Strecke darin stecken. Der Mann an der Säge fluchte und fummelte am Einschaltknopf herum. Alfred machte sich durch laute „Hallo"-Rufe bemerkbar. Der Säger drehte sich um und schob sich die Ohrschützer vom Kopf, als er Alfred endlich registrierte.

„Was wollen Sie?", fragte er unwirsch. Mit einer Hand hielt er noch den Ast gegen die Säge gedrückt. Es handelte sich um einen jüngeren, schlanken Mann mit angehender Stirnglatze.

Alfred redete nicht lange um den heißen Brei herum, sondern gab sich als Journalist zu erkennen: „Ich war bei der Geisterwanderung dabei, als Bärbel Heulupfer ermordet wurde. Jetzt wollte ich mir mal ihren Hof ansehen."

Überraschenderweise jagte der Säger Alfred nicht gleich davon. Er stellte sich als Vertriebsmitarbeiter einer großen Futtermittelfirma vor und hieß Freddy Smöker: „Ich helfe hier ab und zu aus. Die Bärbel hatte ja sonst keine Hilfe. Normalerweise verkaufe ich Pferdefutter im Großhandel."

„Sie machen jetzt den Hof?"

„Einer muss sich ja um die Tiere kümmern. Drunten auf der Weide stehen sechs Pferde. Die Ziegenherde, die Hühner."

Alfred sah sich um, als wolle er die Angaben nachprüfen. Freddy Smöker fuhr ungefragt fort: „Normalerweise habe ich nur an den Wochenenden geholfen, und manchmal im Urlaub. Unter der Woche bin ich viel unterwegs. Ich verkaufe Futtermittel."

Er wiederholte sich. Anscheinend war ihm das wichtig. Alfred wollte ihm Gelegenheit geben, seine Rolle genau zu betonen

und fragte: „Dann ist das ein Freundschaftsdienst? Sie sind ein Freund von ... der Verstorbenen?“
Freddy Smöker lief rot an, schüttelte aber den Kopf: „Nicht direkt. Sie hat mich bezahlt.“
„Sonst lebt niemand auf dem Hof?“
„Doch, der Opa“, entgegnete Smöker. „Aber der macht nur noch Weidenkörbe und die Bienen.“
„Welcher Opa?“
„Der alte Heulupfer. Bärbels Opa.“
Unwillig legte Smöker den dicken Ast zur Seite, den er bis jetzt noch festgehalten hatte. Sein Blick drückte aus, er habe eigentlich Besseres zu tun, als hier einem neugierigen Journalisten Rede und Antwort zu stehen.
Alfred verarbeitete die Informationen.
„Hatte Bärbel Heulupfer keinen Partner? Gehörte ihr der Hof ganz alleine?“
Smöker schnaufte vernehmlich und lief erneut rot an. Sein Blick wurde unruhig. Offenbar hatte Alfred einen wunden Punkt getroffen. Im Geiste machte er sich eine Notiz: Freddy Smöker war möglicherweise verknallt in Bärbel Heulupfer gewesen.
Der Säger versuchte, seine Unruhe zu verbergen, indem er an der Säge herumfingerte und nach der Ursache des Stillstandes fahndete. Alfred ließ ihn gewähren und sah sich um. Der Hof machte einen aufgeräumten Eindruck. Trotz der baufälligen hinteren Hälfte war er nicht verwahrlost oder heruntergekommen, lediglich in diesem Gebäudeteil sehr alt. Die Durchfahrt, in der Alfred stand, bestand auf beiden Seiten aus dicken Bruchsteinmauern, überdacht von schweren Holzplanken auf mächtigen, schwarzen Balken.
„Ich habe den Stecker gezogen“, erlöste er schließlich den ratlosen Smöker, der Anstalten machte, unter einem Berg von Sägemehl, der sich unter der Kreissäge angestaut hatte,

nach Fehlern im Kabel zu fahnden. Smöker warf ihm einen ungnädigen Blick zu und drückte den Stecker wieder in die Steckdose.

„Wo finde ich den Opa?", fragte Alfred, ehe die Säge wieder zu kreischen anfing.

Smöker deutete mit einer Hand auf die andere Seite des Durchgangs und brüllte: „Beim Bienenhaus." Dann schob er seine Ohrschützer in Position und widmete sich wieder seiner Arbeit.

Die Säge machte einen Höllenlärm, und so überhörte Alfred alle anderen Geräusche, auch das Knarren und Schleifen über ihm. Auf den schweren Dielen, die die Decke des Durchgangs bildeten, schleppte oder rollte jemand einen großen hölzernen Hackklotz. An einer Stelle am Ende des Durchgangs war eine Öffnung in die Decke eingelassen. Es war ein Einstieg, eine Luke, die man mit Hilfe einer Leiter erreichte, die seitlich an der Bruchsteinwand lehnte. Alfred, der nicht nach oben sah und vom Sonnenlicht geblendet wurde, das von der rückwärtigen Hofseite in den Durchgang hereinstrahlte, bemerkte die Öffnung nicht, ebenso wenig wie er bemerkte, dass sich über seinem Kopf etwas anbahnte.

Die plötzlich grell einfallenden Sonnenstrahlen waren aber Alfreds Rettung, denn er hielt in seinem hastigen Schritt kurz inne, um die Augen mit der flachen Hand abzuschirmen. In diesem Augenblick fiel ein schwarzer Schatten von oben herunter, es gab einen Knall, Staub wirbelte auf und ein mächtiger Holzklotz donnerte zu Boden. Er fiel Alfred direkt vor die Füße, und wenn er im ursprünglichen Tempo weiter gegangen wäre, hätte er das Monstrum, es war der meterdicke Stumpf eines Baumstammes, direkt auf den Kopf bekommen, womöglich mit tödlichen Folgen. Einen Moment war er perplex. Dann schaute er erschrocken nach oben. Er erkannte lediglich eine dunkle Öffnung und vermeinte, eine

Bewegung wahrzunehmen. Doch schon war sie vorbei. Noch immer hallte das ohrenbetäubende Kreischen der Säge durch den Durchgang. Der Hackklotz lag mitten im Durchgang, als sei das schon immer sein Platz gewesen.
Noch einmal warf Alfred einen Blick nach oben. Dann eilte er gestikulierend zu Freddy Smöker zurück und bedeutete ihm, die Säge abzustellen.
„Jemand wollte mich umbringen", sagte Alfred aufgebracht, als endlich das Lärmen verstummte. Noch immer war er voller Adrenalin. Es ging ihm auf, was für ein Glück er gehabt hatte. Er schilderte den Anschlag, um den es sich seiner Ansicht nach handelte und fahndete in Smökers Gesicht nach verräterischen Anzeichen. Aber Smöker war ehrlich erschrocken. Nachdem er den Hackklotz besichtigt und mehrfach mit dem Fuß angestoßen hatte, als könne er ihn auf diese Weise zum Sprechen bringen, erklärte er: „Man kommt oben durch die Hochzufahrt ins Haus. Dort hacken wir immer das Feuerholz. Es ist ganz und gar ausgeschlossen, dass der Hackklotz von alleine durch die Luke gefallen ist. Da hat jemand nachgeholfen."
Alfred ließ sich von Smöker um den Hof führen. Smöker war sehr hilfsbereit, geradezu dienstbeflissen. Gemeinsam betraten sie über die bergseitige Zufahrt durch ein riesiges Tor die Tenne unter dem ausladenden Dach. Es war dies der Eingang, über den seit Generationen die Wagenladungen mit Heu, Stroh, Getreide, Kartoffeln und allem Übrigen, was das Land abwarf, unter das Dach des Baschimattenhofs gebracht wurde. Jahrhundertealte Spinnweben hingen von den schweren Balken herab, unter den Schindeln klebten Wespennester. Es roch nach Heustaub und altem Holz. Seitlich, direkt hinter der Einfahrt, lagerten Stapel von Buchenholz. Einige der Klötze waren bereits zu handlichem Brennholz gespalten, andere harrten noch ihrer Bearbeitung. Auf dem Haufen mit

den bereits gespaltenen Scheiten lag eine große Axt. Smöker deutete darauf und erklärte: „Normalerweise steckt sie im Hackklotz. Aber der ist weg."
Er zeigte Alfred die Luke, die etwas abgerückt im Innern der Tenne in den Bodendielen klaffte. Es waren die Dielen, die gleichzeitig die Decke zum Hofdurchgang bildeten. Alfred kniete sich an den Rand der Luke und warf einen Blick nach unten. Der Hackklotz lag direkt unter der Luke, exakt an der Stelle, auf die er heruntergefallen war.
„Das kann einen Menschen zerschmettern, wenn er das Ding auf den Schädel bekommt", bestätigte Smöker Alfreds schlimmste Befürchtungen. „Dann bist du Brei!"
„Das ist nicht lustig", protestierte Alfred. „Das war ein Mordanschlag."
Smöker schüttelte den Kopf. „Das kann ich mir nicht vorstellen. Es muss eine Erklärung dafür geben. Es ist doch sonst niemand auf dem Hof. Und wer sollte es auf Sie abgesehen haben?"
Alfred zuckte mit den Schultern: „Weiß ich doch nicht. Vielleicht jemand, der mich daran hindern will, hier herumzufragen?"
Wieder lauerte er auf auffällige Reaktionen Smökers, aber dieser zeigte keinerlei Anzeichen von Mitwisserschaft oder schlechtem Gewissen.
„Was ist mit dem Opa?", fragte Alfred.
Smöker lachte: „Der Herbert? Der ist draußen bei seinen Bienen." Er deutete über die Wiese auf eine etwas abseits des Hofes hinter Obstbäumen verborgene Hütte. „Dort treibt er sein Unwesen. Er züchtet Bienenvölker und gewinnt Honig." Smöker senkte die Stimme und ergänzte in verschwörerischem Ton: „Außerdem ist er ein bisschen senil. Hat nicht mehr alle Tassen im Schrank. Sehr vergesslich. Man kann ihn nicht mehr für voll nehmen."

„Aha!“, bemerkte Alfred knapp. Das würde ihn nicht davon abhalten, den alten Mann kennenzulernen.
Doch ehe es dazu kam, bog ein schwerer, schwarzer Mercedes auf die Hofeinfahrt und näherte sich im Schritttempo. Es war die Polizei. Kriminaloberkommissarin Evelyn Schwänzel entstieg der Limousine. Sie war in Zivil, ihre beiden Begleiter trugen Polizeiuniformen. Als sie nahe genug herangekommen war und Alfred erkannte, schimpfte sie: „Habe ich Ihnen nicht gesagt, dass Sie sich aus den Ermittlungen heraushalten sollen? Sie gefährden die Polizeiarbeit. Machen Sie, dass sie fortkommen, oder ich lasse Sie festnehmen.“
„Ich habe nichts angestellt“, protestierte Alfred, während er mit dem Smartphone ein paar Aufnahmen machte.
„Paragraf 164 Strafgesetzbuch“, warf ihm die Oberkommissarin an den Kopf. „Vereitelung und Behinderung einer Amtshandlung. Entweder Sie verschwinden auf der Stelle, oder ich lasse Sie in Gewahrsam nehmen.“
Alfred erwog kurz, ober er renitent bleiben und auf seine Pressefreiheit bestehen sollte. Er hätte auch vom Hackklotz erzählen können, den er für einen versuchten Anschlag hielt. Aber er beschloss, diesen Teil seiner Recherchen vorerst noch für sich zu behalten. Er bedachte die strenge Oberkommissarin mit einem verächtlichen Blick und trat den Rückzug an.
Als er auf dem Weg zu seinem roten Flitzer, an dem vor sich hin rostenden Fuhrpark ehemaliger landwirtschaftlicher Geräte vorbeikam, nahm er aus den Augenwinkeln eine Bewegung zwischen den Brennnesseln wahr. Etwas reflektierte in der Sonne und blendete ihn kurz. Er machte einen Schritt auf das Brennnesselgestrüpp zu. Da erhob sich aus dem grünen Gesträuch eine Gestalt. Es war Bert Kleinteich, der Mann mit der Kamera. Kleinteich winkte mit einer Hand zum Gruß, die andere Hand mit der Kamera ließ er sinken:

„Da hatten wir wohl die gleiche Idee“, meinte er leutselig. „Vielleicht sollten wir uns zusammentun?“
„Gar nicht witzig“, keifte Alfred.
Aber Kleinteich ließ sich nicht abschütteln. Er eilte hinter Alfred her. „Ich weiß einiges über den Hof. Ich habe Sie beobachtet, wie sie mit dem Fuzzi von der Kraftfutterfirma geredet haben. Der weiß bestimmt nichts.“
„Sie meinen Freddy Smöker?“, ließ Alfred sich auf ein Gespräch ein.
„Er ist Vertreter, reist in der Gegend herum und verkauft Pferdefutter“, wusste Kleinteich. „Die Züchter peppen damit ihre Rösser auf. Körnermais, Eiweißfuttermittel, Soja, Raps und solches Zeug. Tut den Pferden gut. Von unseren Magerwiesen werden sie nicht immer satt.“
„Sie wissen ja ziemlich gut Bescheid“, anerkannte Alfred, während er sich hinter das Steuer des roten Flitzers klemmte. Ungefragt öffnete Kleinteich die Beifahrertür und nahm neben Alfred Platz: „Könnten Sie mich zurück nach St. Märgen bringen? Ich bin zu Fuß hier?“
Alfred ließ sich sein Erstaunen nicht anmerken. Kleinteich war auf eine natürliche und trotz seiner Aufdringlichkeit angenehme Art nicht unsympathisch. Und offenbar war er bestens informiert. Vielleicht war er ja ein Verbündeter?
Alfred ließ ihn einsteigen.

Tratsch und Klatsch aus St. Märgen

Alfred rauchte während der Fahrt. Das Verdeck war offen. Dennoch rümpfte Bert Kleinteich die Nase. Alfred tat so, als bemerkte er es nicht.

„Bis St. Märgen ist es noch ein schöner Fetzen. Wie kommt es, dass Sie ohne Fahrzeug hierhergekommen sind?", eröffnete Alfred das Gespräch.

„Das täuscht", belehrte ihn Kleinteich. „Es ist nur ein weiter Weg, wenn man über die Wagensteigstraße herunterkommt und dann von dort der Fahrstraße ins Erlenbachtal folgt. Ich habe beim alten Steinbach-Hirschen geparkt und bin durch den Pfisterwald heruntergekommen. Luftlinie sind das höchstens zwei Kilometer. Es geht halt sehr steil bergab."

Kleinteich ließ Alfred über diese Information nachdenken. Es lag darin eine Botschaft verborgen. Alfred grübelte, dann kam er darauf: „Sie wollten nicht entdeckt werden, oder? Wären Sie wie ich mit dem Auto gekommen, hätte man Sie vom Baschimattenhof aus schon von Weitem gesehen. Sie wollten unerkannt spionieren?"

Kleinteich winkte ab: „Das war nur ein Nebeneffekt. Ich wollte herausfinden, wie weit es vom Pfisterwald, wo wir die Tote gefunden haben, bis zu ihrem Hof im Erlenbachtal ist. Wie gesagt, zwei Kilometer Luftlinie."

„Aber wieso ist das relevant?", stand Alfred auf dem Schlauch. „Der Mord geschah oben im Pfisterwald."

„Das glaube ich nicht", sagte Kleinteich, während sie auf dem schmalen Weg am Fuße saftiger Bergweiden aus dem Tal hinausfuhren. „Wir hätten das doch bemerkt. Da sind vierzig Menschen unterwegs gewesen. Irgendwer hätte etwas hören oder sehen müssen. Und wenn nicht die Teilnehmer der Geisterwanderung, dann die Betzitglunki oder die Männer,

die den Schimmelreiter gespielt haben. Die haben sich doch schon lange vor uns im Wald aufgehalten und dort auf ihren Auftritt gewartet."
Alfred schnippte die Zigarettenkippe über die Seitentür aus dem Auto und warf Kleinteich einen skeptischen Blick zu: „Was ist dann Ihre Theorie?"
„Ich glaube, Bärbel Heulupfer wurde an einem anderen Ort ermordet. Dann hat sie der Täter geräuschlos in den Wald gebracht und ganz gezielt der Geisterwanderung vor die Füße geworfen. Das war kein Zufall."
Alfred stimmte zu: „Der Täter wollte seine Tat auf jeden Fall nicht verbergen. Suchte er ein möglichst großes Publikum?"
„Mag sein." Kleinteich sprach über den Fall, als habe er schon länger darüber nachgegrübelt und bereits seine Theorien aufgestellt. Er ließ Alfred freimütig daran teilhaben: „Es könnte aber auch nur an eine einzelne, ganz bestimmte Person gerichtet gewesen sein. Als eine Art Botschaft oder Warnung sozusagen."
Alfred bog in die Wagensteigstraße ein, die durch den Weiler Holzschlag hinauf nach St. Märgen führte. Kleinteich scrollte unterdessen auf dem Display seiner Kamera die am Baschimattenhof aufgenommenen Fotos durch. Er pfiff durch die Zähne. Alfred warf ihm einen fragenden Blick zu.
„Hier", sagte Kleinteich und hielt Alfred die Kamera unter die Nase. Während des Fahrens konnte Alfred aber nichts erkennen, er musste sich auf die Straße konzentrieren, die sich in vielen Kurven und Kehren bergwärts schlängelte. Kleinteich klärte auf: „Ich hab hier eine Aufnahme, da sieht man vage eine Person aus dem Dänn des Baschimattenhofes kommen. Leider nur von hinten zu erkennen …"
„Das Dänn …?", fragte Alfred begriffsstutzig.
„Die Tenne. Wir sagen Dänn dazu. Ist alemannisch", klärte Kleinteich auf.

Alfred hielt am Straßenrand an und studierte die Aufnahme, die ihm Kleinteich zeigte. Er erkannte verschwommen den breiten Rücken einer nach Körperbau und Größe männlichen Person. „Überbelichtet", kommentierte Alfred. „Die ganze Person leuchtet weiß."
„Das ist die Sonne", verteidigte sich Kleinteich. „Die Gestalt ist voll im Gegenlicht."
„Sie sind doch Insider in St. Märgen. Was ist am Baschimattenhof so Besonderes, dass jemand so spektakulär die Bäuerin umbringt?", fragte Alfred.
Kleinteich zögerte mit einer Antwort. Dann sagte er: „Ich weiß nicht, ob ich mein Wissen mit Ihnen teilen soll. Ich bin Journalist und lebe wie Sie davon, dass ich mehr weiß als andere. Gegen Honorar wäre ich bereit …"
Sie feilschten kurz und einigten sich schließlich auf eine Zusammenarbeit. In Sachen Mord im Pfisterwald wollten sie ihre Informationen teilen, beide Online-Portale, „Kleinteichs-Welt" und Alfreds „Goodwood-Wäldernews", wollten ihre Artikel gegenseitig austauschen. Kleinteich erklärte sich bereit, fortan mit Alfred bei den Recherchen zum Mordfall Baschimattenbäuerin zusammenzuarbeiten. Selbstverständlich hatte Alfred vor, Kleinteich dabei über den Tisch zu ziehen und die wirklich relevanten Infos exklusiv für sich zu behalten. Selbstverständlich dachte Kleinteich genauso. Beide hielten sich für gewitzter als der andere.
Kleinteich erzählte während der Weiterfahrt eine ebenso spannende wie kuriose Geschichte: „Bärbel Heulupfer hatte viele Neider und Feinde. Das Problem mit der Baschimattenbäuerin sind nicht nur die Pferde, sondern auch ihr Lebenswandel und auch ihre komische politische Haltung. Sie gehörte zum Verein der „Gerechten Rechten" aus dem Dreisamtal. Schonmal gehört?"

Und ob! Mit dieser Gruppierung hatte Alfred es schon einmal zu tun bekommen. Die waren nicht zimperlich, Rechtsradikale, die schon auch mal die Fäuste sprechen ließen.
„Aber das Hauptproblem sind Bärbel Heulupfers Schwarzwälder Füchse“, fuhr Kleinteich fort. „Sie hat sechs wunderbare Zuchtstuten, aber sie hält sie nicht rasserein. Das brachte alle orthodoxen Schwarzwälder Züchter gegen sie auf. Bärbel ließ ihre Stuten von anderen Kaltblut-Hengsten und auch von Vollblütlern decken, von Haflingern, von Norikern, von Tinkern, alles was es gibt, solange nur danach gefragt und bezahlt wurde. Auf diese Weise hat sie ihr Geld verdient. Der Hof alleine wirft ja nicht genug ab.“
„Ist das denn verboten?“, fragte Alfred dazwischen.
„Nein, überhaupt nicht. Andernorts ist es üblich. Aber hier im Hochschwarzwald ist es streng verpönt, besonders innerhalb der Schwarzwälder Pferdezuchtgenossenschaft. Die sorgen sich natürlich um den reinrassigen Nachwuchs.“
„Also lag Bärbel Heulupfer im Streit mit der Züchtergenossenschaft?“
„So kann man das sagen. Es wurde ihr sogar die Teilnahme am Rossfest untersagt. Sie wollte dagegen klagen, aber dazu wird es jetzt ja wohl nicht mehr kommen.“
„Worin liegt der Vorteil, wenn man die Rassen kreuzt?“, wollte Alfred wissen.
Kleinteich erwies sich als kenntnisreicher Experte: „Unsere Schwarzwald-Kaltblüter haben einen super Charakter und zusammen mit Vollblut ergibt das eine tolle Mischung. Bei den Kreuzungen entstehen robuste Pferde, die einen schweren Planwagen ziehen können, die bei Hochzeiten die Nerven behalten und bei Turnieren trotzdem spritzig sind. Ohne Vollblut beizumischen, kommt man da nicht vorwärts“, meinte er. „Bereits als Fohlen gehen die auf diese Weise gezeugten Nachwuchskutschpferde an der Seite ihrer Mütter durch den

Straßenverkehr. Wenn sie später selber ziehen, kann sie nichts mehr erschüttern. Gleich nach dem ersten Longieren werden sie an das Geschirr gewöhnt und auch mal vor den Schlitten gespannt, dann geht es an der Seite eines erfahrenen Pferdes vor die Kutsche. Die Mischlinge sind sehr gelehrig und haben eine ruhige Art. Fertig ausgebildet eignen sich die gemütlichen Vierbeiner deshalb auch für Pferdeliebhaber, die nur am Wochenende mit der Kutsche spazieren fahren wollen."
„Verstehe!", murmelte Alfred, während er nun den roten Flitzer durch St. Märgen steuerte. Kleinteich hatte sein Auto jenseits des Ortes an der Landstraße zum Thurner geparkt. Dort wollte Alfred ihn abladen.
„Und Sie glauben, dass der Mord im Zusammenhang mit diesen Zuchtgeschichten steht?", nahm er das Gespräch wieder auf, nachdem sie St. Märgen gequert hatten. Sie passierten jetzt linkerhand die Schwarzwaldhalle, wo nach dem Mord die Polizeivernehmungen stattgefunden hatten, rechterhand breitete sich der Pfisterwald aus.
Kleinteich bejahte die Frage: „Ich habe zwar noch keine Vorstellung, wer das gewesen sein könnte und was er damit bezweckte, aber ich habe keine andere Erklärung. Höchstens …" Er stockte.
„Alfred ermunterte ihn: „Was höchstens?"
„Sie war außerdem mannstoll. Sie hat allen Kerlen in der Umgebung schöne Augen gemacht. Die Landfrauen haben sie deshalb aus ihrem Verein rausgeschmissen."
Alfred pfiff durch die Zähne. Vielleicht Mord aus Eifersucht?
„Rund um die Pferde scheint es in St. Märgen generell ganz schön Aufregung zu geben", stellte Alfred fest. „Ich habe auf Ihrem Portal die Geschichte mit dem Pferderipper gelesen. Hat man den schon gefasst?"
„Nein, der treibt immer noch sein Unwesen. Irgend so ein kranker Perversling, wenn Sie mich fragen."

„Wie kann man den Tieren sowas antun?“, wunderte sich Alfred.
„Es gibt verschiedene Theorien“, erläuterte Kleinteich. „Ist es nicht seltsam, dass dieser Ripper sich mit Pferden so gut auskennt, dass er immer nahe genug an sie herankommt, um die Tiere anzugreifen. Also muss er ein Pferdekenner sein. Er suchte sich bisher immer zahme Pferde aus, die auf gut zugänglichen Koppeln weideten. Zweimal wagte er sich auch in einen Stall.“
Sie hatten nun den Pfisterwald hinter sich und freie Landschaft tat sich auf. Kleinteich wies auf ein älteres Bauernhaus am linken Straßenrand: „Das ist der ehemalige Hirschen von Steinbach. Dort steht mein Auto. Sie können mich rauslassen.“
Alfred schaute auf die Uhr. Sie hatten 22 Minuten gebraucht, um vom Baschimattenhof hier heraufzukommen. Er hatte noch viele Fragen. Deshalb schlug er vor: „Wollen wir nicht zusammen einen Kaffee trinken?“
So landeten sie im nicht weit entfernten Gasthaus Sonne-Neuhäusle und dort auf der Freiterrasse, die einen weiten Blick über Berggipfel bis hinüber zum Feldbergmassiv ermöglichte. Nachdem der Erdbeerkuchen mit Sahne, den beide geordert hatten, auf dem Tisch stand, deutete Kleinteich über das Terrassengeländer in eine Senke hinunter, die direkt vor ihnen lag. Pferde weideten dort. Auf halber Höhe ging die Wiese in einen steil abfallenden Bergwald über. „Der Wald geht bis hinunter ins Erlenbachtal. Wenn man vom Baschimattenhof dem Talbach folgt, landet man zuerst bei der historischen Pfistermühle, dann stehen noch ein paar einsame Bauernhäuser am Wegesrand, dann endet der Fahrweg und man kommt nur noch zu Fuß auf einem Wanderweg weiter. Dieser Wanderweg steigt aus der Talsohle empor und führt direkt zur Thurnerhöhe.“ Mit einem Schwenk seines ausgestreckten

Armes deutete Kleinteich die Strecke an und zeigte am Ende auf den nicht weit entfernten Thurner. Weil die Fernsicht gut war. zückte er seine Kamera und schoss ein paar Panoramaaufnahmen.

Alfred fabrizierte sich eine Zigarette. Kleinteich lehnte dankend ab. Er erzählte, dass er für seine Reportagen oft zu Fuß in der Gegend unterwegs war. „Die Entfernungen sind gar nicht so groß. Man kann an einem Nachmittag von St. Märgen über Holzschlag durch das Erlenbachtal bis hinauf zum Thurner spazieren und dann von dort auf dem Kulturweg über die Hohlengrabenschanzen und den Geigersberg wieder zurück."

Alfred sagten all diese Ortsbezeichnung nichts. Unvermittelt fragte er: „Sie sind doch ein eingefleischter St. Märgen-Kenner. Was sagen sie zu den anonymen Drohungen gegen Bürgermeister Kreuz?"

Kleinteich überlegt kurz. Um ihn zum Reden zu bringen, betonte Alfred: „Ich habe mit dem Bürgermeister darüber gesprochen. Er hat mir einen der Drohbriefe gezeigt."

„Es ist ja kein Geheimnis", räumte Kleinteich ein. „Sogar im Amtsblatt hat das schon gestanden. Es gibt diese Vorfälle seit Jahren und inzwischen wird natürlich jede Kleinigkeit misstrauisch beäugt und interpretiert. Eine Weile lang gab es rätselhafte Fehlermeldungen an der Schließanlage des Rathauses, da hat man gleich die Polizei gerufen. Der Bürgermeister berichtete von Stalking, nächtlichem Telefonterror, anonymen Drohmails und verdächtigem Autoverkehr rund um sein Haus."

„Ein bisschen paranoid", befand Alfred.

„Wie man's nimmt", ich würde die Dinge auch nicht auf die leichte Schulter nehmen. „Vor geraumer Zeit stand im Bürgermeisterzimmer eines Morgens zentimeterhoch Wasser am Boden. Aber sämtliche Leitungen, die daraufhin akribisch

untersucht wurden, waren intakt, die Fenster geschlossen, das Dach dicht."
„Vielleicht war's gar kein Wasser, sondern jemand hat dem Bürgermeister symbolisch ans Bein gepinkelt", spekulierte Alfred leichthin.
Kleinteich schüttelte den Kopf: „Eigentlich ist Manfred Kreutz im Ort beliebt. Bei der Bürgermeisterwahl bekam er 93 Prozent. Wenn es jemand auf ihn abgesehen hat, dann ist es auf jeden Fall ein Außenseiter. Ich glaube, es geht gar nicht so sehr gegen Kreutz, eher gegen die Gemeinde oder das Rathaus."
„Und was sollte der Grund dafür sein?"
Kleinteich sah sich sichernd um, als fürchte er unliebsame Mithörer. Aber sie saßen alleine auf der Terrasse. Dennoch senkte Kleinteich die Stimme: „Es gab da mal vor ein paar Jahren so ein Ding. Da hat die Gemeinde zwangsweise auf dem Friedhof ein Grab abräumen lassen, in dem seit 1945 ein Nazi-Kriegsverbrecher aus St. Märgen lag. Natürlich hat sich niemand getraut, öffentlich dagegen vorzugehen. Aber wie die Nazis halt so sind, die es überall noch gibt: Sie verzeihen sowas nicht."
„Sie glauben also, der Terror gegen den Bürgermeister kommt aus dieser Ecke? Alte Nazis, neue Rechte, oder Hinterbliebene des Kriegsverbrechers?"
Kleinteich zuckte mit den Schultern: „Ist doch naheliegend. Das passt auch zum feigen, anonymen Vorgehen. Ganz die Handschrift solcher Leute."
Alfred wollte den Namen des Kriegsverbrechers wissen, aber Kleinteich tat so, als sei er ihm entfallen. „Da muss ich erst noch recherchieren. Kann vielleicht etwas dauern."

Ungesundes Leben

Als Alfred gegen Abend nach Hause kam, fing ihn am Hauseingang der Hausbesitzer ab. „Die Sauerei muss verschwinden", schnauzte er, kaum hatte Alfred die Haustür geöffnet. Leo Schuster war Frührentner, ein schmächtiger kleiner Mann mit schütterem Haar und nerviger, quäkender Stimme. Er trug stets die zerknitterte Miene eines Menschen zur Schau, der nur aus Griesgram zu bestehen schien. Er deutete im Dunkel des Hausflurs auf eine Batterie von leeren Flaschen, die den halben Gang blockierten.
Es handelte sich um Hectors Flaschensammlung, wie Alfred sofort erkannte.

„Jetzt! Sofort!", beharrte Schuster.
„Die gehören mir nicht", wehrte sich Alfred.
„Ist mir egal. Ich weiß was hier läuft. Sie haben mir diesen Penner ins Haus gebracht. Jetzt müssen Sie sich auch um das Zeugs kümmern."
„Ich muss erst in die Wohnung. Ich muss dringend aufs Klo", wimmelte Alfred den Hausbesitzer ab. „Ich verspreche, noch heute sind die Flaschen verschwunden."
Schuster verfolgte Alfred noch durch das Treppenhaus bis ins erste Obergeschoss, wo er schimpfend in seiner eigenen Wohnung verschwand. Alfred stieg ins Dachgeschoss empor. Zum Glück blieb Schuster unten. Es hätte sonst weiteren Ärger gegeben. Im engen Treppenhaus vor Alfreds Wohnungstür stapelten sich vier Autoreifen. Auf dem Türmchen saß Vanessa und rauchte süßliches Kraut. Es handelte sich um die vier Winterreifen des roten Flitzers, die Alfred am Abend zuvor aus der Garage seines Ex-Kumpels Linus geholt hatte.

„Schicke Deko“, meinte Vanessa zur Begrüßung und deutete auf den Reifenstapel, von dem sie sich soeben geschwungen hatte.

„Ich wusste nicht wohin damit“, erklärte Alfred, ohne sich über Vanessas Anwesenheit zu wundern. Es geschah häufiger, dass sie unangemeldet auftauchte. Er erklärte ihr, dass Linus seine Wohnung in Neustadt verkauft hatte und deshalb auch seine Garage ausgeräumt werden musste.

„Er hat seine Wohnung verkauft?“

„Er spinnt total“, bestätigte Alfred. „Ich war gestern Abend dort. Du erinnerst dich doch an die Russen, die unter ihm wohnen. Die haben die Wohnung gekauft und bewohnen jetzt zwei Stockwerke. Ich habe mit Vasily geredet, einem von ihnen. Der sagte mir, dass Linus jetzt umgezogen ist an den Kaiserstuhl. Er hat sich dort eine neue Wohnung gekauft und will mit Neustadt und dem Hochschwarzwald nichts mehr zu tun haben.“

„Mit dir auch nicht“, erinnerte Vanessa Alfred daran, dass es zwischen ihm und seinem langjährigen Freund zum Bruch gekommen war. Das lag daran, dass Alfred vor einigen Monaten Linus’ teuren Porsche in einen Sumpf gefahren und dort unfreiwillig versenkt hatte. Daraufhin hatte Linus die Freundschaft aufgekündigt und seither sprachen sie nicht mehr miteinander.

„Auf jeden Fall musste ich die Reifen holen“, lenkte Alfred ab und deutete auf den Stapel, der das halbe Treppenhaus blockierte. „In die Wohnung kann ich sie nicht mitnehmen, ich muss noch einen Platz für sie finden. Vielleicht bei Anna im Keller …“

„Willst du, dass ich gleich wieder verschwinde“, fragte Vanessa spitz. Sie mochte es nicht, wenn Alfred in ihrer Gegenwart über Anna sprach.

„Nö, bleib! Warum bist du überhaupt gekommen?“, fragte Alfred, während er die Wohnungstür aufschloss.
Vanessa folgte ihm und klopfte auf die Mappe, die sie unter dem Arm trug: „Ich habe meine Masterarbeit fertig. Ich dachte, du könntest für mich mal draufschauen, vielleicht Korrektur lesen, ehe ich das abgebe.“ Schon hielt sie Alfred einen dicken Manuskriptpacken unter die Nase. Alfrede las den Titel: „Geisterglaube und Volksüberlieferung im Hochschwarzwald“ und schlug aufs Geradewohl eine Seite auf. Dort las er: „In vielen Tälern herrschte bis ins 18. Jahrhundert der Glaube, es gebe Männer, die könnten sich „gfrören“, das heißt, ihren Leib gegen alle Schläge vollkommen unempfindlich machen. So gibt es die Sage vom Raufbold Knäderhänner, der unempfindlich gegen Schmerzen und Schläge gewesen sei. Daheim vor seinem Haus in Viertäler, so berichtet die Sage, lag ein zentnerschwerer Stein, den hob er alle Tage ein paar Mal in die Höhe, um seine Kraft zu üben und sie auch zu zeigen, wenn jemand des Weges kam. Niemand in der Gegend wagte es, ihm entgegenzutreten. Denn der Knäderhänner beherrschte eine ganz besondere Kunst: Er konnte sich „gfrören“; konnte seinen Leib gegen alle Prügel, selbst gegen solche mit einem Hebeisen, vollkommen unempfindlich machen. Er war ein „Gfrörer“; einer, der sich festmachen konnte, wie seine Kunst auch genannt wird. Dieses Festmachen ist eine zauberische Handlung, die Unverwundbarkeit gegen Hieb, Stich und Schuss verleiht“, so definiert das „Handwörterbuch des deutschen Aberglaubens“.
Alfred schüttelte ungläubig den Kopf, während Vanessa ihn gespannt beim Lesen beobachtete. „Und ...?“, fragte sie. „Was hältst du davon?“
„Das ist doch Spinnerei, Aberglaube“, fasste Alfred zusammen. „Gab es das wirklich, oder hast du das erfunden?“

„Nein“, widersprach Vanessa. „Ich habe nichts erfunden. Diesen Fall vom Knäderhänner habe ich in den Amtsprotokollen des fürstenbergischen Obervogts aus dem 17. Jahrhundert gefunden.“

„Wie soll das vor sich gegangen sein, dieses Festmachen? Wie wurde jemand unverwundbar?“

Vanessa nahm Alfred das Manuskript aus der Hand und suchte nach einer bestimmten Seite. Als sie die gewünschte Stelle gefunden hatte, las sie vor: „... dahinter steckte der reinste Aberglaube, nämlich die Ansicht, für die Gfrör- und Festmachung müsse man Menschen- speziell Jungfrauenblut besitzen. Deshalb verwundete ein Glasmacher aus Rotwasser-Glashütte im Februar 1672 ein zufällig durchreisendes Mädchen so schwer, dass die Errettung desselben durch den Neustädter Chyrurgus Magister Scherer nur durch göttliche Direction und mittels gebrauchter guten Wundarznei gelingen konnte.“

„Boah“, rief Alfred anerkennend aus. „Das ist ja richtig spannend. Da könnten wir doch eine kleine Serie für Goodwood-Wäldernews draus machen, was hältst du davon? Jede Woche eine Fortsetzung: Aberglaube im Hochschwarzwald.“

Vanessa war nicht abgeneigt. „Honorar?“, fragte sie zaghaft.

„Ich rede mit Jochen darüber“, versprach Alfred. „Aber er lässt bestimmt was springen.

Rechtsanwalt Jochen Schiller, Alfreds Kumpel aus Studententagen, war der großzügige Finanzier von Goodwood-Wäldernews, und Dank der väterlichen Kanzlei war er finanziell sorgenfrei. Er war vor allem aber ein Fan von Alfred, früher sogar offener Verehrer, bis er eingesehen hatte, dass er Alfred ebenso wenig zum Schwulsein verführen konnte, wie es unmöglich gewesen wäre, ihn zum Veganer oder zum Antialkoholiker zu machen. Dennoch waren sie gute Freunde geblieben, auch nachdem Alfred seinen Wohnsitz wieder von der gemeinsamen Studenten-WG in Schillers Villa in Freiburg zurück nach Neustadt verlegt hatte. Zwar besaß Alfred noch immer ein Zimmer in jener WG in der Wiehre, doch nur noch selten war er dort anzutreffen. Wenn er in Freiburg übernachtete, dann in der Regel im Dachkämmerchen bei Vanessa.

Alfreds Beziehung zu Vanessa war kompliziert. Sie war ein Typ zum Pferdestehlen, was Alfred blind machte gegenüber ihrer Verliebtheit. Optisch war sie überhaupt nicht sein Typ, denn er stand eher auf schneewittchenhafte Erscheinungen wie Anna, Frauen mit schwarzhaarigen Engelsgesichtern, großen, dunklen Augen, rotem Schmollmund und üppigen Oberweiten. Vanessa hingegen war hager und zierlich, hatte ein freches, sommersprossiges Koboldgesicht, legte wenig Wert auf Frisur und bändigte ihre dunkelblonde Haarmähne meist nachlässig mit strubbeligen Knotenkonstruktionen. Ihren Busen musste man erahnen, denn zu sehen gab es wenig. Dafür war sie blitzgescheit und robust. Außerdem teilte sie Alfreds Vorliebe für selbstgedrehte Zigaretten und für durchzechte Nächte.

Manchmal dachte und handelte sie auch für Alfred, insbesondere wenn er nicht damit rechnete. So auch jetzt: „Übrigens habe ich mal ein bisschen recherchiert, wegen der Teilnehmer an der Geisterwanderung."

„Wie, du hast recherchiert? Was gibt es da zu recherchieren?"

Sie kramte in ihrer zerknautschten ledernen Handtasche und förderte einen Computerausdruck zutage. „Desiré Wursthorn und Celina Kleiser", sagte sie und schob das Blatt Alfred über den Tisch unter die Nase. „Die beiden Frauen mit den Selfies."

„Die tätowierten Fleischwürste", sagte Alfred abwertend. „Was gibt es zu diesen beiden Witzfiguren Interessantes?"

Der Computerausdruck lieferte ein Kurzporträt der beiden selbsternannten Influencerinnen, außerdem eine Reihe von Fotos und die Aufzählung verschiedener Aktivitäten.
„Wo hast du das her?“, wollte Alfred wissen.
„Das hat Tim für mich gemacht. War ein Klacks für ihn.“
Sie sprach von Tim Joy. Das war einer der Mitbewohner in der Freiburger Studenten-WG, ein introvertierter Computer-Nerd, der wie eine fette Made in seiner Höhle hauste und sich fast 24 Stunden am Tag im weltweiten Netz bewegte. Alfred wusste, dass Tim Joy ein echter Cyber-Krimineller war, der mit seinen Hackertricks unanständige Summen im Netz verdiente, die er in Krypto-Währungen anlegte und weltweit auf Konten bei zwielichtigen Banken verteilte. Manchmal hatte Tim Spaß an kleinen Freundschaftsdiensten und half mit Internetrecherchen, für die Alfred Wochen gebraucht hätte, die bei Tim Joy nur wenige Minuten beanspruchten.
„Auf den ersten Blick fällt auf, dass die beiden sich per Foto Shop zu rassigen Schönheiten aufgepeppt haben“, urteilte Alfred, nachdem er das Blatt überflogen hatte. „Aber sonst finde ich nichts, was mir beim Mordfall Pfisterwald weiterhelfen könnte.“
Vanessa wies Alfred auf den letzten Absatz hin: „Hier schau mal. Die beiden pflegen eine regelmäßige Rubrik, die heißt „Wer mit wem“. Da geht es um Tratsch- und Klatschgeschichten aus St. Märgen.“
„Kenne ich schon, habe ich bereits gesehen. Aber da steht nichts von Interesse. Kein einziger bekannter Name.“
„Kein Wunder“, sagte Vanessa. „Die beiden haben ja auch kurz nach der Geisterwanderung noch in der gleichen Nacht den spannendsten Eintrag gelöscht. Aber Tim Joy hat ihn rekonstruiert, war für ihn ein Kinderspiel.“
„Und?“ Jetzt war Alfred doch gespannt.

„Halte dich fest“, machte Vanessa es spannend. „Der gelöschte Eintrag lautete: „Lea Vorderhalder muss auf Klausi, ihren Betzitglunki aufpassen. Zur Betzit geht er z' Liecht im Baschimattenhof. Wenn er bloß dem Viehdoktor nicht in die Quere kommt.“
Alfred stand auf dem Schlauch: „Verstehe ich nicht.“
Vanessa klärte ihn auf: „Das ist Schwarzwälderisch. Z' Liecht gehen heißt so viel wie Fremdgehen. Es fiel früher unter den Sammelbegriff Unzucht und war bei Strafe verboten. Früher sagte man bei den Bauern z' Liecht gehen, wenn zwei sich zu vorehelichem oder außerehelichem Geschlechtsverkehr trafen. Eigentlich ist es paradox, denn niemand ging zu solchen Zwecken ins Licht, sondern war bemüht, dem Licht der Öffentlichkeit aus dem Weg zu gehen. Aber bei meinen Forschungen habe ich herausgefunden, wie es zu der Bezeichnung kam. Sie rührt von den abendlichen Zusammenkünften der Frauen und Mägde auf den Höfen, wenn sie sich zu Spinn- und Webarbeiten in den sogenannten Lichtstuben trafen, das waren ihre Kammern, die zu diesem Zwecke gut mit Kerzenlicht beleuchtet wurden. Deshalb ist der Name dann auf die heimlichen, nächtlichen Kammerbesuche übergegangen, die männliche Verehrer unternahmen, wenn sie den ansonsten gut behüteten Bauernmädchen und Mägden an die Röcke wollten.“
„Muss ich mir merken“, sagte Alfred vergnügt. Dann wurde er ernst und fasste zusammen: „Wenn ich den gelöschten Eintrag richtig interpretiere, dann hatte also die ermordete Bäuerin Bärbel Heulupfer ein Verhältnis mit einem Betzitglunki namens Klausi, der wiederum wohl der angestammte Freund oder Partner von Lea Vorderhalder ist. Und irgendwie spielt auch noch ein Viehdoktor eine Rolle.“
„Richtig kombiniert“, lobte Vanessa, die zwischenzeitlich aufgestanden war und zwei Dosenbier aus dem Kühlschrank

geholt hatte. Sie nahm einen großen Schluck und fügte hinzu: „Das war offenbar der neueste Tratsch, den unsere beiden tätowierten Influencerinnen verbreitet hatten. Doch nach den Ereignissen bei der Geisterwanderung haben sie schnell alles wieder gelöscht. Warum wohl?"
„Es wurde ihnen zu heiß?", überlegte Alfred. „Oder aus Pietätsgründen. Schließlich kommt die Baschimattenbäuerin drin vor, und die wurde ermordet.?"
„Oder es stimmte nicht", ergänzte Vanessa.
„Wir sollten es herausfinden", folgerte Alfred. „Ich weiß, wo die beiden wohnen, das steht in der Teilnehmerliste. Ich statte ihnen einen Besuch ab."
„Ich bin dabei", sagte Vanessa ungefragt.
In diesem Augenblick klingelte es hektisch dreimal kurz hintereinander an der Wohnungstür. Vanessa schlurfte mit der geöffneten Bierdose in der Hand hin und öffnete. Vor der Tür stand Anna. Ihre Kleine trug sie im Wickeltuch vor der Brust. Die zwei Frauen standen sich Auge in Auge gegenüber. Vanessa grinste: „Hallo Anna! Komm rein, magst du auch ein Bier?"
Anna schnaubte in sich hinein und betrat Alfreds Wohnung. Sie schnupperte, und ehe sie ein Wort zur Begrüßung sagte, stellte sie missbilligend fest: „Ihr habt geraucht!"
Vanessa und Anna akzeptierten sich zwar gegenseitig, aber sie mochten sich nicht besonders und ließen sich das gegenseitig auch spüren. Vanessa, indem sie sich demonstrativ die nächste Zigarette drehte, Anna, indem sie Vanessa ignorierte. Stattdessen strahlte sie Alfred an: „Hier bin ich."
Alfred war verdattert. Er hatte nicht mit Anna gerechnet. „Haben wir …? Habe ich was …?"
Annas haselnussbraune Augen blitzten gefährlich: „Sag bloß, du hast unseren Abend vergessen?"
„Unseren Abend?"

„Unseren Veggie-Abend. Haben wir letzte Woche ausgemacht. Einmal pro Woche Veggie Abend: Du kaufst ein, ich koche!“
„Unser Ve … Ve … Veggie …“, stammelte Alfred und registrierte aus den Augenwinkeln, wie Vanessa das Prusten unterdrücken musste.
„Unser Veggie-Abend, ja klar“, stammelte er.
In einem Anflug von Tollkühnheit hatte er sich von Anna zu einem solchen wöchentlichen Abend überreden lassen, in der Hoffnung, ihrem Herzen und ihrer Unterwäsche auf diese Weise endlich den entscheidenden Schritt näher zu kommen.
„Der Tag ist heute?“, stellte er sich doof, um Zeit zu gewinnen. Er hatte den Abend und sein Versprechen natürlich vergessen. Außerdem hatte er nichts eingekauft. Was sollte ein Veggie-Abend, bei dem es nichts zu essen gab?
„Der Tag ist heute“, bestätigte Anna mit grimmigem Unterton. „Erzähl mir nichts! Du hast es vergessen, nicht wahr?“ Und mit vernichtendem Blick auf Vanessa: „Oder hattet ihr beide was ganz anderes geplant?“
„Ne, ne, ne“, wehrte Alfred ab. „Vanessa ist zufällig vorbeigekommen, deshalb habe ich auch den Salat und das Gemüse noch nicht abholen können. Aber es ist bestellt, es ist an alles gedacht“, log er. „Ich muss nur noch mal schnell aus dem Haus. Salat und Gemüse! Reichlich. Versprochen!“
Anna sah ihn misstrauisch an: „Du erzählst Unsinn. Es ist schon nach neun. Wo willst du jetzt noch Salat und Gemüse abholen? Lidl hat zu, der Schmidts Markt hat zu.“
Alfred wurde hektisch. Er stieg in seine Schuhe und beschwichtigte währenddessen: „Richte dich schon mal in der Küche ein. In zehn Minuten bin ich wieder da.“ Er gab Vanessa einen Wink: „Komm mit. Du kannst mir helfen.“ Dann strich er der schlafenden Eva Maria Luisa kurz über

die Stirn: „Pass schön auf deine Mama auf, Onkel Alfred ist gleich wieder da."
Ohne weitere Erklärung ließ er Anna in der Wohnung zurück. Vanessa zog er an der Hand hinter sich her durch das Treppenhaus.
„Willst du mich auf diese Weise rauswerfen?", protestierte sie überrumpelt.
Alfred blieb kurz stehen ohne Vanessas Hand loszulassen. „Hör zu", flüsterte er. „Wir laufen schnell hoch in die Spritz. Dort kriegen wir bestimmt alles, was wir brauchen: Salat, Gemüse, Kartoffeln, Nudeln, das volle Programm."
„Und Bier", ergänzte Vanessa schnippisch. „Ist ja auch vegetarisch."
Unten im Hausflur wurden sie aufgehalten. Dort stand Leo Schuster, der Hausbesitzer. Offenbar hatte er ihnen aufgelauert. Er saugte an einer E-Zigarette und paffte ihnen Dampf entgegen. Dabei sah er aus wie jemand, der eine imaginäre Luftmatratze aufbläst. Auf der Skala der affigen Marotten kam bei Alfred die E-Zigarette gleich nach dem Herrenhandtäschchen und noch vor dem Selfie-Stick. Schuster deutete vorwurfsvoll mit seinem Inhalier-Dampfer auf Hectors Flaschensammlung und keifte: „Ich hab's euch doch gesagt. Das Zeug verschwindet. So-fort!" Das letzte Wort brüllte er.
Die Flaschen versperrten in der Tat den halben Hausflur. Da Anna ihren großen Kinderwagen auch noch hier abgestellt hatte, denn die steilen Treppen zu Alfreds Wohnung schleppte sie ihn nie hinauf, war nun kaum noch ein Durchkommen. Schusters Groll war verständlich, zumal die leeren Flaschen einen säuerlichen Gestank verbreiteten.
Wie auf Bestellung wurde die angelehnte Haustür aufgeschoben und Hector schlurfte herein. Der Flaschensammler steckte in seinem üblichen wallenden Umhang, die Arme

weit heruntergezogen, weil er in beiden Händen prall gefüllte Plastiktüten trug. „Hallo!“, sagte er mit Unschuldsmine.
„Hector! Die Flaschen müssen weg, sofort!“, nutzte Alfred die Gelegenheit. „Ich habe es dir schon mehrfach gesagt. Hier ist kein Abstellplatz. Alle Flaschen müssen verschwinden. Du bringst sie weg!“
Hector schaute treuherzig drein, erst von Alfred zu Schuster, dann auf die Flaschen. Dann hob er die Arme, um anzuzeigen, dass er die Hände bereits voll hatte. Als hätte er nicht eben einen Anschiss kassiert, bettelte er: „Mir geht’s nicht gut. Ich hab kein Geld. Gibst du mir Geld?“
„Oh verdammt, Hector, nein! Nein! Heute kriegst du kein Geld. Es gibt erst wieder Geld, wenn die Flaschen verschwunden sind. Hast du verstanden?“
„Ich hab kein Geld“, lautete Hectors Antwort. Er war nicht so leicht aus der Ruhe zu bringen.
Jetzt mischte sich auch noch Schuster ein: „Du bringst die Flaschen weg. Ich will dich nie wieder hier mit leeren Flaschen sehen. Sonst schlage ich dir jede einzelne auf den Kopf. Hast du verstanden?“
„Ich hab kein Geld“, wiederholte Hector beharrlich.
Alfred zwängte sich an Schuster vorbei, Vanessa zog er hinter sich her.
„Sie haben es gehört“, sagte er zu Schuster, während er bereits die Haustür aufdrückte: „Hector hat kein Geld. Aber er bringt die Flaschen weg, heute noch.“
„Beim Fischer-Beck ein Kaffee“, lautete Hectors Kommentar. „Aber ich brauch Geld!“
„Flaschen wegbringen!“, befahl Alfred streng. „Sonst haut sie dir der Herr Schuster über den Kopf.“
„Der da?“

Alfred war schon halber zur Tür hinaus. „Ja, der da. Pass bloß auf! Bring lieber gleich die Flaschen weg!“ Mit diesen Worten verschwand er mit Vanessa ins Freie.
„Jetzt aber nix wie los“, rief er. Im Eilschritt hetzten sie über die Hauptstraße, durch das schmale Villinger-Gässchen hinauf in die Scheuerlenstraße und dort die wenigen Meter zur Spritz.
Die Spritz war Alfreds Stammlokal. Wieder. Nachdem der frühere Wirt Günther gestorben war und seine Frau das Spritzenhäusle verkauft hatte, war Alfred für geraume Zeit heimatlos gewesen und in den diversen Neustädter Kneipen herumgeirrt wie ein orientierungsloser Wanderer. Neue Eigentümer der Spritz waren Gundolf und Lizzy Thoma aus Hinterzarten. Gundolf, allgemein nur „Gundi“ gerufen, war wegen längst vergangener alpiner Skierfolge, vor allem aber aufgrund seiner Verwandtschaft mit dem unsterblichen Olympiasieger Georg Thoma eine regionale Berühmtheit, betrieb seit vielen Jahren eine Skischule auf dem Feldberg, einen Fahrradverleih, etliche Ferienwohnungen, diverse gastronomische Einrichtungen und eine Reihe weiterer Geschäfte, die man zwar ahnen, aber nicht im örtlichen Branchenverzeichnis finden konnte, jedenfalls war alles zusammen so auskömmlich, dass er mit seiner Frau die Spritz hatte kaufen können. Sie betrieben das urige alte Wirtshaus aber nicht selbst, sondern hatten in Mathias und Diana Riedel ein Pächterehepaar gefunden, bei dem sie die Köchin und er der Bierzapfer war. Ein guter Griff. Mit den Riedels hatte die Spritz in unverändertem Stil als Bierkneipe für die Einheimischen und als gutbürgerliche Adresse für Touristen schnell wieder Fahrt aufgenommen. Und so war auch der verlorene Sohn Alfred schnell wieder an den dortigen Stammtisch zurückgekehrt. Streng genommen hatte sich im Vergleich zu den Vorgängern kaum etwas geändert, sieht man davon ab, dass nun hinter der Theke kein

blau-weißer Schal von Schalke 04 mehr hing, sondern stattdessen ein gelb-schwarzer Schal. Der neue Wirt war nämlich Sachse und Fan von Dynamo Dresden. Der Schwarzwälder ist von Natur aus tolerant, so dass diese Heimattreue dem neuen Spritzenwirt Mathias nicht ernsthaft nachgetragen wurde, wenngleich er mit reichlich Spott leben musste.
Alfred stürmte in die Gaststube. Zwei Tische waren besetzt. Am Stammtisch saß nur Knoddle, einer der Dauergäste, und sinnierte versonnen in ein Glas Rotwein hinein. Mathias hantierte am Zapfhahn und sächselte Alfred und Vanessa zur Begrüßung ein erfreutes „Wen haben wir denn da?“ entgegen.
„Hab` nicht viel Zeit“, erklärte Alfred schnell. „Ich brauche unbedingt ein paar Lebensmittel. Salat, Gemüse, Nudeln. Du musst mir aus einer Notlage helfen.“
Mathias verdrehte die Augen. Vanessa ließ sich unterdessen neben Knoddle auf einem Stuhl am Stammtisch nieder.
Alfred erklärte umständlich sein Anliegen. Mathias hörte sich die Geschichte mit leichtem Schmunzeln an und verzog das Gesicht: „Wir haben nicht mehr viel. Ich frage Diana, ob sie was entbehren kann.“
Er verschwand in der Küche zu seiner Frau.
Alfred sah zu Vanessa. „Wir bleiben nicht!“
„Ich schon“, sagte Vanessa. „Ich trink hier ein Bierchen mit Knoddle. Du glaubst doch nicht im Ernst, dass ich mit zurück in deine Wohnung gehe. Anna ist sowieso schon sauer, dass ich auf der Bildfläche erschienen bin. Und du willst doch auch nicht, dass ich euren trauten Abend der vegetarischen Zweisamkeit störe, nicht wahr?“
„Nicht, nein, nicht was du denkst. Zwischen Anna und mir läuft eh nichts“, wiegelte Alfred ab. „Sie freut sich, wenn du dabei bist.“
Vanessa lachte rau, es klang eher wie ein Knirschen. Aber sie hatte sich und ihre Eifersucht gut unter Kontrolle. „Ein

Bier für mich", rief sie Mathias zu, der aus der Küche zurückkam und Alfred eine Plastiktüte hinstreckte. Alfred warf einen Blick hinein: Karotten, Kartoffeln, Bohnen, Auberginen, Zucchini, Paprika und ein Salatkopf. Das war noch nicht alles. Mathias sagte: „Warte noch einen Augenblick. Diana holt noch Spätzle und Feta-Käse aus der Kühltruhe. Sie ist in den Keller hinunter."

„Mach mir solange auch ein Schnelles", entschied Alfred und deutete auf den Zapfhahn. „Aber nur ein Kleines. Anna wartet schon. Zu lange darf ich nicht wegbleiben."

„Es wird dein letztes Bier heute Abend sein", kommentierte Knoddle, der zuvor Alfreds langatmige Erklärungen mitangehört hatte. Vergnügt verkündete er: „Zum vegetarischen Essen gibt's nur naturtrüben Saft oder Tee."

„Tee", bestätigte Alfred resigniert. „Anna trinkt Tee."

Mathias brachte das Bier. Vanessa bestellte einen Wurstsalat und wiederholte kategorisch, sie bleibe in der Spritz und nehme den letzten Zug nach Freiburg, werde auf keinen Fall mit zu Anna in die Wohnung zurückkehren: „Das ist dein Abend, den möchte ich dir nicht verderben und mir auch nicht. Also bleibe ich weg. Hab Spaß und werde satt. Ich gönne mir einen Wurstsalat."

Alfred warf einen begehrlichen Blick auf die Speisekarte und dann einen nervösen Blick auf die Uhr. Er war nunmehr seit 25 Minuten unterwegs. Wurstsalat war schnell gemacht. Er wäre dann zumindest satt, wenn es zusammen mit Anna ans Grünfutter ging.

„Komm Mathias, bring mir auch schnell einen Wurstsalat, damit ich was Gescheites im Magen habe. Und noch ein kleines Bier."

Mathias nahm mit einer Andeutung von Sorgenfalten auf der hohen Stirn die Bestellung entgegen. Er dachte sich seinen Teil, behielt es aber für sich.

Die Tür ging auf und eine späte Gesellschaft schneite herein: Gundi Thoma mit seiner Frau Lizzy und zwei weiteren Paaren.

Es kam häufiger vor, dass die neuen Besitzer der Spritz spätabends noch vorbeischauten. Sie nahmen fröhlich plappernd den Ofentisch in Beschlag und machten sich sogleich mit lautem Hallo bemerkbar. Wenn er alleine kam, setzte Gundi Thoma sich auch gerne mal an den Stammtisch und zog Erkundigungen ein, ob es den Stammgästen behage und wie sie mit den neuen Pächtern Mathias und Diana zufrieden seien. Diesmal aber blieb er zunächst fern und beließ es bei Grüßen Richtung Knoddle und Alfred.

Die neuen Gäste hatten noch Hunger. Mathias nahm die Bestellungen auf. „Ich hätte gerne das Grillgemüse", eröffnete Lizzy den Reigen. „Ach ja, das nehme ich auch", schloss sich ihr Mann Gundi an. Und als hätten sie sich abgesprochen, wollten auch die beiden weiteren Frauen in dieser Gruppe das Grillgemüse.

Mathias stand wie ein begossener Pudel vor dem Ofentisch und verharrte mit gezücktem Bleistift und Bestellblock wie eine erstarrte Wachsfigur in Madame Tussauds Kabinett.

„Äh ..., Grill ... Gemüse ...?", brachte er schließlich hervor. „Ist leider ausgegangen, das Gemüse." Er warf Alfred einen vielsagenden Blick zu.

Alfred scharrte mit dem Fuß gegen die Plastiktüte unter dem Tisch. Dort war es, das ganze Grillgemüse, das nun in der Küche fehlte.

Vanessa feixte: „Sie sollen halt was Gescheites essen. Wurstsalat!"

Was auch immer Gundi Thoma und seine Begleiter am Ende auf den Tisch bekamen, es war kein Grillgemüse. Mit grimmiger Miene brachte Mathias Alfreds Wurstsalat. „Wegen Dir!", so bedeutete sein schräger Blick. Normalerweise hätte es ihm nicht viel ausgemacht, einem Gast zu sagen, dass ein Gericht ausverkauft war, aber hier handelte es sich um Gundi und Lizzy Thoma. Das waren immerhin die Besitzer, seine Verpächter.

Alfred stopfte sich eilig Wurstsalat in den Mund, schielte auf die Tüte zu seinen Füßen und dann auf die Uhr. Auweia! Er war nun schon 40 Minuten überzählig. Es wurde höchste Zeit, dass er in seine Wohnung zurückkehrte.

Das Telefon hinter der Theke klingelte. Mathias nahm ab und sächselte sein „Spritzenhäusle, guten Abend" in den Hörer. Dann blieb er stumm, nickte einige Male und schaute dabei immer wieder sorgenvoll zum Stammtisch und zu Alfred hinüber. „Ja, gewiss! Ja, verstehe! Ja, ich richte es aus."

Er legte auf und kam mit unheilverkündender Miene zu Alfred an den Tisch: „Eine Anna hat angerufen", verkündete er. „Sie wollte wissen, ob du hier bist, aber sie wollte nicht mit dir sprechen. Sie hat nur gesagt, dass sie jetzt lange genug gewartet hat und nach Hause geht."

„Oh weh, wie hat sie geklungen?", fragte Alfred zerknirscht, während Vanessa genüsslich einen Schluck Bier nahm.

„Nicht gut", bestätigte Mathias Alfreds schlimmsten Befürchtungen. „Ich würde sagen, sie war stinksauer."

Alfred warf einen hilflosen Blick zu Vanessa. „Was soll ich tun?"

„Wenn du dich beeilst, kannst du sie vielleicht noch abfangen", sagte Vanessa, aber es klang nicht wie eine Empfehlung.

Mathias entfernte sich, weil hinter der Theke erneut das Telefon bimmelte.

„Du würdest es aber vermutlich nicht mehr retten", warnte Vanessa.

Wieder kam Mathias an den Stammtisch. Diesmal hatte er das Telefon noch in den Händen und seine Blicke sagten: „Achtung! Sie ist es noch einmal!" Er reichte Alfred den Hö-

rer und entfernte sich demonstrativ, um deutlich zu machen, dass er sich für diese Angelegenheit nicht interessierte.
Anna blaffte wütend los, kaum hatte Alfred sich den Hörer gegriffen: „Was hast du mit meinem Kinderwagen gemacht?“
Was für eine Frage? Alfred hatte mit etwas ganz anderem gerechnet. Wieso ging es jetzt um den Kinderwagen?
„Der Kinderwagen …?“, fragte er begriffsstutzig.
„Ja, Evas Kinderwagen!“ So wütend hatte Alfred Anna noch nie erlebt. Sie fauchte ihn an: „Was hast du mit ihm gemacht?“
Alfred war unschuldig: „Ich habe keine Ahnung, von was du redest. Beruhige dich. Ich bin gerade auf dem Sprung, ich wollte gerade …“
Sie ließ ihn nicht ausreden: „Spar dir deine faulen Ausreden. Evas Kinderwagen ist verschwunden. Ich hatte ihn unten bei dir im Hausflur abgestellt, und da steht er jetzt nicht mehr. Ich habe bis jetzt auf dich gewartet. Und als ich jetzt nach Hause gehen wollte, war der Kinderwagen verschwunden.“
„Ich habe ihn nicht, ehrlich, Anna, ich schwöre es.“
„Er ist verschwunden!“ Anna klang jetzt weinerlich. Ihre Wut auf Alfred verwandelte sich in Verzweiflung. „Wer klaut denn einen Kinderwagen? Wer macht sowas?“
Ehe Alfred die Empfehlung ausgeben konnte, mal beim Hausbesitzer Leo Schuster nachzufragen, hatte Anna auch schon wieder aufgelegt. Es tutete im Hörer.
„Das war’s dann wohl“, sagte Alfred. „Schöne Bescherung!“
„Noch ein Bier?“, fragte Mathias, zwar vorsichtig, aber doch auch in geschäftstüchtiger Weitsicht.
„Noch ein Bier!“, bestätigte Alfred. Jetzt war eh nichts mehr zu retten. „Und es darf ruhig ein Großes sein.“
„Ich glaube, du kannst doch bei mir übernachten, brauchst nicht den letzten Zug zu nehmen“, sagte Alfred zu Vanessa. Er hatte kapituliert.

„Bring uns einen Schnaps obendrauf", bestellte er bei Mathias.
Der Abend schritt voran. Irgendwann, nachdem seine Begleiter sich verabschiedet hatten, gesellten sich auch Gundi und Lizzy Thoma zum Stammtisch. Gundi sah eigentlich wie ein lieber Onkel vom Finanzamt aus, man sah ihm den rasanten Skifahrer nicht an, aber Alfred hatte schon einiges über seine Skikarriere gehört. Gundi gab eine Runde aus, denn er war generell ein spendabler Mensch, vor allem aber liebte er es, in den Kreis des Stammtisches aufgenommen zu werden, und verwickelte Alfred in ein Gespräch, bei dem dieser zu spät merkte, dass er über den Tisch gezogen wurde. Es ging um Gundis Skischule auf dem Feldberg und um die vielen sensationellen Attraktionen, die es dort in der kommenden Wintersaison geben würde. „Da bin ich der Erste, der sowas anbietet", pries Gundi an, wobei Alfred, der vom Skifahren keine Ahnung hatte, weder mit Snowboarden, Skicross, Fun-Park, Obstacles, Carving, Freeriding, Bodycarve, Grounding und all den übrigen Fachbegriffen etwas anfangen konnte, noch überhaupt eine Vorstellung davon hatte, wie man im August bereits an den Dezember denken konnte. Aber Gundi überzeugte ihn davon, dass dies unbedingt ein Thema für Goodwood-Wäldernews sei, und zwar eine gut bebilderte Reportage, zu der er, Gundi, selbstverständlich kostenlos alle Bilder liefern könne und gerne auch O-Töne. Alfred erfuhr, dass es sich um eine Weltsensation handele, eine ganz heiße Sache, die Alfred mit den Goodwood-Wäldernews exklusiv vermarkten dürfe. Was Gundi exakt unter einer Weltsensation verstand, war dabei nicht ganz klar. Er holte weit aus und erzählte von seinen sportlichen und geschäftlichen Erfolgen: Profiskirennläufer in Japan; erste Carving-Skikurse, Snowboard-Weltcup am Seebuck, neues alpines Lernkonzept: Skifahren an einem Tag; Zusammenarbeit mit dem Eu-

ropa-Park, beste Feldberger Skischule aller Zeiten. Irgendwo dazwischen verbarg sich die Weltsensation, die Alfred aber nicht identifizieren konnte. Selbst der Audi Q8 Etron GT, den Gundi vor der Tür stehen hatte, war mehr oder weniger weltweit einmalig, angeblich ein Unikat, an das Gundi über seine Kontakte zum DSV gekommen war.
„Lust auf eine Probefahrt?“, fragte Gundi und wedelte mit dem Schlüssel.
„Ein andermal vielleicht“, wehrte Alfred ab und deutete auf sein gefülltes Bierglas. Seine Restvernunft sagte ihm, dass er in seinem Zustand außer mit seinem eigenen Flitzer mit keinem Auto mehr fahren konnte.
Außerdem fand er die olivgrüne Lackierung des Etron grausig. Da lobte er sich seinen roten Flitzer.
„Wieviel PS?“, wollte Gundi wissen.
„72“, antwortete Alfred wahrheitsgemäß. „Höchstgeschwindigkeit 165 km/h, Baujahr 1998.“
Als dies alles geklärt war, verwickelte im Anschluss auch Lizzy Alfred in ein Gespräch und wollte ihm allen Ernstes weiß machen, sie sei in ihren jungen Jahren berufsmäßig Wanderschäferin gewesen und habe Schafherden über den Schwarzwald getrieben. Sie war eine fröhliche Frau und ihre Augen blitzten begeistert, während sie erzählte. Aber Alfred glaubte ihr nicht. Es schien ihm zu abgefahren.
„Ja, ja, schon gut“, parierte er. „Ich war in meiner Jugend Ochsenzüchter und habe weibliche und männliche Ochsen gekreuzt.“
Lizzy war eingeschnappt, weil Alfred ihre Wanderjahre nicht ernst nahm. Ehe sie miteinander streiten konnten, gab Gundi eine weitere Runde aus, zahlte mit flatternden Geldscheinen, die nach alter Skifahrersitte lose zusammengeknüllt in der Brusttasche seines Hemdes steckten, und die Wogen glätten sich.

Knoddle ging nach draußen, um eine zu rauchen. Alfred hatte in der Eile seines Aufbruchs den Tabak zu Hause liegen lassen und Vanessas Beutel war leer. So blieb er notgedrungen sitzen, denn Schnorren war nicht möglich, da Alfred Filterzigaretten kategorisch ablehnte. Nur Selbstgedrehte kamen bei ihm in Frage. Vanessa war da nicht so empfindlich. Sie begleitete Knoddle nach draußen. Während ihrer Abwesenheit verhandelte Alfred mit Mathias die Rückgabe der Gemüsetüte.

„Ich brauche sie nicht mehr, das hast du ja mitgekriegt", sagte Alfred.

„Ich brauche sie auch nicht mehr, das hast du ja auch mitgekriegt", erwiderte Mathias, nicht ohne spitzen Unterton.

„Aber ich will das Zeugs nicht", beharrte Alfred.

„Du hast es mir abgekauft, schon vergessen?"

„Wir haben noch nicht über den Preis geredet? Ich habe noch nicht bezahlt. Das Geschäft hat eigentlich nicht stattgefunden", versuchte Alfred sich zu drücken.

„Komm mir bloß nicht so", warnte Mathias, um dann nach sächsischer Hausfrauenart hinzuzufügen: „Es wird alles aufgegessen. Wenn du das Grünzeug nicht mitnimmst, kriegst du jedes Mal, wenn du hier Wurstsalat oder Bratwürste bestellst, eine Gemüsebeilage. So lange, bis das alles weg ist."

Um dieses Los zu verdauen, bestellte Alfred noch ein Bier. In diesem Augenblick kehrten Knoddle und Vanessa vom Rauchen zurück und überraschten mit der Mitteilung: „Gerade eben ist draußen Hector der Flaschensammler vorübergezogen. Er schiebt einen Kinderwagen voller leerer Flaschen Richtung Glascontainer am Schützen."

Krankenbesuch

Oberkommissar a. D. Siegfried Junkel sah aus wie ein Häufchen Elend. Er hing in seinem Rollstuhl wie ein vergammelter Mehlsack, hatte die Augen geschlossen und schnaufte durch blubbernde Inhalierschläuche, die ihm Sauerstoff aus irgendwelchen Batterien zuführten, die hinten am Rollstuhl montiert waren. Alfred schob den Rollstuhl durch das kleine Café der St. Georg Vorsorge- und Reha-Klinik in Höchenschwand, hinaus auf die Terrasse. Junkel blinzelte kurz in die Sonne, dann schloss er die Augen wieder.

Lange hatte Alfred überlegt, ob er diesen Krankenbesuch wirklich machen wollte. Junkel war zwar mittlerweile ein langjähriger Weggefährte und irgendwie auch ein Freund, aber er war Polizist und nicht selten in dieser Rolle Alfreds Widerpart. Aber Junkel war auch ein alter und einsamer Junggeselle, nicht wirklich beliebt bei seinen Kollegen, schon gar nicht bei den Vorgesetzten, und er war nur mit einem rudimentären Sozialleben ausgestattet. Wer sollte ihn schon besuchen?

Und die Nachrichten und bruchstückhaften Informationen, die Alfred von Kriminaloberkommissaren Schwänzel bekommen hatte, besagten nichts Gutes: Lungentumor, Operation, Arbeitsunfähigkeit, Rehaklinik, so lautete die Kurzversion.

„Wie geht es Ihnen?“, fragte Alfred, nachdem er Junkel zurechtgeschoben hatte, so dass ihn die Sonne nicht blendete, aber doch angenehm von der Seite ins Gesicht fiel.

„Machst du Scherze?“, raunzte Junkel und klang dabei überhaupt nicht krank.

Es gehörte zu den Eigentümlichkeiten ihrer Beziehung, dass Alfred den ausgemusterten Oberkommissar beharrlich siezte, während Junkel vom ersten Tag an und ungefragt das Du aufgedrückt hatte.

„Was glaubst du wohl? Mir geht es beschissen. Man hat mir die Lunge zerschnippelt, aus dem ganzen Leib die Metastasen rausgelasert, Chemotherapie, Bestrahlung, Immuntherapie, das volle Programm. Ich bin ein Todgeweihter."
Junkel sagte dies mit grimmiger Wut, keinesfalls resigniert. Am Ende fügte er hinzu: „Und das Rauchen haben sie mir auch verboten. Da kann ich ja gleich freiwillig sterben."
„Dann tun Sie's doch!", zeigte Alfred wenig Mitleid. „Brauchen Sie vielleicht Hilfe?"
„Untersteh dich. Es heißt, nach Feststellung der Metastasen sind nach fünf Jahren noch drei bis fünf Prozent der Patienten am Leben. Da würde ich gerne dazugehören."
„Kann ich irgendetwas tun?", fragte Alfred und steckte seinen Tabak wieder ein, nachdem Junkel ihn unmissverständlich auf das Rauchverbot in der Herz-Lungen-Rehaklinik von Höchenschwand hingewiesen hatte.
„Erzähl mir was von deinem neusten Fall", forderte Junkel ihn auf. Seine Stimme rasselte, wenn er zu schnell sprach. Dann schnappte er nach Luft und inhalierte noch besorgniserregender als Darth Vader.
Alfred war ehrlich überrascht: „Was wissen Sie von meinem Fall? Was meinen Sie überhaupt?"
„Na diese Sache in St. Märgen", sagte Junkel nach einer kurzen Hustenpause. Er hustete nicht richtig, es war eher ein grobes Hüsteln, das klang wie das Kotzgeräusch, das Hunde machen, wenn sie einen zu großen Brocken wieder auswürgen.
Wo auch immer Junkel etwas aufgeschnappt hatte, er war im tiefsten Inneren halt immer noch Polizist. Er hielt den Kopf schief und betrachtete Alfred aufmerksam, während dieser ihm in groben Zügen alles erzählte, was in St. Märgen geschehen war und was er bisher darüber herausgefunden hatte. An manchen Stellen stellte Junkel Zwischenfragen: „Was hatte die ermordete Bäuerin an? Was für Schuhe trug sie?"

Alfred musste zugeben, dass er nicht darauf geachtet hatte. Er scrollte in seinen Bildergalerien und musste über die Details staunen, die ihm jetzt erst auffielen: Das Opfer trug eine äußerst verdreckte Schürze über einer einfachen Bluse und über weiten, ausgeleierten Jeans. Ihre Füße steckten in verdreckten schwarzen Halblingen, die aussahen wie auf Knöchelhöhe abgeschnittene Gummistiefel.
„Kannst Du heranzoomen?", fragte Junkel und beugte sich über Alfreds Smartphone. Nachdem er die Aufnahmen minutenlang studiert hatte, kam er zu dem Schluss: „Sieht ganz so aus, als ob die Frau gerade ihre Stallklamotten anhat. Die Gummistiefel sind voller Mist, und auch auf der Schürze erkennt man Mistreste, Stroh und Heu."
Er kommandierte Alfred: „Schieb mich mal raus in den Park. Hier hören zu viele Leute zu."
Alfred tat ihm den Gefallen. Zur Klinik gehörte ein schön gepflegter kleiner Park mit gut befestigten Wegen, Ruhebänken und einem Zierteich. Als sie einen entlegenen Winkel gefunden hatten, forderte Junkel Alfred auf: „Jetzt dreh dir mal ne Zigarette. Hier kannst du unbeobachtet rauchen, obwohl es auch hier verboten ist. Aber ich brauche den Rauch zum Denken. Du rauchst und ich schnuppere ein bisschen daran. Das regt meine Gehirnzellen an."
Alfred tat ihm den Gefallen, wenngleich er nicht glaubte, dass es Junkels Chancen verbesserte, in fünf Jahren zu den besagten drei Prozent der Überlebenden zu gehören.
„Ich kenne das Obduktionsergebnis", verblüffte Junkel Alfred, nachdem er sich die Inhalationsmaske von der Nase genommen hatte. „Bärbel Heulupfer wurde stranguliert. Klarer Fall von Fremdeinwirkung. Die Gerichtsmedizin hat den Todeszeitpunkt auf 19.45 Uhr bis spätestens 20 Uhr festgestellt."

„Aber das kann nicht sein", widersprach Alfred. „Die Geisterwanderung hat um 19.30 Uhr begonnen, und wir waren schon mindestens eine Stunde unterwegs, als die Tote uns vor die Füße kullerte."

„Siehst du", freute sich Junkel zwischen zwei Hustenanfällen infolge des kräftigen Atemzugs, den er sich in Alfreds Rauchwolke gegönnt hatte, „da stimmt etwas nicht."

Alfred nahm noch einen tiefen Zug aus seiner Selbstgedrehten und drückte sie dann auf dem Rasen aus. Er wollte nicht schuld an Junkels vorzeitigem Ableben sein. Junkel sah ihn vorwurfsvoll an. Dann hob er seine runzlige Knochenhand, wie um auf etwas aufmerksam zu machen, und röchelte: „Es gibt da noch etwas, was niemand weiß. Der Leichnam wies eindeutige Anzeichen eines Kampfes auf. Der Baschimattenbäuerin wurden Haare ausgerissen."

Junkel hustete und hustete. Es wollte nicht mehr aufhören. Er japste wie ein Frosch. Schon hielt Alfred Ausschau nach einem Krankenpfleger oder sonstigem Hilfspersonal, doch da beruhigte Junkel sich zwischen zwei Eruptionen und erklärte: „Der Täter hat die Baschimattenbäuerin mit einem Strick erdrosselt …"

Junkel setzte sich wieder seine Sauerstoffmaske auf, drehte an den Reglern und zwang sich zu konzentrierten Atemzügen. Nach geraumer Zeit hatte sich sein System wieder beruhigt. Seine Augen tränten, als er fortfuhr: „Also, du kennst jetzt die wichtigsten Details. Ich habe einige ehemalige Kollegen angezapft, das sind verlässliche Infos. Von Fräulein Schwänzel wirst du sie aber nicht erfahren, die Polizei hält das alles aus ermittlungstaktischen Gründen geheim. Sag ihr also bloß nicht, dass du diese Details von mir erfahren hast. Aber wenn du vom Fleck kommen willst, musst du das alles wissen."

„Glauben Sie, dass der Mord irgendetwas mit den anonymen Drohbriefen an den Bürgermeister zu tun hat?", fragte

Alfred, nachdem er Junkels Rollstuhlsperre gelöst hatte und ihn nun kreuz und quer durch den Park schob.
Junkel röchelte vor sich hin, als brauche er diese innere Geräuschproduktion, um nachzudenken. Schließlich meinte er: „Ich war schon früher mit dem Fall befasst. St. Märgens Bürgermeister Kreutz hat sich in den vergangenen Jahren mehrfach bei der Polizei gemeldet. Einmal fühlte er sich verfolgt, ein anderes Mal zeigte er Unbekannte an, die ihm Drohmails geschickt hatten. Wir haben mehrfach Verfahren angestrengt, fünf- oder sechs Mal nach meiner Erinnerung, meist wegen Körperverletzung und Bedrohung."
„Das heißt, es gibt Verdächtige?", kombinierte Alfred.
„Mehr oder weniger. Wir haben Telefone abgehört, Zeugen befragt, Mobiltelefone ausgewertet, sogar ein Schadstoffgutachten im Rathaus anfertigen lassen, inklusive Trinkwasserprobe, weil der Bürgermeister glaubte, man wolle ihn vergiften. Einige Verfahren richteten sich gegen Unbekannt, aber zweimal hatten wir auch eine konkrete Person in Verdacht. Aber die Staatsanwaltschaft hat jedes Mal die Verfahren eingestellt, weil keine Anhaltspunkte für strafbares Verhalten vorlagen, beziehungsweise sich kein hinreichender Tatverdacht begründen ließ."
„Und diese konkrete Person, wer war das?"
Alfred wusste genau, dass Junkel ihm solche Ermittlungsinterna eigentlich nicht verraten durfte, ebenso wusste er jedoch auch, dass Junkel das Thema nicht aufgemacht hätte, wenn er nicht die eine oder andere Information hätte lancieren wollen. Es war zwischen ihnen beiden schon immer ein Geben und Nehmen gewesen.
„Ein gewisser Willibald Dresen", flüsterte Junkel ohne Umschweife. „Aber wie gesagt, er ist unschuldig. Die Anschuldigungen gegen ihn haben sich als unbegründet erwiesen."

Bei dem genannten Namen klickte es bei Alfred. Das war doch der seltsame Typ mit Tennissocken gewesen, der bei der Geisterwanderung im Pfisterwald an vorderster Front dabei gewesen war? Er erzählte es Junkel. Er erzählte ihm auch vom Fotografen Bert Kleinteich und dessen Verdacht, es könne sich um eine Sache mit alten Nazis handeln. Junkel schloss die Augen und versank in rasselndes Nachdenken. Schon fürchtete Alfred, der Oberkommissar a.D. erlitte soeben wieder einen Anfall von Atemnot, doch nichts dergleichen. Junkel hatte lediglich ein paar Überlegungen angestellt, die er Alfred jetzt unterbreitete: „Die Vermutung liegt nahe, dass die Geisterwanderung vom Mörder ganz gezielt ausgesucht wurde, um dort die Leiche der Bäuerin auftauchen zu lassen. Also wollte der Täter einen oder mehrere Teilnehmer der Geisterwanderung damit treffen, ihm oder ihr oder ihnen, wenn es mehrere waren, eine Botschaft übermitteln."

„Was für eine Botschaft soll das gewesen sein?"

Junkel zuckte mit den knochigen Schultern und brummte: „Du bist der Nächste, vielleicht? Die Antwort auf die Frage nach Täter und Motiv musst du meines Erachtens bei den Teilnehmern der Geisterwanderung suchen."

„Der Bürgermeister war nicht dabei. Er kann also nicht gemeint gewesen sein."

„Wer weiß?", wandte Junkel ein. „Er wurde ja sofort dazugerufen. Vielleicht hat der Täter das gewusst oder beabsichtigt. Ganz ausschließen würde ich es nicht."

Während er Junkel einige Meter weiterschob, sagte Alfred. „Ich weiß noch nicht so richtig, wie die Teilnehmer an der Geisterwanderung in Beziehung zueinander standen und wo sie miteinander Stressthemen hatten. Die ermordete Baschimattenbäuerin hat es sich zum Beispiel mit den Züchtern der Schwarzwälder Füchse verdorben, weil sie ihre Pferde auch mit fremden Rassen gekreuzt hat. Das gefällt der

St. Märgener Pferdezuchtgenossenschaft überhaupt nicht, bei der Lea Vorderhalder angestellt ist, eine der Führerinnen bei der Geisterwanderung. Vielleicht ist da ein Zusammenhang?"

„Unlogisch", widersprach Junkel. „Die müsste ja dann froh sein, dass die Baschibäuerin ..."

„Baschimattenbäuerin", verbesserte Alfred.

„...dass die Baschibäuerin", fuhr Junkel unbeirrt fort, „tot ist. Ein Problem weniger."

„Ja, aber es gibt da noch einen Bezug zu Lea Vorderhalder", beharrte Alfred. „Eifersucht!"

Er erzählte vom gelöschten Posting auf dem Instagram-Account der beiden Möchtegern-Influencerinnen Desiré Wursthorn und Celina Kleiser: „Offenbar hat Lea Vorderhalder einen Freund namens Klaus, der Mitglied in der Zunft der Betzitglunki ist. Das ist jene Fasnetzunft, die mit ihren Masken an der Geisterwanderung mitgewirkt hat."

„Und ...?" Noch verstand Junkel den Zusammenhang nicht.

„Dem gelöschten Eintrag zufolge hatte dieser Klaus aber auch noch ein Verhältnis mit der Ermordeten", klärte Alfred auf. Er zeigte Junkel das von Tim Joy rekonstruierten Instagram-Posting und erläuterte dem Mann im Rollstuhl die Bedeutung von „z`Liecht gehen".

„Das ist ja direkt raffiniert formuliert", lobte Junkel und las laut vor, was Alfred ihm auf seinem Smartphone unter die Nase hob: Lea Vorderhalder muss auf Klausi, ihren Betzitglunki aufpassen. Zur Betzit geht er z` Liecht im Baschimattenhof. Wenn er bloß dem Viehdoktor nicht in die Quere kommt."

„Rätselhaft ist es trotzdem. Ich muss herausfinden, warum die zwei Frauen ihr Posting nach dem Mord wieder gelöscht haben."

Junkel deutete mit seinem dürren Zeigefinger auf den Text auf dem Display: „Und wer ist dieser Viehdoktor, dem man nicht in die Quere kommen darf?“
Alfred musste passen: „Weiß ich nicht. Keine Ahnung, was das noch bedeutet. Eben drum muss ich ja wohl oder übel die beiden Fleischtomaten fragen.“
„Fleischtomaten?“
„Die beiden Influencerinnen“, erklärte Alfred. „Das sind zwei vollschlanke Schüsseln, an den unmöglichsten Stellen tätowiert und aufgebrezelt wie die Möchtegern-Promis im RTL-Sommercamp. Ein Anblick wie aus dem Bilderbuch des Grauens.“
Junkel ließ sich Fotos zeigen. Alfred hatte zum Glück so viele Bilder bei der Geisterwanderung gemacht, dass er Junkel alle seine Protagonisten zeigen konnte: „Das hier ist Sepp Stihl, der Führer, das hier ist Willibald Dresen, gut zu erkennen an seinen Tennissocken, das ist Bert Kleinteich, der Fotograf, und daneben steht Lea Vorderhalder, und hier, das da, die beiden Würste, das sind die Influencerinnen.“
„Desiré und Celina“, sinnierte Junkel.
„Und hier“, machte Alfred den rekonvaleszenten Oberkommissar auf eine weitere Person aufmerksam, „das ist Swetlana Pfeifmann, die Frau eines Veterinärs. Er ist viel älter als sie und hat eine Praxis im Dreisamtal. Er ist Pferdefachmann, Spezialgebiet Schwarzwälder Füchse.“
„Ein Viehdoktor also“, hielt Junkel trocken fest.
„Jetzt wo Sie es sagen!“ Alfred fasste sich an den Kopf.
Junkel grinste. Für einen Augenblick sah er wieder aus wie der alte Oberkommissar Junkel. Sein munteres, runzliges Koboldgesicht kam zum Vorschein, die Augen blitzten vergnügt und der Mund verzog sich verächtlich als er sagte: „Auf jeden Fall hast du genug Verdächtige und genug Motive: Eifersucht, Züchter-Rivalitäten, alte und neue Nazis, Drohbriefe gegen

den Bürgermeister. Jetzt musst du nur noch herausfinden, wie das Eine mit dem Anderen zusammenhängt. Halte mich bitte auf dem Laufenden."

Alfred versprach es.

„Kannst du mir deine Fotos schicken?", bat Junkel. „Ich kann vielleicht über meine Kanäle die eine oder andere Erkundigung einziehen und über die Beteiligten noch mehr herausfinden."

„Gute Idee", befand Alfred. „Hier zum Beispiel, da sind noch zwei Gestalten, mit denen kann ich überhaupt nichts anfangen." Er zeigte Junkel ein Foto von der Geisterwanderung, auf dem zwei Männer in Anzügen und mit dunkel getönten Sonnenbrillen zu sehen waren.

„Nach meinen Recherchen heißen sie Höltscher und Vogt und stammen aus Freiburg. So haben sie sich auf jeden Fall in die Teilnehmerliste eingetragen. Aber ich konnte nichts über sie rausfinden. Auch Tim Joy hat nichts gefunden."

„Interessant!", kommentierte Junkel, und Alfred kam es so vor, als stockte der Oberkommissar kurz. „Aus Freiburg, so, so? Höltscher und Vogt? Wirklich interessant."

„Kennen Sie die Kerle etwa?", fragte Alfred.

„Vielleicht!"

Mehr war Junkel an diesem Nachmittag nicht zu entlocken.

Tiktok Trallala und Instagramm

Die beiden selbsternannten Influencerinnen Desiré Wursthorn und Celina Kleiser waren gar nicht so schrecklich wie Alfred befürchtet hatte. Sie waren sogar gewissermaßen nett und auch intelligent, – nein, intelligent wäre dann doch das falsche Wort, eher unkompliziert schlau und vielleicht auch ein wenig hintertrieben. Jedenfalls musste Alfred einige Vorurteile revidieren, als er erst einmal im Garten der beiden auf einer Hollywoodschaukel saß. Sie wohnten in St. Märgen auf den Schweighöfen, und das war schon mal eine besondere Herausforderung für Alfred gewesen, diese Örtlichkeit zu finden. Er fuhr im Ort St. Märgen herum und suchte nach einer Straße dieses Namens oder nach einem Hinweisschild, fand aber nichts. Wie alle richtigen Männer hatte er es nicht nötig, noch nie gehabt, irgendwelche Passanten nach dem Weg zu fragen. Echte Kerle finden den Weg alleine.
Ein Navi-Gerät im uralten roten Flitzer gab es nicht, so setzte Alfred sich schließlich ins Café Wangler, direkt an der vielbefahrenen Straßenkreuzung in der Ortsmitte, um die Schweighöfe auf dem Smartphone zu suchen. Wenn man seinen Kaffee gerne bei mindestens 80 Dezibel Dauerhintergrundgeräusch genießt, dann ist man im Garten des Café Wangler richtig. Hier rauschen ganze Horden von Motorradfahrern vorbei, kommen vom Glottertal oder wollen dorthin, kommen von Wagensteig oder wollen dorthin, oder kommen vom Thurner oder wollen dorthin. Es ist egal, denn sie kommen aus allen Richtungen und sie überbieten sich insbesondere in der Kurve, oder, falls sie anhalten, um das Café Wangler als mögliche Rast in Augenschein zu nehmen, beim Hochhalten des Standgases. Selten kehren sie im Café ein. Es ist ihnen dort zu laut, wegen Ihresgleichen. Alfred saß in-

mitten einiger genervter Wanderer und einiger tauben Omas und gönnte sich eine Schwarzwälder Kirchtorte, die vorzüglich schmeckte und spülte sie mit einem Bier hinunter. Die Schweighöfe fand er währenddessen auf Google-Maps an einer Stelle, an der er sie nie vermutet hätte, nämlich jenseits des Erlenbachtals auf einer kleinen Hochebene, die die Abfahrt vom Thurner über das Spirzental ins Dreisamtal markiert. Es handelt sich bei den Schweighöfen um eine Ansammlung von mehreren Höfen und einigen dazugehörigen Wohnhäusern, die in loser Aufstellung über die Hochebene verstreut liegen. Das Ganze bildete einen Weiler, und mittendrin in einem der kleinen Wohnhäuser lebten in Wohngemeinschaft Desiré Wursthorn und Celine Kleiser. Sie mochten nur Desiré W. und Celine K. genannt werden, wie sie Alfred als erstes beibrachten, und dies seien auch ihre Künstlernamen und Influencerinnen-Namen. Alfred beglückwünschte sie innerlich zu dieser Entscheidung und grübelte mal wieder über Schwarzwälder Eltern mit entsprechenden Nachnamen nach, die ihre Kinder mit möglichst exotischen Vornamen gezielt zum Gespött ihrer Mitmenschen machten.

Jedenfalls hatten sie schon auf ihn gewartet, denn Alfred hatte sich angekündigt und den Termin ausgemacht, und sich entsprechend in Schale geworfen. Desiré W. trug Hot-Pans und ein bauchfreies Top aus einem Material, das wie Krepppapier aussah. Zwischen diesen zwei marginalen Kleidungsstücken türmten sich käsige Bauchwülste, darunter, durch keinerlei Hilfsmittel gestützt, ein abenteuerlicher Busen, und voluminös wie Schwimmreifen, schauten oben Arme und unten Beine heraus. Sämtliche frei sichtbaren Körperteile waren von Tattoos aller Art bedeckt. Alfred identifizierte Schmetterlinge, ein Einhorn, Rosenranken und Schlangenlinien, ehe er hastig den Blick abwendete.

Celine K. war die etwas schlankere von den beiden, bei weitem nicht mit Idealfigur, aber immerhin so, dass sie in einen viel zu kurzen Glockenrock passte, der fröhlich wippte, als sie Alfred in den Garten führte und ihm dabei unerwünschte Einblicke in ihre Unterwelt gewährte, die nur von einem Nichts von String zusammengehalten wurde. Auch sie war großflächig tätowiert, auf den Armen reihten sich verschiedene Sternzeichen und Geburtsdaten, auf den Beinen Ornamente, die wie Efeu an einem Baumstamm wirkten, und unterhalb des Nackens, gut sichtbar für Alfred, ein Manga-Motiv, eine Art Katze mit menschlichen Zügen. Wenn ihre Eltern unerschrocken bei der Namensvergabe gewesen waren, so waren die Töchter auf jeden Fall ebenso unerschrocken in der optischen Ausgestaltung ihrer Körper.
Die beiden hatten es gemütlich in ihrem Garten mit der Hollywoodschaukel. Von dieser Schaukel aus pflegten sie ihre Postings abzusetzen. Die Schaukel war als Accessoire nahezu auf jedem Foto und jedem Video mit dabei, auf Tiktok, Instagram, Youtube und Snapchat, wie die beiden Alfred erklärten. Nicht auf Facebook, dort bewegten sich die Damen nicht mehr. „Ist sowas von out“, sagte Celine K. „Dort sind nur noch die Opas.“
Alfred musste sich zwischen die beiden setzen und etliche Selfies über sich ergehen lassen. Selbstverständlich entstanden auch Videos, darauf hatten die beiden bestanden. „Das ist unser Job“, klärte ihn Desiré W. auf. „Gewissermaßen sind wir auch Journalistinnen, so wie du, nur viel moderner.“
Alfred nahm es zur Kenntnis. Für ihn waren die beiden opulenten Frauen Kunstfiguren, aufgetunte Geschöpfe des Zeitgeistes. Er schätzte seine beiden Gastgeberinnen auf Mitte bis Ende zwanzig. Ihre Gesichter waren kaum aussagekräftig, zwei runde, bleiche Monde, mit Primer und Highlighter geglättet, mit angeklebten Wimpern, die wie Tausendfüßler

schwarz und lang über den schwarz umrandeten Augen flatterten, mit dicken, nachgezeichneten Augenbrauen, die auf den Stirnen saßen wie fette Raupen. Die Lippen von beiden glänzten wie lasiert und formten nach jedem zweiten Satz runde Schmollmünder, die wohl sexy wirken sollten, auf Alfred aber eher wie missratene Schnuten wirkten. Dennoch flirteten sie ungeniert mit ihm. Celine K. lancierte ihre Hand auf Alfreds Oberschenkel. Desiré W. flüsterte ihm kleine Anzüglichkeiten ins Ohr, während sie mit Aperol Spritz anstießen und alles filmten. Alfred fühlte sich hilflos. Mit solchen Kalibern hatte er es noch nie zu tun gehabt. Wenn es bei Desiré W. und Celine K. unter all ihrer Kosmetik so etwas wie ein Originalgesicht gab, erschloss es sich Alfred nicht.
Er ignorierte die ganze Optik, machte im Plauderton das scherzende Geplänkel eine Weile mit und schaltete sein Kopfkino aus. Irgendwann bemühte er sich um sachliche und konstruktive Fragen: „Ihr hattet ein Posting auf Instagram, da ging es um Lea Vorderhalder und um den Betzitglunki Klaus. Das habt ihr kurz nach der Veröffentlichung wieder gelöscht. Warum?"
Celine K. und Desiré W. sahen sich an. Trotz der Tünche, die jegliche Regung verbarg, vermeinte Alfred ihre Betroffenheit zu bemerken.
„Es war peinlich", räumte Desiré W. ein.
„Die Baschimattenbärbel war zwar eine blöde, geile Kuh, die mit jedem ins Heu ging, aber nach ihrem Tod wollten wir niemanden mit hineinreißen", ergänzte Celine D.
„Niemanden? Das heißt, speziell nicht den Klausi von den Betzitglunki?", hinterfragte Alfred.
„Das ist ein läufiger Dummkopf", meinte Desiré W. drastisch. „Der fällt auf jede rein. Sogar auf die blöde Vorderhalder", erfuhr Alfred. „Die will er sogar heiraten."

Um sicher zu gehen, dass er richtig verstanden hatte, wiederholte Alfred: „Dieser Klausi hatte eine Affäre mit Bärbel Heulupfer, er will aber Lea Vorderhalder heiraten?“
„Ja. Aber die ist ahnungslos, blind wie eine Seegurke. Beim Trachtenfest hat die Baschimattenbäuerin dem Klausi den Kopf verdreht, ihm den ganzen Abend schöne Augen gemacht, und Lea Vorderhalder hat nichts gemerkt.“ Celine K. fügte hinzu, als sei dies ein weiterer Makel: „Sie ist die Unschuld vom Lande. Sie ist früher nach Hause gegangen und als sie weg war haben der Klausi und die Bärbel angefangen miteinander zu knutschen. Hat jeder mitgekriegt. Dann hat sie ihn mit nach Hause genommen. Kann man sich ja denken, was da noch auf dem Baschimattenhof abgegangen ist.“
Alfred sortierte im Kopf die Informationen und stellte fest, dass noch etwas fehlte. „Und was ist mit dem Viehdoktor?“, fragte er.
Wie auf Kommando kicherten die beiden Walküren.
Alfred wartete.
„Er hat ne ziemlich steile Braut!“, sagte Celine K. nach einem Schluck aus ihrem Aperol-Spritz-Kelch. „Die Swetlana, ein Feger. Die lässt auch jeden ran. Die war seine Haushälterin, aber er hat sie geheiratet, damit sie in Deutschland bleiben kann. Kommt aus der Ukraine. Außerdem hat sie Geld wie Heu. Sie hat ihm die Praxis in Kirchzarten finanziert.“
Das waren Neuigkeiten für Alfred. Der bärtige Veterinär Kurt Pfeifmann, so wie er ihn auf den Bildern seiner Homepage wahrgenommen hatte, machte einen seriösen und etwas biederen Eindruck. Wie kam so einer zu einer Ehefrau wie Swetlana, die Brüste wie Dolly Buster hat und bei der Geisterwanderung in einem waffenscheinpflichtigen Minirock unterwegs gewesen war. Plötzlich fiel ihm noch etwas ein: Hatten er und Vanessa diese üppige Blondine Swetlana bei der Geisterwanderung nicht ziemlich derangiert aus einem

Gebüsch auftauchen gesehen? Das hatte ganz nach einem amourösen Ausritt ausgesehen. Und Pfeifmann war weit und breit nicht in Sicht gewesen.
„Woher wisst ihr das alles?“, wollte Alfred wissen.
Celine K. legte eine Backe an Alfreds Wange und machte ein Selfie. Es fühlte sich an wie ein kalter Pudding. Sie schürzte die Lippen zum schnutenhaften Schmollmund und sprach in die Kamera: „Das ist der süße Alfred aus Neustadt. Ein Schnüffeljournalist. Er will wissen, woher wir unsere Informationen haben. Dafür muss er mich küssen, dann erfährt er mehr.“
Alfred stand der Schreck ins Gesicht geschrieben.
„Oder mich!“, sagte Desiré W. und rückte ihr Teiggesicht ebenfalls ins Bild, drückte es gegen Alfreds andere Wange.
Eingeklemmt wie in einem Schraubstock musste Alfred die Attacke über sich ergehen lassen.
„Und in unserer nächsten Podcast-Folge verraten wir dann, wie sich seine Küsse anfühlen“, verkündete Celine K. und schaltet die Kamera aus.
„Na los, was ist?“, fragte sie.
Alfred schüttelte den Kopf. Es konnte ihm am Ende egal sein, woher die beiden Bomben ihre Informationen bezogen. Einen Kuss war es nicht wert. Er hielt die beiden für glaubwürdig. Dorftratsch bahnte sich wie Wasser immer seinen Weg, und um nichts anderes handelte es sich. Ehe er aber entschlossen seinen Widerstand bekunden konnte, hatte sich Desiree W., die massigere der beiden drallen Rubensfrauen, auf seinen Schoß gehievt und drückte ihm einen feuchten Zungenkuss auf. Ihm war, als suchte eine Nacktschnecke Zugang zu seinem Mund, und er war nicht schnell genug, es zu verhindern. Noch weniger besaß er die Geistesgegenwart, zu verhindern, dass Celine D. diesen sexuellen Übergriff freudig filmte. Es war schon geschehen.

Nach diesem Vorfall ergriff er unverzüglich die Flucht. Er hatte genug gehört, gesehen und erlebt. Immerhin wusste er jetzt einiges: Die ermordete Bärbel Heulupfer hatte, wenn man dem gelöschten Instagram-Posting glauben durfte, eine Affäre mit dem Veterinär Pfeifmann gehabt, dazwischen auch den Betzitglunki Klaus nicht verschmäht und ganz allgemein wohl als männerfressende Nymphomanin gegolten. Das hatte auch schon Bürgermeister Kreutz angedeutet. Vielleicht hatte sie auch den Fotografen Kleinteich oder den Futtermittelvertreter Smöker schon im Bett gehabt. Der Veterinär Pfeifmann war verheiratet mit Swetlana, einer wesentlich jüngeren, verwegen proportionierten und sehr wohlhabenden Frau aus der Ukraine, die ihn angeblich mit ihrem Geld „gekauft" oder sonstwie zur Ehe überredet hatte, die möglicherweise aber auch kein Kind von Traurigkeit war. Lea Vorderhalder von der Pferdezüchtergenossenschaft war dazwischen das Naivchen, das nichts mitbekam. Und irgendwo zwischen all diesen Frauen geisterte ein Betzitglunki Namens Klausi. Alfred musste ihn unbedingt kennenlernen. Vielleicht war er die Schlüsselfigur, die ihm helfen konnte, die Knoten zu entwirren.

Nazigeschichten

Der Ärger mit Anna war vorprogrammiert. Alfred organisierte zur Versöhnung einen Blumenstrauß, den er dem Friedhof in St. Märgen entnahm. Dorthin hatte er nach seinem Besuch bei den zwei fröhlichen Tratschweibern noch einen Abstecher gemacht, um nach dem Platz zu fahnden, an dem laut Bert Kleinteich einst ein berüchtigter Nazi bestattet gewesen sein sollte. Obwohl Kleinteich ihm einigermaßen die Stelle beschrieben hatte, an dem sich das zwangsweise entfernte Grab befunden haben soll, fand Alfred keinerlei Hinweise. Laut Kleinteich hatte man seinerzeit erwogen, eine Info-Plakette an der Friedhofsmauer anzubringen, um auf die Grabverlegung hinzuweisen und mögliche Angehörige zu besänftigen, hatte davon dann aber abgesehen – zu groß schien die Gefahr, damit Rechtsradikale zum Heldenkult anzulocken. Viel mehr hatte ihm Kleinteich nicht verraten.

So fand Alfred also nur in einer Vase auf einem der Gräber einen Tulpenstrauß, und mit dem stand er nun im Treppenhaus vor Annas Wohnungstür, bereit, Abbitte zu leisten für alle Sünden und Vergehen, die sie ihm zur Last legen würde. Sie ließ ihn ein. Ihre Miene verriet wenig von ihrer Stimmung. Sie sah streng aus. Ihre schwarze Haarpracht hatte sie stramm nach hinten gekämmt und in einem Knoten gebändigt. Alfred war entzückt, aber sie drehte sich weg, als er ihr zur Begrüßung ein Küsschen auf die Wange drücken wollte, wie es unter ihnen ansonsten üblich war.

Einige Tage waren seit dem missratenen Veggie-Abend vergangen. Trug sie ihm das immer noch nach? Er lächelte sein unbekümmertes Lausbubenlachen, folgte ihr in die Wohnung und streckte ihr die Tulpen entgegen.

„Dass du dich überhaupt noch hierher wagst?", sagte Anna spitz, als sie schließlich in Annas kleinem Wohnzimmer standen. Dort lag das Baby Eva Maria Luisa in seinem Körbchen und begutachtete mit wachen Augen ein Plastikbärchen, das in Augenhöhe über ihr schaukelte.
„Ich hab's versemmelt, ich geb's zu. Das passiert nicht noch einmal. Großes Ehrenwort!"
„Spar dir dein Ehrenwort. Von der Sorte hast du mir schon viel zu viele gegeben und gebrochen. Du bist unverbesserlich, und ich weiß wirklich nicht, warum ich überhaupt noch mit dir rede. Was ist mit meinem Kinderwagen passiert?"
Alfred entschied sich für die Wahrheit: „Den hat Hector benutzt, um leere Flaschen zum Glascontainer zu bringen. Er wusste ja nicht, dass es dein Kinderwagen ist. Jetzt steht er wieder bei mir im Hausflur."
Anna sah ihn entgeistert an. Sie war sprachlos.
„Es ist wahr", schob Alfred eilig nach. „Ich habe Hector sowas von den Kopf gewaschen. Das vergisst er nicht so schnell."
Er verschwieg, dass Hector gefragt hatte, ob er den Kinderwagen künftig immer für seine Flaschentransporte benutzen dürfte. Das sei praktischer als schwere Plastiktüten durch die Stadt zu schleppen. Alfred hatte es natürlich verboten. Er verschwieg aber auch, dass der Kinderwagen leicht säuerlich roch, seit Hector ihn zurückgebracht hatte und dass sich auf dem Kissen eine großflächige bräunliche Färbung eingestellt hatte. In einer Jägermeisterflasche war nämlich noch ein Rest gewesen, der sich beim Transport dann in den Kinderwagen verteilt hatte.
Stumm hörte er sich eine längere Moralpredigt von Anna an, die immer lauter und immer zorniger wurde, bis schließlich Eva Maria Luisa verstört zu weinen begann.
„Siehst du, jetzt hast du auch noch die Kleine zum Weinen gebracht."

Es hätte nichts geholfen, wenn Alfred darauf aufmerksam gemacht hätte, dass nicht er, sondern Anna laut geworden war. Sie war in Rage und in diesem Zustand half Argumentieren überhaupt nichts. Außerdem war sie stillende Mutter und deshalb hart an der Kante, ihr Nervenkostüm geriet beim kleinsten Anlass aus den Nähten.
„Diesen Kinderwagen fasse ich nicht mehr an", kreischte sie. „Das ist eklig. Da willst du Eva hineinlegen? Was bist du für ein Vater?"
„Ich bin nicht der Vater, nur der Patenonkel", protestierte Alfred zaghaft.
„Ich habe nur noch den Buggy. Wenn es regnet … Du bist an allem schuld!"
„Wir kaufen einen neuen Kinderwagen", versprach Alfred. „Ich bezahle ihn."
Er war schon beim Kauf des ersten Kinderwagens dabei gewesen. Das war ein zweitägiger Marathon gewesen, zuerst in Freiburg in diversen Spezialläden, dann in Villingen, Lörrach und Waldshut. In Konstanz waren sie schließlich fündig geworden und hatten dort für 550 Schweizer Franken das Luxusmodell eines Schweizer Herstellers, den „Junuma Kinderkraft Kinderwagen Prime2 Mink Pro Dark Green" erworben. Annas Ansprüche waren hoch, nahezu unerfüllbar. Es musste nämlich ein Kinderwagen sein, der Feng-Shui Ansprüchen genügte, wie alles, was rund um die kleine Eva Maria Luisa organisiert wurde. Etwa das Kinderbettchen, für dessen Anschaffung sie zwei Wochenenden benötigten: Die Bettstirn sollte bei der Wand ohne Fenster eingeräumt werden. Das Bett sollte auch nicht zu nah am Fenster wegen der Zugluft stehen. Ein Baldachin sorgte für Sicherheit und Wohlbehagen. Alfred musste Evas Babybett in Nord-Süd Richtung aufstellen und so, dass kein Spalt zu Wänden oder anderen Möbelstücken blieb. Außerdem hatte Alfred Annas Schlaf-

zimmer, in dem das Kinderbettchen stand, neu anstreichen müssen, in sanften Pastell-Gelb, weil das beruhigend auf das Baby wirke.
Alfred hatte zwar nicht wirklich verstanden, was Anna vorschwebte, wenn sie vom „Ying und Yang im Kinderzimmer" sprach und darüber dozierte „das Kind soll sich in seinem Zimmer optimal entwickeln, frei entfalten und – ganz wichtig – absolut wohlfühlen können." Alfred hatte die überkommene Vorstellung, es reiche, wenn das Baby ein gemütliches Bettchen und die Schnarchtöne der Mutter in der Nähe habe.
„Du nimmst mich nie ernst. Du nimmst nichts ernst. Das Baby ist dir egal", ereiferte sich jetzt Anna, in einer Tonlage, die nicht geeignet war, die kleine Eva zum Verstummen zu bringen. Alfred hob sie aus ihrem Bettchen und wiegte sie in den Armen. Sofort endete das Geschrei des Kindes, nicht aber das von Anna: „Du bist gemein. Die Spritz ist dir wichtiger als ich. Hauptsache du kannst saufen und rauchen, das ist es. Geh doch zu deiner dürren Vanessa, die passt zu dir." Sie brach in Tränen aus.
In einer solchen Rage hatte Alfred Anna zwar schon häufiger erlebt, aber noch nie hatte sie so unumwunden Vanessa geschmäht. Das war neu. War sie etwa eifersüchtig?
In diesem Augenblick klingelte Alfreds Handy. Er legte Klein-Eva sorgsam nach Ying und Yang ausgerichtet in ihr Feng-Shui Bettchen zurück und nahm das Gespräch an. Bert Kleinteich war dran, sein Informant aus St. Märgen.
„Hallo, ich bin gerade in Neustadt. Ich habe Neuigkeiten, ein paar Dinge herausgefunden. Wollen wir uns irgendwo treffen?"
„Neuigkeiten wozu?", fragte Alfred.
„Zu unserem Fall in St. Märgen natürlich. Ich habe einiges über den Nazi herausgefunden, dessen Grab der Bürgermeister hat abräumen lassen. Vielleicht gibt das eine Spur."

„Also gut. Wo stecken Sie? Wo sollen wir uns treffen?“
„Wie wär’s in der Spritz? Im Biergarten? Ich stehe gerade davor.“
Alfred stimmte zu: „Bin in zehn Minuten da.“
Zu Anna gewandt machte er eine bedauernde Miene und erklärte, eine wichtige Angelegenheit rufe. Dass sie in der Spritz stattfand, verriet er nicht, das hätte sie nur zur Explosion gebracht.
„Wir sehen uns am Donnerstag, zum Veggie-Abend“, verabschiedete er sich. „Diesmal bin ich gewappnet, versprochen. Und dann reden wir über den neuen Kinderwagen …“
Mit diesen Worten war er zur Tür hinaus.
Bert Kleinteich saß bereits hinten in der Ecke im Biergarten der Spritz und blätterte in seinen Unterlagen, als Alfred eintraf. Es war noch früher Abend. Am Stammtisch saß noch niemand außer dem ewigen Knoddle, der ein Glas Rotwein schaukelte, und dem Tausendsassa Stromy, der Sprüche über seine unbewiesene Vergangenheit als herausragender Torschütze beim FC Neustadt klopfte. Alfred grüßte kurz in ihre Richtung, nickte dem Wirt Mathias zustimmend zu, als dieser fragend auf den Bierzapfhahn deutete, und setzte sich dann zu Bert Kleinteich in die Ecke.
Der umtriebige Fotograf machte keine langen Umstände: „In dem fraglichen Grab lag tatsächlich ein ausgewiesener Nazi. Sein Name war Karl Pütz.“
„Nie gehört“, räumte Alfred ein, während er das Rothaus-Pils in Empfang nahm, das Mathias ihm reichte. Kleinteich trank Johannisbeerschorle, ein Getränk, zu dem man Alfred mit Waffengewalt hätte zwingen müssen.
Kleinteich trug vor: „Karl Pütz wurde 1911 in Aachen geboren, studierte Jura in Freiburg und Köln, promovierte und war zunächst Gerichtsreferendar in Aachen. 1929 stieß er zur Volksdeutschen Bewegung, 1933 trat er der NSDAP bei,

Mitgliedsnummer 209496. In der SS war er Mitglied Nummer 353220 und schaffte es dort 1944 bis in den Rang eines Obersturmbannführers. Im Zweiten Weltkrieg war Pütz von 1941 an Stadtkommandant in Sdolbuniw, dann Kommandeur der Sicherheitspolizei und des Sicherheitsdienstes SD in Rowno, Lublin und Posen. Im Juni 1942 ließ Pütz 5000 Juden in Rowno erschießen. Zeuge des Verbrechens war der deutsche Ingenieur Fritz Gräbe, der dies nach dem Krieg in den Nürnberger Prozessen bezeugte. Am 12. und 13. Oktober 1942 befahl Pütz in Mizocz bei Rowno den Mord an mehreren tausend Juden. Im November 1943 leitete er Massenerschießungen in den Lagern Majdanek, Poniatowa und Trawniki mit 43.000 Opfern. Die Nazis nannten das damals Aktion Erntefest. Im Dezember 1944 wurde er vom Reichsführer SS Heinrich Himmler zum Inspekteur und Befehlshaber Südwest der Sicherheitspolizei und des SD mit Sitz Baden-Baden ernannt."

Alfred hörte sich dies alles schweigend an. Als Kleinteich geendet hatte, sahen sich beide an und dachten dasselbe: „So ein Verbrecher!"

„Das ist schwer zu verdauen, nicht wahr?" Kleinteich ließ seinen Bericht wirken. Nach einer Weile fügte er hinzu: „In den Nürnberger Kriegsverbrecherprozessen wurde auch über diese Taten gesprochen. Zeugen sagten, er sei ein zynischer, fanatischer Judenhasser und ein schneidig auftretender Apparatschik gewesen, der schnell Karriere machte. Als Leiter des SS-Geheimdienstes SD in Rowno sei er mit der Reitpeitsche und der Pistole in der Hand durch die Straßen geschlendert."

Das Gehörte war für Alfred so schwer zu verdauen, dass es einer weiteren Tulpe Rothaus-Bier bedurfte, um die Informationen hinunterzuspülen. Dann fragte er: „Und was hatte der Kerl mit St. Märgen zu tun? Warum war er dort begraben?"

„Das ist noch einmal eine andere Geschichte. Ziemlich kompliziert“, sagte Kleinteich. Er kramte wieder in seiner Mappe und zog neue Papiere hervor. Unter anderem auch ein schmales Buch, das er Alfred unter die Nase hielt. Es hieß „Orte der Erinnerung“. Autor war Ernst Hug aus St. Märgen. Bert Kleinteich blätterte eine bestimmte Seite auf und zeigte sie Alfred: „Hier wird geschildert, was sich zum Kriegsende 1945 bei St. Märgen zutrug. Demnach zogen sich damals deutsche Truppen vor den heranrückenden Franzosen zurück. Zu ihnen gehörte eine Sondereinheit der Waffen-SS mit zwei Offizieren, die sich im Fohrenschachen, einem Seitental des Spirzentobels versteckten. Sie sollen eine üppig gefüllte Kasse mitgeführt haben.“
„Und einer dieser Offiziere war unser gesuchter Karl Pütz.“
„Doktor Karl Pütz“, verbesserte Kleinteich. „Er hatte einen Doktortitel.“
Alfred winkte ab. „Hat ihn nicht vom Morden abgehalten.“
Kleinteich ging nicht darauf ein, sondern setzte seinen Vortrag fort: „Jedenfalls entdeckten am 1. Mai 1945 zwei einheimische Burschen die Leiche eines der beiden SS-Offiziere. Hug berichtet in seinem Buch, dass damals vermutet worden sei, dass der zweite Offizier seinen Begleiter Pütz erschoss, das viele Geld an sich nahm und dann spurlos verschwand. Allerdings wurde auch nie nach ihm geforscht. Aber der tote Offizier konnte identifiziert werden. Er war durch die Erkennungsmarke ausgewiesen als Dr. Karl Pütz, 34 Jahren alt. Man brachte ihn ins Dorf, bahrte ihn im Glockenturm auf und hat ihn dann, ohne Kenntnis seiner Kriegsverbrechen, in der Reihe der Gefallenen auf dem Friedhof St. Märgen beigesetzt.“
„Er hatte also nichts mit St. Märgen zu tun, stammte nicht aus der Gegend und hatte hier auch keine Verwandtschaft“, hielt Alfred fest.

Kleinteich nickte und klappte seine Mappe zu. Erwartungsvoll schaute er Alfred an. Dieser nahm einen anhaltenden Schluck aus seinem Bierglas, der ihm Zeit gab, eine Vermutung anzustellen: „Dann kann ich mir nicht vorstellen, dass die heutigen Drohungen und anonymen Schmähungen gegen Bürgermeister Kreutz damit etwas zu tun haben könnten."
Kleinteich war anderer Meinung: „Man müsste herausfinden, unter welchen Umständen damals das Grab abgeräumt wurde. Wer davon wusste und wie das seinerzeit öffentlich gemacht wurde."
„Wann war das überhaupt?", fiel Alfred zu fragen ein.
„Es ist schon über zehn Jahre her", wusste Kleinteich. „2014 wurde das Grab geräumt."
Alfred reckte sich und bestellte sein Bier Nummer drei. Zu Kleinteich sagte er: „Das sind in der Tat spannende Informationen. Aber wir sollten noch mal einen Termin beim Bürgermeister machen und ihn zu dieser Sache befragen. Was meinst du? Kriegen wir das hin?"
Kleinteich bejahte. „Manfred Kreutz ist sehr leutselig und gegenüber der Presse offen. Er wird uns haarklein erzählen, was 2014 rund um die Grabräumung geschehen ist. Ich vereinbare einen Termin für uns."

Was uns die Überwachungskamera verrät

Alfred las in Vanessas Magisterarbeit: Der Oktober war im Schwarzwald allerorten der Monat der Kirchweihe, der Kilbi, Chilbi oder Kilbig, wie man im Schwarzwald sagt. Vanessa zählte diese Feste zu den Volksbräuchen und nannte sie in ihrer Magisterarbeit, in der sie den Volksbräuchen ein ganzes Kapitel widmete, „wichtige Kulturgüter“. Da Alfred als Pressevertreter für Goodwood-Wäldernews dieser Tage die Einladung zu einer Chilbi-Feier des Vereins zum Erhalt der historischen Rankmühle in St. Märgen erhalten hatte, blieb er interessiert an der Passage hängen. Bei Vanessa hieß es: „Die Chilbi (Kilbi, Kilwi) ist im Alemannischen ursprünglich das Kirchweihfest und gehörte im Mittelalter zu den wichtigsten Festen im Jahresverlauf. Im Laufe der letzten beiden Jahrhunderte vermischet sich die Chilbi zunehmend mit anderen Festanlässen wie dem Erntedankfest oder der Weinlese (neuerdings sogar Halloween). Die Herkunft des Wortes Chilbi ist altalemannisch „kilchwîhi“. Das bedeutet also ursprünglich „Kirchweihe“ und ist verwandt mit der Kirmes (Kir(ch) weih-Messe). Aus dem harten Althochdeutschen kirihiwiha hat die weiche alemannische Mundart zu „kilbe“ und „kilche“ abgeschwächt. In der alemannischen Nordwestschweiz ist das Wort zu Ehren der in dieser Jahreszeit vielerorts stattfindenden Chilbenen die „Chilbi“, die schweizerische Bezeichnung für den Jahrmarkt und den Rummelplatz – also wiederum die Kirmes. Im Hochschwarzwald feiert man Chilbi am dritten Oktoberwochenende.“

In der Einladung, die Alfred erhalten hatte, hieß es: „In St. Märgen geht es bei der Kilbi ruhig zu. Traditionell stand das gemeinsame Feiern des Ernteabschlusses auf den Höfen im Vordergrund. Vom Hirtenbuben über Taglöhner, Mägde und

Knechte bis zur Bauernfamilie waren alle eingebunden. Immer gehörte das gemeinsame Kilbi-Essen mit Schafs- oder Hammelbraten als Höhepunkt dazu.
Angelehnt an diese Tradition feiern wir gemeinsam mit dem Schwarzwaldverein St. Märgen am Samstag, den 12. Oktober, Kilbi an der Rankmühle mit dem traditionellen Kilbi-Essen: Hammelbraten mit Kartoffelbrei und Rotkraut. Wir freuen uns auch über musikalische Beiträge! Kosten: 15 € p.P. inkl. Verpflegung. Anmeldung unter info@rankmuehle.de oder bei Josef Saier: 0176-32728651."
Alfred stutzte bei dem Namen, der unter der Einladung stand. Hatte dieser Name nicht auch auf der Teilnehmerliste der Geisterwanderung gestanden? Das war der Name gewesen, der ganz am Schluss gestanden hatte und den Alfred als einzigen Namen keiner Person zuordnen konnte. Somit war die Einladung ein Wink des Schicksals. Er wählte die angegebene Telefonnummer.
Es meldete sich nach kurzem Klingeln Josef Saier. Alfred kam die Stimme sofort bekannt vor. Aber er stand auf dem Schlauch. Er bedankte sich höflich für die Einladung und meldete sich mit zwei Personen für das Kilbi-Fest in der Rankmühle an. Er konnte später immer noch entscheiden, ob er Vanessa mitnehmen sollte, oder vielleicht Anna überreden konnte.
Saier war nicht besonders gesprächig, und so beschloss Alfred, den Stier bei den Hörnern zu packen: „Sagen Sie mal, waren Sie auch bei der Geisterwanderung im Pfisterwald, als der Mord geschah?"
„Ja klar, selbstverständlich", schnaufte Saier ins Telefon.
Alfred rätselte weiter, woher er die Stimme kannte.
„Ich kann mich gar nicht an Sie erinnern", sagte er ziemlich plump. „Ich war auch dabei. Haben wir miteinander gesprochen?"

„Sie sind die ganze Zeit hinter mir hermarschiert“, beschied Josef Saier knapp.
Vielleicht war das der Grund, warum ihm kein Gesicht zu dem Namen einfallen wollte, dachte sich Alfred. Falls er immer hinter Saier hermarschiert war, hatte er wahrscheinlich immer nur seinen Rücken gesehen. Er versuchte sich zu erinnern, wie es bei der Geisterwanderung gewesen war. Wer war da vor ihm gegangen? Wenn er sich nicht mit Vanessa zum Rauchen an das Ende der Teilnehmerschlange hatte zurückfallen lassen, war er eigentlich immer mit gezückter Kamera an der Spitze mitgelaufen, direkt hinter dem Führer Sepp Stihl und seiner Helferin Lea Vorderhalder. Er beschloss, nochmals in aller Ruhe seine Bildersammlung durchzuscrollen. Vielleicht hatte er jemanden übersehen.
„Schrecklich, der Mord, nicht wahr?“, versuchte er das Gespräch in Gang zu halten.
„Sie war schwierig, die Bärbel“, sagte Saier ungewöhnlich freimütig. „Aber das hat sie nicht verdient.“
„Was war so ungewöhnlich an ihr?“, wollte Alfred hören. Er wusste dazu inzwischen schon einiges, aber vielleicht gab es aus dem Munde eines Einheimischen noch Neuigkeiten.
„Sie hat sich halt mit den Kaltblutzüchtern angelehnt. Das haben ihr hier viele sehr übelgenommen“, sagte Saier.
„Und Sie glauben, das hat zu dem Mord geführt?“
„Nein, nein“, wehrte Saier schnell ab. „Das habe ich nicht behauptet. Das kann ich mir auch gar nicht vorstellen. Ich kenne ja die Leute von der Märgemer Pferdezuchtgenossenschaft. Da ist niemand zu einem Mord fähig.“
„Auch nicht Lea Vorderhalder?“, bohrte Alfred nach.
„Die schon gar nicht. Das ist unser bravstes Mädchen im Dorf. Nein, ganz gewiss nicht.“
„Dann sind wir ja nicht weiter als zuvor“, hielt Alfred nüchtern fest. „Sie sagen zwar, die Baschimattenhofbäuerin sei

eine Schwierige gewesen, aber wieso das zu ihrer Ermordung hat führen können, können Sie mir auch nicht sagen."
„Sie hat sich vielleicht schon länger bedroht gefühlt", lieferte Saier eine Information, die Alfred bisher so noch nicht kannte. „Deshalb hat sie ja auch Überwachungskameras am Hof angebracht. Ich musste sie ihr besorgen, deshalb weiß ich das."
„Sie mussten ihr die Kameras besorgen?", hakte Alfred nach. Saier erschien ihm plötzlich als hochgradig verdächtig. „Wie kommen Sie dazu? Was hatten Sie mit der Ermordeten zu tun?" Er versuchte, seiner Stimme einen möglichst neutralen Klang zu verleihen. Aber Saier hatte die Untertöne wohl herausgehört: „Nicht was Sie denken, vergessen Sie es gleich wieder. Ich bin ihr Lieferant. Ich habe hier in St. Märgen ein Geschäft für Forst- und Gartengeräte, auch landwirtschaftliche Geräte. Wenn Sie mal eine Schneefräse brauchen … Und die Bärbel hat immer bei mir eingekauft, da habe ich ihr halt auch die Kameras besorgt."
Alfred dachte über die Information nach. Ihm fiel noch etwas ein: „Wissen Sie etwas genauer, warum die Baschimattenbäuerin Überwachungskameras haben wollte? Hatte Sie einen Verdacht? Sie sagten, sie fühlte sich bedroht?"
„Ich weiß nicht, ob das etwas mit dem Mord zu tun hat. Das mit den Kameras war schon Wochen vorher", sagte Saier. Wieder rätselte Alfred, woher er die Stimme kannte. Es wollte ihm nicht einfallen. Saier fuhr fort: „Zu mir hat sie gesagt, sie brauche die Kameras wegen der Gerüchte über einen Pferderipper. Sie hatte Angst, dass ihren Pferden etwas geschieht. Damals waren gerade einige Fälle aus der Umgebung bekannt geworden. Das haben Sie bestimmt mitbekommen: Jemand hat nachts in Ställen und auf den Weiden Pferde gequält und schwer verletzt. Deswegen hat sie die Kameras angeschafft."

Alfred ließ sich noch erklären, dass Bärbel Heulupfer ein kabelloses System mit fünf Kameras angeschafft hatte, zusammen 2.500 Euro teuer, gegen Vandalismus gesichert, mit Full-HD Bildqualität und einer neuen Generation von Bildsensoren, einem Zoomobjektiv und 30 Metern Nachtsicht. Das System funktioniere über eine App, die man sich auf dem Smartphone oder auch auf dem Rechner installieren kann, so dass man von dort aus jederzeit alarmiert und informiert wird, wenn sich etwas im Schwenkbereich der Kameras bewegt.
Danach beendete Alfred das Gespräch. Er hatte genug gehört. Ihm war eine Idee gekommen: Wenn Bärbel Heulupfer an ihrem Baschimattenhof Überwachungskameras installiert hatte, dann gab es sicher auch Aufzeichnungen vom Tag des Mordes. Vielleicht eine Spur? Er beschloss, dem Hof noch einmal einen Besuch abzustatten.
Als er tags darauf mit Vanessa, die sich mit dem Zug aus Freiburg kommend eingefunden hatte, um Alfreds Urteil über ihre Masterarbeit einzuholen, nach St. Märgen fuhr, hatten sie die Idee, noch einen Abstecher zu Willibald Dresen zu machen, ehe sie ins Erlenbachtal zum Baschimattenhof fuhren. Sie sprachen nicht darüber, wie sie beim letzten Mal auseinandergegangen waren. Vanessa wusste, dass sie Alfred auf die Nerven ging, wenn sie Beziehungsthemen ansprach. Also unterließ sie es. Und Alfred war eine vergessliche Frohnatur. Er wusste schon nicht mehr so recht, um was es eigentlich gegangen war.
Alfred lenkte den roten Flitzer am Café Wangler vorbei in die Talstraße, von der der Mattenweg abzweigte, die Wohnadresse von Willibald Dresen. Es handelte sich um ein Neubaugebiet, 1970er bis 1990er Jahre. Etliche Häuser hatten hier Ferienwohnungscharakter. Den roten Flitzer stellten sie im Talweg ab und schlenderten dann zu Fuß durch den Mattenweg.

„Mal schauen, wie der Kerl so wohnt“, begründete Alfred sein Interesse. „Ich habe noch keine Idee, wie ich ihm auf den Zahn fühlen könnte.

Sie fanden das Haus ohne Mühe. Sowohl am Hauseingang als auch am Gartentor war die Hausnummer angebracht. Ein Namensschild am Briefkasten zeigte an: Hier wohnte Willibald Dresen. Von Bürgermeister Kreutz wusste Alfred, dass es sich um einen pensionierten Polizisten handelte, einen etwas kauzigen Unruhestifter, der gerne mal Nachbarn wegen abendlicher Lärmbelästigung oder Hundegebell anzeigte, der im Winter kontrollierte, ob überall akkurat Schnee geschippt wurde, und der im Verdacht stand, mit der Reichsbürgerbewegung zu sympathisieren.

Alfred und Vanessa wechselten die Straßenseite. Eine Nachbarin, die in ihrem Garten stand und Sträucher zusammenband, beäugte sie misstrauisch. Es war eine ältere Brünette, die unverhohlen gaffte.

Vanessa und Alfred blieben vor ihren Blicken geschützt unter einem Ahornbaum stehen und drehten sich ihre Zigaretten. Während sie rauchten, behielten sie das Dresen-Haus im Blick. Der Vorgarten war nicht der Rede wert, alles, was hätte grün sein können war gepflastert, teils mit hässlichen Waschbetonplatten; das Haus selbst war langweilig, 80er-Jahre Fertigbau, zweigeschossig, viel Balkon rundherum, auf dem jedoch kein Leben herrschte, nicht eine einzige Blumenpflanze, auch Mobiliar war nicht zu erkennen.

Während der Viertelstunde, die sie ausharrten und das Haus beobachteten, geschah dort nichts. Kein Mensch ließ sich blicken. Es stand auch kein Auto in der Auffahrt, das Tor der ins Haus integrierten Garage war heruntergelassen.

Schließlich hatten sie genug geraucht und die Fruchtlosigkeit ihres Ausharrens erkannt. Sie kehrten zum roten Flitzer zurück, der erneut einen Flyer zum bevorstehenden Rossfesst

an der Windschutzscheibe kleben hatte, und fuhren ohne weitere Abstecher zum Baschimattenhof ins Erlenbachtal.
Wieder bog Alfred im Schritttempo in die kurvenreiche Schotterstraße ein, die zum Hof hinauf führte. Das Verdeck am roten Flitzer war heruntergelassen, der Fahrtwind blies ihnen um die Ohren. Alfred hatte kaum die erste Kehre genommen, da hallte ein lauter Knall über das Tal, und dann ein zweiter, und der rote Flitzer machte einen unkontrollierten Satz, um dann mit fauchendem Zischen zum Stehen zu kommen. Der erste Schuss hatte den linken Hinterreifen in einen Plattfuß verwandelt, der zweite Schuss durchschlug die Windschutzscheibe und hinterließ ein gesplittertes gläsernes Kaleidoskop, das bei der Berührung durch Alfreds Hand schlagartig in sich zusammenfiel. Lauter erbsengroße Glassplitter verteilten sich über Alfreds Schoß und über den Fahrzeuginnenraum.
Der Schreck lähmte beide. Vanessa fand als Erste wieder zu sich. Sie öffnete die Beifahrertür und ließ sich nach draußen auf den Schotterweg fallen. Instinktiv hatte sie registriert, dass die Schüsse von der Bergseite her gekommen waren, also von Alfreds Seite. Jetzt versteckte sie sich hinter dem Auto. Alfred hielt immer noch das Steuer in der Hand und stierte perplex durch die zerschossene Windschutzscheibe. Mechanisch stellte er den Motor ab.
„Geh in Deckung!“, warnte Vanessa schrill.
Oben am Berghang war nichts zu erkennen. Bis zum Waldrand zog sich eine grasige Weide. Es ging steil bergan. Steckte der Schütze irgendwo im Gras? Dafür war es nicht hoch genug, man hätte ihn entdecken müssen. Quer durch die Wiese zog sich ein lichter Rain, bewachsen mit Haselnusssträuchern, Vogelbeeren und sonstigem Gesträuch. Dort konnte sich eventuell ein Mensch verbergen.

Aber warum? Warum sollte jemand auf Alfreds roten Flitzer schießen?
Unter Missachtung möglicher Gefahren kletterte Alfred aus dem Wagen und umrundete ihn einmal. Das war eine schöne Bescherung: Der Hinterreifen auf der Fahrerseite war platt. Eine Windschutzscheibe gab es nicht mehr. Er gesellte sich zu Vanessa auf den Hosenboden, den Rücken an die Beifahrertür gelehnt.
„Und nun?“, fragte Vanessa mit zitternder Stimme. Ihr zartes Gesicht bebte. Alfred nahm sie in den Arm und drückte sie an sich. So liebte er sie. Wenn sie so zierlich, hilflos und anlehnungsbedürftig erschien. Sie war aber nichts von alledem. Wütend fauchte sie: „Welches Arschloch war das? Müssen wir die Polizei rufen?“
Alfred kramte sein Smartphone hervor: „Ich rufe Junkel an. Er soll uns sagen, was wir machen sollen.“
Der rekonvaleszente Oberkommissar ging sofort dran. Offenbar war ihm langweilig. Alfred schilderte den Sachverhalt und beschrieb, wo er sich befand.
„Habt ihr den Schützen gesehen? Ist er noch in der Nähe?“, fragte Junkel.
In diesem Moment tuckerte vom Baschimattenhof ein Traktor heran. Er kam auf dem Schotterwegs geradewegs auf den havarierten roten Flitzer zu. Alfred schilderte es dem Kommissar.
Junkel meinte: „Wenn jemand kommt, dann besteht wahrscheinlich keine Gefahr mehr. Die Polizei könnt ihr noch später verständigen und Anzeige erstatten. Sobald die Schwänzel davon erfährt wird sie alles absperren und euch von dem Tatort fernhalten. Das heißt, wenn ihr den Hof auskundschaften wollt, dann müsst ihr es jetzt tun. Wer kommt euch mit dem Traktor entgegen? Kennt ihr ihn?“

„Ja“, bestätigte Alfred. „Es ist der Freddy Smöker, der Mann, der auf dem Baschimattenhof aushilft.“
„Vielleicht hat er etwas gesehen?“, mutmaßte Junkel am Telefon.
Alfred ließ ihn nicht weiter teilhaben: „Ich muss jetzt Schluss machen. Er ist abgestiegen und kommt herüber.“ Er legte auf und erhob sich. Vanessa tat es ihm gleich. Smöker kam herangestapft. Er trug mistverzierte schwarze Gummistiefel, eine verdreckte Cordhose und einen blauen Kittel. Auf seinem verschwitzten Kopf saß ein schäbiger Strohhut. Offensichtlich war er beim Arbeiten.
„Was ist los?“, fragte er schon im Näherkommen. „Ich habe so was wie einen Schuss gehört. Wart ihr das?“
Alfred zeigte ihm den zerschossenen Reifen und die kaputte Windschutzscheibe. Smöker pfiff durch die Zähne. „Ich schleppe euch ab“, bot er an. „Bis zum Hof. Dort könnt ihr den Reifen wechseln.“
So geschah es. Smöker besaß praktischerweise eine Seilwinde am Traktor, hängte den roten Flitzer an und schleppte ihn mitsamt seinen Insassen die verbliebenen Kurven bis zum Hofgelände. Dann half er kundig beim Reifenwechsel. Alfred war ihm dankbar dafür, denn er selbst war in solchen Dingen kein Meister. Um genauer zu sein: Er war eine vollkommene Pfeife. Wahrscheinlich hätte er den ADAC rufen müssen.
So aber war in Windeseile der Ersatzreifen aufgezogen. Smöker machte nahezu alles alleine. Als er fertig war, klaubte er ein zusammengeknautschtes Projektil aus der Felge. Offenbar die Kugel, die den Reifen getroffen hatte. Er hielt sie spitz zwischen Daumen und Zeigefinger und begutachtete sie fachmännisch. Dabei schnaufte er bedeutungsvoll.
„Was ist, was hat das zu bedeuten?“, fragte Vanessa.

„Jagdgewehr!“, erläuterte Smöker. „Kaliber 308 Win!“ Er verzog das Gesicht und wirkte beunruhigt. Er warf hektische Blicke zum Hof hin, so als suchte er nach etwas.

Alfred und Vanessa warteten, dass er ihnen etwas erklärte.

Während er nachdenklich die Faust um das Projektil schloss, hielt Smöker weiterhin Ausschau. Beiläufig sagte er: „Ich suche nach dem Opa. Er hat so ein Jagdgewehr. Der Wald da oben ist sein Revier. Ich traue ihm alles zu.“

„Wo ist er jetzt?“, wollte Alfred wissen.

„Keine Ahnung“, antwortete Freddy Smöker. „Herbert fragt mich nicht um Erlaubnis, wenn er unterwegs ist. Schließlich bin ich hier nur der Hilfsarbeiter.“ Er machte eine umfassende Geste mit der Hand, die den gesamten Hof und die Wiesen einschloss. „Ich bin der Depp, der hier alles am Laufen hält …“

Vanessa kam ein Gedanke: „Wo bewahrt er sein Gewehr normalerweise auf, der Opa?“, fragte sie. „Wir könnten doch nachschauen, ob es an Ort und Stelle ist.“

„Gute Idee“, lobte Smöker. „Kommt mit!“

Er führte sie durch einen niederen Hausflur ins Haus. Eine durchgetretene hölzerne Treppe führte ins Obergeschoss. Dort befanden sich einige Zimmer. Smöker klopfte an einer der Türen, und als niemand antwortete, drückte er die Klinke. Die Tür war unverschlossen. Sie betraten den Raum.

„Das ist es, sein Zimmer“, klärte Smöker auf. „Hier schläft der Herbert. Dort drüben im Schrank bewahrt er sein Jagdgewehr auf. Völlig unvorschriftsmäßig. Er hängt es an einen Nagel in der Schrankwand und schiebt seinen Tschoben drüber. Das ist alles.“

„Tschoben, das ist der Kittel, die Jacke“, flüsterte Vanessa Alfred zu, da sie bemerkte, dass er den Begriff nicht kannte.

Sie öffneten den Schrank und suchten die Innenwände ab. Von einem Jagdgewehr keine Spur. Smöker seufzte: „Ich fürchte, der Alte hat geschossen. Manchmal ballert er durch die Gegend. Ich hab's dir ja beim letzten Mal gesagt, er ist nicht mehr ganz knusprig im Kopf."

Er tippte sich mit einem Finger gegen die Stirn: „Ballaballa, Alzheimer oder sowas", ergänzte er.

Dann fiel ihm offenbar etwas ein: „Er war es auch, der den Hackklotz losgetreten hat, du erinnerst dich?"

Und ob Alfred sich erinnerte. Haarscharf war er dem Mordgeschoss entkommen.

„Woher weißt du das?", wollte er wissen.

„Komm mit", sagte Smöker triumphierend. „Ich zeige euch die Bilder von der Überwachungskamera."

Sie betraten ein weiteres Zimmer. Es handelte sich um das Schlafzimmer der ermordeten Bäuerin. Alfred und Vanessa sahen sich an. Durften sie hier so einfach eindringen? Smöker schien es ganz normal zu finden. Auf einem schmalen Schreibtisch vor dem Fenster stand ein Laptop. Smöker zog sich einen Stuhl heran, pflanzte sich an den Schreibtisch und setzte ungeniert den Computer in Gang. Alfred und Vanessa beugten sich über seine Schultern.

„Sie hat kein Passwort und nichts verwendet", erklärte er ungefragt.

Er klickte sich routiniert durch verschiedene Ordner und Dateien, so dass Alfred erkannte, dass er dies nicht zum ersten Mal tat. Bald hatte er die gewünschte Datei gefunden.

„Hier", so erläuterte Smöker. „Die Aufzeichnung aus der Überwachungskamera."

Er spielte eine Szene ab, die erkennbar oben im Dänn spielte, dort, wo normalerweise der Hackklotz stand. Eine Gestalt erschien im Blickfeld, sah sich um, griff nach der Axt, die im Hackklotz steckte, zerrte am Axtgriff, so dass sich der Holzklotz bewegte, zog auf diese Weise den Hackklotz über den Balkenboden – und aus dem Schwenkbereich der Kamera hinaus. Smöker zeigte auf das eingeblendete Datum und die Uhrzeit: „Hier, genau an dem Tag, an dem du bei mir auf dem Hof warst, einen Stock tiefer bei der Säge. Auf die Minute genau! Sekunden später fiel dir der Hackklotz fast auf den Kopf."

Alfred ließ zurückspulen und sah sich die Szene noch einmal an. Die Gestalt, die zu sehen war, trug einen seltsamen weißen Anzug. Man sah sie nur von schräg oben und von hinten. Aber Smöker versicherte mit Gewissheit: „Das ist Herbert Heulupfer, der Opa. Hundert Prozent! Er hat seinen Imkeranzug an."

Alfred zückte sein Smartphone und tat so, als filmte er sich die Szene ab, die auf dem Bildschirm am Schreibtisch lief. Smöker ließ es geschehen. In Wahrheit aber filmte Alfred nicht, sondern tippte an die Adresse von Vanessa, die danebenstand, eine Whatsapp-Nachricht: „Wir brauchen den Rechner. Ich lenke ihn ab, du klaust das Laptop. Verstanden?"

„Ich habe verstanden!", sagte Vanessa laut. Für Smöker klang es so, als kommentierte sie die Szene auf dem Bildschirm.

„Nicht wahr, es ist eindeutig?", versicherte er sich.

Alfred und Vanessa pflichteten bei: „Es ist eindeutig! Der Opa war es. Wo ist er? Ich muss mit ihm reden."

„Ich bringe euch zu ihm. Er ist bei den Bienen", erbot sich Smöker.

Vanessa sagte: „Ich komme gleich nach, muss erst noch auf die Toilette. Kann ich die hier im Haus benutzen."

„Hinten im Gang", wies Smöker sie an.

Dann verließen sie das Zimmer und kehrten ins untere Stockwerk zurück. Vanessa blieb oben und nutzte die Zeit, um das Laptop aus Bärbel Heulupfers Zimmer zu entwenden. Sie verbarg es unter ihrem weiten Schlabberpulli, als sie zu Alfred und Smöker zurückkehrte. Smöker bemerkte nichts.

Während sie auf Vanessa warteten, fragte Alfred den auskunftsfreudigen Smöker weiter aus: „Wohnst du auch auf dem Hof?“
„Nicht wirklich“, erwiderte Smöker. „Nur tageweise, wenn ich hier arbeite. Eigentlich wohne ich in Breitnau. Ich habe ja noch meinen Job bei der Futtermittelfirma. Die haben mich jetzt mal für zwei Wochen freigestellt, dass ich nach dem Nötigsten sehen kann. Aber auf Dauer muss natürlich eine andere Lösung her. Der Sigwart Klaus hat sich bereit erklärt, die Pferde zu übernehmen. Die Hühner und die Bienen können beim Opa bleiben.“
„Sigwart Klaus?“, wiederholte Alfred fragend. „Wer ist das?“
„Der Nachbarbauer“, erklärte Smöker. „Er war ein guter Freund von Bärbel.“
„Etwa der Klaus, der was mit Lea Vorderhalder hat? Der von den Betzitglunki?“
„Genau der“, bestätigte Smöker und wiederholte: „Der Betzitglunki.“
Alfred überlegte, ob er sein Wissen preisgeben sollte, und Smöker nach einem Verhältnis zwischen der ermordeten Baschimattenbäuerin und diesem Klaus von den Betzitglunki fragen sollte. Aber in diesem Augenblick erschien Vanessa mit ihrem leicht gespannten Schlabberpulli, und nickte Alfred verschwörerisch zu.
Gemeinsam machten sie sich über die Wiese über einen Trampelpfad auf den Weg zu den Bienenhäusern. Aber sie trafen dort den gesuchten Opa Heulupfer nicht an. Bei den Bienenhäusern handelte es sich um zwei kleine Hütten, die an Gartenhäuschen erinnerten und auf ihrer dem Tal zugewandten Seite von einer Reihe von Schlitzen gesäumt wurden, die emsig von Bienen frequentiert wurden. Es ging zu wie auf einem U-Bahnhof, ein summendes Kommen und Gehen.

„Dann ist er auf der Jagd“, kommentierte Smöker schulterzuckend.
„Das haben wir gemerkt“, spottete Alfred. „Wer bezahlt meine Windschutzscheibe?“
„Ihr müsst es der Polizei melden, Anzeige erstatten“, forderte Smöker. „Auch das mit dem Hackklotz. Herbert weiß nicht mehr, was er tut. Die Aufnahmen der Überwachungskameras beweisen es. Er gehört aus dem Verkehr gezogen.“
Vanessa, die bisher geschwiegen hatte und darauf achtete, in Smökers Rücken zu bleiben, damit er keinen Verdacht schöpfen konnte, fragte halblaut: „Wer kriegt eigentlich den Hof, wenn auch der Opa mal nicht mehr ist?“
Smöker errötete. Mit einer solchen Frage hatte er nicht gerechnet, und es war ihm anzusehen, dass sie ihm unangenehm war. Leise murmelte er: „Das hat die Polizeikommissarin auch schon gefragt. Ich weiß, dass es mich in ein blödes Licht rückt, aber ich werde ihn wohl kriegen, denn es gibt keine Erben, soviel ich weiß. Ich habe Bärbel für die Modernisierung einen größeren Betrag geliehen, den sie noch nicht zurückgezahlt hat. Wir haben ausgemacht, dass der Hof an mich fällt, wenn sie nicht mehr bezahlen kann. Das ist notariell beglaubigt.“
Alfred sah den schmächtigen Kerl an. Smöker senkte verlegen den Kopf. Er wirkte so gar nicht wie ein schlauer Erbschleicher. Aber vielleicht war er einer: Im Geiste setzte Alfred ihn auf die immer länger werdende Liste seiner Tatverdächtigen. Dort standen bereits die Namen von Willibald Dresen und von Betzitglunki Klaus. Wobei: Dresen war unmittelbar beim Fund der Leiche dabei gewesen. Er konnte also unmöglich der Mörder sein. Aber vielleicht hatte er Komplizen gehabt? Irgendwelche Typen aus seiner Reichsbürgerszene. War es nicht verdächtig, dass sowohl der Ermordeten, als auch Dresen Kontakte zu dieser Szene nachgesagt wurden? Au-

ßerdem standen die beiden unbekannten Anzugsträger mit Sonnenbrillen auf Alfreds Liste, die sich als Höltscher und Vogt bei der Geisterwanderung eingetragen hatten, – wo waren sie gewesen, als der Leichnam auf den Weg rollte? – sowie der Veterinär aus dem Dreisamtal, der den Influencerinnen zufolge ein Verhältnis mit der Ermordeten gehabt hatte, und dessen Frau Swetlana an der Geisterwanderung teilgenommen hatte. War sie vielleicht die Adressatin der grausigen Tat gewesen? Alfred schloss auch Opa Herbert Heulupfer nicht aus, dem war offenbar alles zuzutrauen. Mit Fragezeichen gehörte auch Josef Saier auf die Liste, aber nur, weil Alfred ihn noch nicht zweifelsfrei identifiziert hatte. Solange hielt er ihn für rätselhaft. Ein Fragezeichen stand auch hinter den Namen Lea Vorderhalder und Bert Kleinteich.

Gemeinsam trotteten sie wieder zum Hof zurück. Sie pflückten die zahlreichen Glassplitter aus dem Cockpit des roten Flitzers. Smöker half bereitwillig. Es fiel ihm nicht auf, dass Vanessa steif wie eine Vogelscheuche daran mitwirkte. Wegen des Laptops unter ihrem Pulli konnte sie sich nicht vernünftig bücken. Während sie Glassplitter aufklaubten und im Straßengraben entsorgten, forschte Alfred Smöker zu den Überwachungskameras aus. Smöker erklärte, dass insgesamt fünf Kameras installiert waren. Eine im Stall, eine, die die talseitige Koppel unter dem Hof überwachte, an einem Baum, die drei übrigen am Hofgebäude, zwei vorne, eine hinten.

„Könnte man darauf sehen, was am Tag geschah, als Bärbel Heulupfer ermordet wurde?“, fragte Alfred.

Bedauernd schüttelte Smöker den Kopf. Auf die Idee ist auch die Polizeikommissarin Schwänzel schon gekommen. Sie hat den Rekorder beschlagnahmt, aber die Aufnahmen werden alle nach 48 Stunden gelöscht, es war schon zu spät.“

„Den Rekorder?“, fragte Alfred.

Smöker erklärte ihm, wie solche Überwachungskameras funktionierten: „Man schließt die Kameras mit Kabel an eine Steckdose an, sie verbinden sich dann automatisch mit einem Rekorder. Der steht bei Bärbel im Zimmer und überträgt die Aufnahmen mit Hilfe einer App auf die gewünschten Endgeräte, also auf das Laptop und das Smartphone. Man kann ihn auch an den Fernseher anschließen. Mit dem Smartphone oder dem Laptop kann man sich von überall auf der Welt in das Kamerasystem einloggen."

„Man kann live zusehen, was ums Haus herum vor sich geht?", forschte Alfred weiter nach.

„Ja", bestätigte Smöker. „Wie gesagt, die Kamerabilder werden fortlaufend und in höchster Qualität gespeichert. Aber sobald der Speicher voll ist, werden die ältesten Bilder automatisch überschrieben."

Alfred und Vanessa erfuhren noch mehr: Der Zugang zum System war mit einem Benutzernamen und einem Passwort geschützt. Smöker erzählte, Bärbel Heulupfer habe ihm das Passwort anvertraut, damit auch er die Aufnahmen ansehen konnte. „Vier Augen sehen mehr als zwei, hat sie mir gesagt. Sie vertraute mir …"

„Du bringst die Kiste zu Tim Joy", erteilte Alfred Vanessa den Auftrag, nachdem sie endlich die Rückfahrt angetreten hatten. Der Fahrtwind blies ihnen durch die nichtvorhandene Windschutzscheibe ins Gesicht und Vanessa hielt das gestohlene Laptop auf ihren Schoß gepresst.

„Ich mache jede Wette, dass Tim mehr sichtbar machen kann als nur die letzten 48 Stunden. Er wird alles herausfinden, was in den Tagen vor dem Mord darauf abgespeichert war."

Noch mehr Ärger

Die Recherchen in St. Märgen warfen etliche Reportagen und Beiträge für das Portal Goodwood-Wäldernews ab. Die Geschichten, die Alfred auf Goodwood-Wäldernews über den Mordfall Bärbel Heulupfer, über den Baschimattenhof, über Geister- und Aberglauben im Hochschwarzwald, über alte Nazis auf dem Friedhof St. Märgen und über die Eigenheiten der Hochschwarzwälder Kaltblutpferde veröffentlichte, erfreuten sich überdurchschnittlicher Klickzahlen, so dass Alfred beschloss, dranzubleiben. Auch wenn eine negative Reaktion auf seine Artikel ein mahnender Anruf aus dem Polizeipräsidium Freiburg war. Oberkommissarin Evelyn Schwänzel schiss Alfred ungehalten zusammen: „Sie bohren in dem Fall, obwohl ich es ausdrücklich untersagt habe. Sie behindern meine Ermittlungen?“
„Welche Ermittlungen?“, konterte Alfred frech. „Sieht nicht so aus, als seien Sie in irgendeiner Weise vom Fleck gekommen. Oder hat die Auswertung der Überwachungskameras am Baschimattenhof vielleicht irgendetwas ergeben?“
Einige Sekunden herrschte konsternierte Ruhe in der Leitung. Offenbar hatte Alfred die leitende Oberkommissarin auf dem falschen Fuß erwischt. Er beschloss, das Überraschungsmoment auszunutzen und setzte noch einen drauf: „Da Bärbel Heulupfer erwürgt wurde, wissen Sie sicher, auf welche Weise das geschah? Mit den Händen? Mit einem Strick? Mit einem Riemen? Oder mit einer Schlinge?“ Er hatte genug Fernsehkrimis gesehen, um die verschiedenen Strangulierungsmethoden aufzählen zu können.
Evelyn Schwänzel schnappte nach Luft, Alfred konnte es durch die Leitung hören. Wutschnaubend sagte sie: „Ich lasse Sie festnehmen! Dass Bärbel Heulupfer erdrosselt wurde, ha-

ben wir nicht bekanntgegeben. Das ist Insiderwissen, nur der Täter kann das wissen, oder jemand, den er eingeweiht hat."
Alfred merkte, dass er sich vergaloppiert hatte. Er konnte schlecht seine Quelle verraten, das würde sonst bestimmt Ärger für Junkel bedeuten. Es fiel ihm aber aus dem Stand auch keine glaubwürdige Ausrede ein. „Sie können mich mal", sagte er stattdessen und legte auf.
Normalerweise bekam Alfred regen Zuspruch für das inhaltliche Angebot auf Goodwood-Wäldernews. Er bezeichnete es immer als „kostenlose digitale Lokalzeitung" und freute sich über monatlich steigende Klick- und Abonnentenzahlen. Längst war die Plattform etabliert und in den schwarzen Zahlen. Neben der von Tim Joy programmierten KI, die alles auswertete, was im Hochschwarzwald ins Netz gestellt, gepostet und als Medieninformation versandt wurde, füllte Alfred die Plattform mit seinen Reportagen und Nachrichten. Werbeeinblendungen aus der heimischen Wirtschaft finanzierten das Ganze, die zwei älteren Damen Erna und Anita akquirierten die Werbekunden und hielten das Sekretariat besetzt, das sich unter dem Dach des Campus Basili befand. Erna war eine kleine, feurige, die ihre abendliche Freizeit trotz fortgeschrittenen Alters gerne im Tanzlokal Heuboden in Umkirch zubrachte, Anita war eher matronenhaft und gesellig, ausweislich ihrer roten Bäckchen dem Rotwein zugetan. Diese beiden waren es auch, die Alfred regelmäßig auf kritische oder heikle Leserkommentare aufmerksam machten, speziell wenn sie auf Fehler aufmerksam machten, oder wenn sie beleidigende, gar justiziable Inhalte bargen.
Manchmal reagierte Alfred allergisch, beispielsweise, wenn man seine Sprache als unsensibel, vorgestrig und diskriminierend kritisierte. Mit political correctness brauchte man Alfred nämlich nicht zu kommen. Er war ein Banause in dieser Hinsicht. Dahinter steckte nicht einmal eine bewusste

Philosophie oder die Idee eines Statements. Es war vielmehr eine sorglose und gedankenlose Lebenshaltung, der Glaube, dass ihn „solche Sachen“ nichts angingen. Als kürzlich eine empörte Nutzerin der Goowood-Wäldernews einen geharnischten Kommentar unter einen seiner Artikel hämmerte, reagierte er auf seine Weise. Die Frau mit dem für Alfred schon von vorneherein verdächtigen Namen Lucia Maria Winterhalder-Großbeck, erregte sich darüber, dass Alfred in seinen Artikeln nicht gegendert hatte. Im konkreten Fall ging es um einen Artikel zum bevorstehenden Rossfest in St. Märgen: „Sie schreiben von Reitern und Reiter, als gäbe es keine Reiterinnen. Sie berichten außerdem von zahlreichen Helfern im Hintergrund. Nirgendwo erwähnen Sie die Helferinnen. Bei Ihnen gibt es Kutscher aber keine Kutscherinnen. Sie zeigen ein Bild vom letzten Rossfest und sprechen von einem Waffelverkäufer, aber das Bild, das Sie dazu veröffentlichen, zeigt drei Frauen und nur einen männlichen Waffelverkäufer, der zudem noch ein Halbwüchsiger ist. Und so könnte ich noch viele Beispiele erwähnen. Während andere (seriöse) Journalist:innen schon längst korrekt und sehr bewusst alle Geschlechter erwähnen und ihre Leser:innen nicht mit einem mittelalterlichen Geschlechter- und Rollenbild verhöhnen, kehren sie den sprachlichen Macho heraus. In allen Ihren Artikeln fällt mir das auf, und woher soll ich wissen, dass sie auch mich als Frau und eventuell binäre oder diverse Geschlechter „mitmeinen“ (ha, ha, faule Ausrede), wenn sie permanent die männlichen Formen verwenden. Wenn Sie an dieser Stelle Ihre überkommene Einstellung und Ihren Schreibstil nicht ändern, kündige ich mein Abonnement und Sie haben mich als Leserin verloren, ebenso viele meiner Freundinnen und Kolleginnen, die ganz meiner Meinung in dieser Sache sind.“ Es folgten noch einige Anregungen, welcher Schreibweisen Alfred sich künftig bedienen sollte, vom Binnen-I über das

Sternchen bis zum Doppelpunkt und Unterstrich hätte die Leserin alles akzeptiert, und die abschließende emotionale Bemerkung: „Und haben Sie sich mal überlegt, wie es mich als Frau kränkt, wenn ich das Gefühl habe, nie wahrgenommen zu werden, immer nur „mitgemeint" zu sein, obwohl ich davon nichts spüre? Es macht mir Angst, es demütigt mich."
Alfred überlegte kurz, ob er den Kommentar einfach ignorieren sollte, wie er es meistens mit solchen Statements hielt, oder ob er Vanessa animieren sollte, einen Gegenkommentar darunter zu setzen, sozusagen als Frau, die sich überhaupt nicht gekränkt und gedemütigt fühlte, obwohl Alfred sie häufig genug nach aller Kunst männlicher Arschlöcher behandelte. Dann aber entschied er sich, selbst zu antworten, auf seine Art. Er konnte nicht aus seiner Haut. Er schrieb kurz und knackig: „Sehr geehrte Frau Winterhalder-Großbeck, ich kann alle Ihre Bedenken aus der Welt schaffen, denn der von Ihnen zitierte Artikel war ausschließlich für Männer gedacht. Somit regen sie sich am falschen Gegenstand auf. Sie waren gar nie mitgemeint, ebenso wenig wie andere Frauen. Sollte ich eines Tages über das Rossfest nur für die Zielgruppe Frauen schreiben, können Sie gewiss sein, dass ich dann ausschließlich die weibliche Form für Reiterinnen, Verkäuferinnen und Zuschauerinnen verwenden werde – und selbstverständlich auch für die Pferde."
Erstaunlicherweise ging in den Tagen darauf keine Abo Kündigung ein.
Mehr oder weniger durch Zufall brachten die aufmerksamen Goodwood-Sekretärinnen Erna und Anita Alfred zu einem Vorwand, endlich Willibald Dresen auf den Zahn zu fühlen. Denn auch Dresen hatte einen Leserkommentar formuliert. Alfred hätte ihn übersehen, aber Erna, das war die Kleine, schickte ihm den Link mit dem Hinweis: „Zur Nazi Geschichte."

Unter Alfreds ausführliche Reportage zum Nazi-Verbrecher Dr. Karl Pütz und dessen nicht mehr vorhandenem Grab in den Kriegsgräberreihen am St. Märgener Friedhof, hatte Willibald Dresen mit seinem Echtnamen und dem Ortszusatz „St. Märgen" geschrieben: „Durfte die Ehrengrabstelle eines Dr. Karl Pütz, geboren 1911 in Aachen, gestorben 1945 in St. Märgen, still und leise beseitigt werden, so wie es der unsensible Bürgermeister damals angeordnet hat? Hätte nicht die Erinnerung an ihn bewahrt werden müssen, so wie es selbstverständlich jedem Kriegsgefallenen zusteht? Es gibt dazu sogar ein Gesetz, das Gesetz über die Erhaltung der Gräber der Opfer von Krieg und Gewaltherrschaft. In Absatz 2 heißt es dort, dass der Erhalt verpflichtend ist »für Gräber von Personen, die zwischen 26. August 1939 und 31. März 1952 während ihres militärischen oder militärähnlichen Dienstes gefallen oder tödlich verunglückt oder an den Folgen der in diesen Diensten erlittenen Gesundheitsschädigungen gestorben sind.« Wollen Sie etwa bestreiten, dass es sich um einen solchen Fall handelt?"

Normalerweise hätte Alfred ein solcher Kommentar als willkommene Bereicherung und Ergänzung seines Artikels nicht gekümmert. Im Gegenteil: Er freute sich immer, wenn es kontroverse Leserkommentare gab, denn meist sorgten diese für Aufmerksamkeit und Traffic auf dem Portal. Jeder Klick zählte bei den Werbekunden.

Diesmal war Dresens Kommentar aber der lange gesuchte willkommene Aufhänger, um dem rechtslastigen St. Märgener einen persönlichen Besuch abzustatten.

Alfred fuhr anderntags also erneut nach St. Märgen, immer noch ohne Windschutzscheibe, geriet unterwegs in eine Polizeikontrolle, faselte gegenüber den Streifenbeamten von einem gerade stattgefundenen Steinschlag, den er aber nicht beweisen konnte, weil die restlichen Glassplitter längst von

Vanessa aus dem Cockpit gesaugt worden waren, und verhedderte sich in blöde Ausreden, weil er nicht erzählen wollte, dass man am Baschimattenhof auf ihn und sein Auto geschossen hatte. Die Folge war also ein Strafzettel über 90 Euro plus ein Punkt in Flensburg, wegen „Fahren mit einem Steinschlag", zudem die Auflage, binnen einer Woche den Schaden zu beheben und beim Polizeirevier in Neustadt den Vollzug zu melden.

Im Mattenweg in St. Märgen stellte Alfred den Wagen in der Einfahrt von Willibald Dresens Haus ab und klingelte entschlossen an der Haustür. Vom Nachbargarten aus beobachtet ihn erneut die neugierige Brünette. Alfred hatte noch nicht richtig die Finger von der Klingel genommen, da wurde auch schon die Tür aufgerissen und Willibald Dresen, in kurzen Hosen, Sandalen und Tennissocken, wie Alfred ihn von der Geisterwanderung in Erinnerung hatte, stand Alfred Auge in Auge gegenüber, so als habe er hinter der Tür auf ihn gewartet.

Dresen klang abweisend: „Was wollen Sie? Ich kaufe nichts."

Alfred hatte sich vorbereitete und war bereit, sich bis zur Selbstverleugnung einzuschleimen: „Ich komme von Goodwood-Wäldernews. Ich habe den Friedhofs-Artikel verfasst, zu dem Sie einen Leserkommentar geschrieben haben. Sie haben mir damit aus dem Herzen gesprochen. Endlich traut sich mal jemand, gegen den Mainstream anzugehen. Ich wollte mit ihnen darüber reden."

Dresen musterte ihn misstrauisch von oben bis unten. Alfred sah in seiner zerlumpten Jeans und dem knittrigen Leinenhemd nicht gerade wie jemand aus, den ein bekennender Reichsbürger zu seinem Umgang zählte.

„Mit mir reden …?", fragte Dresen skeptisch.

Alfred nickte: „Darf ich reinkommen?"

„Was gibt es zu reden?"

„Der Fall mit dem verschwundenen Grab. Darüber würde ich gerne mit Ihnen reden. Ich habe ja nur das geschrieben, was mir der St. Märgener Bürgermeister erzählt hat. Nach Ihrem Leserkommentar weiß ich aber, dass das nur die halbe Wahrheit war."
Er hatte offenbar den richtigen Knopf gedrückt, denn sofort legte Dresen los: „Er hat überhaupt keine Wahrheit gesagt, Kreutz hat gelogen, wie er es immer tut. Kommen Sie rein. Ich erzähle Ihnen mal was."
Wenig später saß Alfred auf Dresens Terrasse, vor sich ein Bier, das er gerne angenommen hatte, als Dresen ihn gefragt hatte, was er gerne trinken möchte: „Wasser, Tee, Saft, ein Kaffee, oder doch lieber was anderes?"
„Was anderes! Ein Bier", hatte Alfred gesagt. „Wenn`s geht kalt!"
Dresen trank Mineralwasser.
Um ihn gesprächig zu machen, erzählte Alfred ihm zuerst eine Verschwörungsgeschichte über Goodwood-Wäldernews: „Ich bin da angestellt und darf gar nicht schreiben, was ich möchte. Wehe ein falsches Wort, mein Chef ist da sehr streng. Alles muss politisch korrekt sein. Immerzu gibt er mir die Themen vor, nichts Negatives über Flüchtlinge, kein falsches Wort über Schwule und Lesben, alle Menschen sind gut, die Nazis waren böse, die Rechten sind böse, die AfD ist bäh. Stellen Sie sich vor, er hat mir verboten, Veranstaltungen der AfD anzukündigen. Man darf nicht mehr sagen und schreiben, was man denkt. Aber was soll ich machen? Ich bin dort angestellt, ich brauche das Geld?"
Dresen pflichtete ihm in allem bei und setzte noch einen obendrauf: „Das ist überall so, bei allen Mainstream-Medien. Da wird die Wahrheit unterdrückt. Das sind Lügenmedien, genauso wie ihr Wälderblabla. Sie haben es ja gerade zugegeben."

Bei Dresen handelte es sich um einen drahtigen, fast hager zu nennenden Mann unbestimmten Alters. Alfred hätte ihn zwischen 50 und 60 geschätzt, aber er war nicht besonders gut in dieser Disziplin. Vielleicht war Dresen auch älter. Auf jeden Fall stammten seine Ansichten aus der ersten Hälfte des vorigen Jahrhunderts: „Deutschland verludert und degeneriert. Wir werden unterwandert von Afrikanern und Asiaten, von Männern, die Frauen sein wollen und von Frauen, die Männer sein wollen, von Perversen und von Ökospinnern. Sie spielen Sprachpolizei und sind in Wirklichkeit Sprachverhunzer. Und unsere Politiker machen gemeinsame Sache mit ihnen. Wir brauchen jemand, der mal gründlich aufräumt. So kann es nicht weitergehen."
Alfred verkniff sich die Kommentare, die ihm auf der Zunge lagen. Was für ein ekliger Mensch! Im Geiste rückte er ihn an die vorderste Stelle auf seiner Verdächtigenliste. Aber er wollte etwas von ihm, also hörte er sich das Gebräu aus Verschwörungstheorien und Gewaltphantasien scheinbar begeistert an und nickte bisweilen zustimmend. Endlich hielt er es für an der Zeit, zu seinem eigentlichen Anliegen vorzudringen: „So wie ich Ihr Posting auf Goodwood-Wäldernews verstanden habe, wissen Sie mehr über den Fall des verlegten Grabes, als bisher bekannt ist."
Sofort geriet Dresen in Fahrt: „Es ist nicht verlegt. Das verniedlicht der Bürgermeister. Das Grab ist abgeräumt, zerstört. Die Gebeine von Dr. Pütz sind entsorgt worden."
„Und niemand hat sich daran gestört?", fragte Alfred und gab seiner Stimme einen möglichst ungläubigen Tonfall.
Dresen schnaufte heftig: „Doch, ich! Ich habe den Bürgermeister angezeigt, wegen Grabschändung. Aber das Ganze ist im Sande verlaufen, die halten ja doch alle zusammen. Seither beschuldigt der Kreutz mich, ich würde ihm anonyme Drohbriefe schreiben …"

„Und das sind Sie nicht ...?", fragte Alfred vorsichtig.
„Ach geh her", wehrte Dresen ab. „Das hab ich gar nicht nötig. Ich sag ihm offen ins Gesicht, was ich von ihm halte. Und wenn er blöd kommt, dann batsch' ich ihm eine. Eines Tages ist es soweit. Ich habe ihn auch angezeigt, weil der Gehweg der Gemeinde zehn Zentimeter auf mein Grundstück gelegt ist. Und kürzlich habe ich ihn angezeigt, weil er die Schwarzwaldhalle nicht für eine Veranstaltung der Gerechten Rechten freigeben wollte. Das ist eine friedliche Organisation aus dem Dreisamtal."
„Ich kenne sie", unterbrach Alfred. Er erinnerte sich mit Grausen an die Nazi-Bande, die ihm vor geraumer Zeit das Leben schwer gemacht hatte. Eine üble Schlägertruppe, die von der Polizei als offen rechtsextremistische Organisation eingeschätzt wurde. Etliche saßen im Knast. Das war also der Umgang, den Willibald Dresen pflegte.
Dresen ging ins Flüstern über: „Ich kenne ein paar Leute, die das Andenken von Dr. Karl Pütz aufrechterhalten. Sie sind wie ich der Meinung, dass die Erinnerung an einen Soldaten nicht einfach so ausgelöscht werden darf."
Alfred intervenierte vorsichtig, man könne kaum aus der Welt schaffen, dass Pütz ein SA-Führer und Lagerkommandant gewesen sei, der nachweislich unschuldige Menschen getötet habe.
Dresen schnaubte erneut empört, widersprach aber nicht. Stattdessen behauptete er: „Außerdem sind die Todesumstände längst nicht geklärt. Ich weiß, dass Sturmbannführer Dr. Pütz, der gegen Kriegsende Inspekteur und Befehlshaber Südwest der Sicherheitspolizei und des Sicherheitsdienstes in Baden war, sich auf der Flucht vor den anrückenden Franzosen im Hochschwarzwald verborgen hielt." Er verfiel wieder ins konspirative Flüstern: „In Neukirch in einer Jagdhütte. Das weiß ich aus erster Hand. Dort hat er eine Sondergrup-

pe von dreizehn SS/SD-Leuten befehligte. Aber sie wurden verraten. Franzosen haben ihn und seine treuen Soldaten am 29. April 1945 ausgehoben und sechs Deutsche erschossen. Das kann man nachlesen. Sie liegen bis heute in einem Soldatengrab auf dem Friedhof von Neukirch. Niemand stört ihre Totenruhe, anders als es hier in St. Märgen geschehen ist."

„Sechs wurden erschossen", wiederholte Alfred und bewegte die Finger, als wolle er mit ihrer Hilfe nachzählen.

Dresen fuhr fort: „Ja, die sieben anderen Mitglieder der Gruppe entkamen nach St. Märgen, darunter Anführer Pütz."

Wird ja immer toller, dachte sich Alfred, doch er verkniff es sich, den Redefluss zu unterbrechen. Dresen erzählte weiter: „Es kommt für den Tod von Dr. Pütz auch Raubmord durch einen Kameraden in Frage, oder eine kaltblütige Liquidierung durch die Franzosen. Dann müsste man den Fall ganz neu bewerten."

„Das ist doch alles so lange her", wiegelte Alfred ab. „Außerdem kann man die Grabgeschichte auch nicht mehr rückgängig machen."

Aus Dresens Sicht wäre es angemessen gewesen, die Überreste von Karl Pütz in ein anderes Grab zu betten. Er berichtet Alfred von angeblichen Kontakten zu Angehörigen von Pütz und von Irritationen, weil diese von der Aufhebung des Ehrengrabs nicht unterrichtet worden seien. Am Schluss stellte er süffisant fest: „Was passiert heute auf dem Friedhof? Man findet ja die Gebeine von Pütz nicht mehr, womöglich liegen sie irgendwo im Erdreich verstreut. Und da trampeln die Friedhofsbesucher sozusagen auf ihm herum, weil sie das ja nicht wissen können."

Alfred nahm einen tiefen Schluck aus der Bierflasche und überlegte sich sein weiteres Vorgehen. Er hatte das Gefühl, dass er Dresen jetzt so weit hatte, sachte das Thema zu wechseln. Vorsichtig erklärte er: „Manche behaupten ja, dass die

Sache mit dem Grab irgendwie mit dem Mord an der Baschimattenhofbäuerin zu tun habe. Weil die Tote Kontakte mit den Reichsbürgern gehabt haben soll."

„Wer behauptet das?", fuhr Dresen wie elektrisiert empor.

„Ich weiß, dass die Polizei in diese Richtung ermittelt", log Alfred. Er fügte hinzu: „Auf dem Baschimattenhof sollen Treffen stattgefunden haben."

„Ich war dabei", bestätigte Dresen unbekümmert. „Das war nichts Illegales und nichts Verbotenes. Es haben sich dort nur ein paar rechtschaffene Leute getroffen und sich ausgetauscht. Es ging nicht einmal um Politik. Es ging um die Pferdezucht. Bärbel Heulupfer wurde in der ganzen Gemeinde angefeindet, weil sie Mischzüchtungen erlaubt. Die St. Märgener Pferdezuchtgenossenschaft hat sie ausgeschlossen. Es war etwas gegen sie im Gange, schon lange. Der Bürgermeister steckt dahinter."

„Wie kommen Sie darauf? Was hat Bürgermeister Kreutz damit zu tun?"

Dresen wurde lauter: „Die stecken doch alle unter einer Decke. Die Kaltblutzüchter und der Bürgermeister. Sie wollen das Rossfest rassenrein halten, haben sie gesagt. Das hat dem Bürgermeister die Lea Vorderhalder eingeflüstert. Das ist die Strippenzieherin bei der Zuchtgenossenschaft. Sie macht dort die Geschäftsstelle …"

„Ich weiß", warf Alfred ein.

„… und sie hilft auf dem Rathaus aus. Direkt beim Bürgermeister. Da kann sie ihn beeinflussen. Der Kreutz merkt gar nicht, dass sie ihn instrumentalisiert."

Alfred ließ das so stehen, nahm noch einmal einen Schluck, steckte sich trotz der missbilligenden Blicke von Dresen eine Zigarette an und gab zu bedenken: „Aber deswegen bringt man doch niemanden um."

„Die Lea Vorderhalder hatte ja noch mehr Groll gegen die Baschimattenbäurin. Sie hat sie regelrecht gehasst. Wegen der Pferdezucht und vor allem wegen ihrem Klausi. Jeder wusste doch im Dorf, dass Leas Verlobter heimlich mit der Bärbel ins Heu stieg."
„Klaus Sigwart? Der von den Betzitglunki?", versicherte sich Alfred.
„Genau der!", bestätigte Dresen.
Alfred verjagte eine Wespe von seiner Bierflasche. „Sie haben im Pfisterwald gleich erkannt, dass Bärbel Heulupfer ermordet wurde, nicht wahr. Noch bevor die Polizei eingetroffen war, haben sie schon den Verdacht geäußert."
Dresen winkte ab: „Das konnte doch ein Blinder sehen. Fällt jemand, der eines natürlichen Todes stirbt, mitten im Wald so von oben herunter?"
„Ich war dabei", bestätigte Alfred. „Es war wirklich seltsam. Aber wieso haben wir nichts gehört? Ich erinnere mich noch, dass die Schimmelreiter gerade zum zweiten Mal vorbeigaloppiert waren. Vielleicht hat das Hufgetrappel dem Täter geholfen und seine Geräusche übertönt?"
Entgegen Alfreds Erwartungen beteiligte Dresen sich nicht an den Spekulationen. Entweder war er schlau und ließ sich nicht aus der Reserve locken, oder es interessierte ihn wirklich nicht. Er zuckte lediglich mit den Schultern und fragte Alfred, ob er ein weiteres Bier wolle. Alfred verneinte. Er hatte genug von dem Typen.
„Wir bleiben in Kontakt", versprach er. „Und in Goodwood-Wäldernews greife ich das Thema mit dem Grab nochmal auf. Da ist das letzte Wort noch nicht gesprochen."

Häftling 07/200841

Als Alfred nach Hause kam, schaukelte im schattigen Hausflur Hector einen von leeren Flaschen halbvollen Kinderwagen und begrüßte ihn mit seinem üblichen: „Hallo!“
„Hallo Hector“, gab Alfred zurück und wollte schnell am Flaschensammler vorbei. Doch der warnte: „Oben ist Polizei!“
Mit einer Hand deutete er das Treppenhaus empor, die Augen verdrehte er verschwörerisch.
Alfred blieb stehen. Skeptisch schaute er in die angezeigte Richtung.
„Polizei?“
„Du wirst verhaftet“, kündigte Hector freudig an und nickte dazu bekräftigend. Aus seiner Stimme sprach Eifer: „Da hast etwas angestellt.“
Es war keine Frage, es war eine Feststellung.
„Red’ keinen Scheiß, Hector. Was ist da oben los?“
Es waren Schritte auf den hölzernen Treppenstufen vernehmbar.
„Ich brauch Geld“, lautete Hectors Antwort.
„Ach leck mich doch!“, fluchte Alfred und stieg an Hector vorbei das Treppenhaus hinauf. Im ersten Geschoss stand vor seiner Wohnungstür Leo Schuster, schmauchte heiße Luft aus seinem Reagenzröhrchen und verbarg erst gar nicht, dass er nur aus Neugierde hier stand. Er grinste breit.
Oben vor seiner Wohnungstür wartete im Treppenhaus die Kriminalpolizei, angeführt von Oberkommissarin Evelyn Schwänzel. Sie fackelte nicht lange, las Alfred einen Haftbefehl vor und ließ ihn in Handschellen legen, noch ehe er so recht wusste, was ihm geschah. Das war keine Frau für Wortgeplänkel.

„Sie sind verdächtigt der Komplizenschaft im Mordfall Bärbel Heulupfer. Sie haben das Recht zu schweigen. Sie können einen Anwalt verständigen. Wir bringen sie nach Freiburg in Untersuchungshaft in die Justizvollzugsanstalt."
Ein Beamter konfiszierte Alfreds Smartphone, seine Wertsachen, den Haustür- und den Autoschlüssel.
„Ihr könnt den Wagen in die Werkstatt bringen", forderte Alfred die Kriminalbeamten betont lässig auf. „Er braucht eine neue Windschutzscheibe. Steht oben auf dem Parkplatz beim Bären."
Niemand ging darauf ein.
Alfred durfte immerhin – bereits in Handschellen – einen Waschbeutel aus seiner Wohnung holen, der vorher kurz durchsucht wurde. Eine Nagelfeile und eine Nagelschere wurden konfisziert. Dann verfrachtete man ihn in einen Transporter und ehe er sich versah, wurde er durchs Höllental nach Freiburg kutschiert und dort in die Justizvollzugsanstalt eingeliefert, ins Café Sechseck, wie der markante Bau bei den Einheimischen hieß.
Dort durfte er unter Aufsicht telefonieren. Er alarmierte Rechtsanwalt Dr. Jochen Schiller, seinen alten WG-Kumpel aus Freiburg und erklärte ihm knapp den Sachverhalt.
„Die Oberkommissarin glaubt, mein Insiderwissen mache mich zum Tatverdächtigen. Der Staatsanwalt hat den Haftbefehl unterschrieben."
„Ich hol dich raus!", versprach Jochen. „Kann nur ein paar Stunden dauern."
Das zweite Telefonat, das man ihm gestattete, führte Alfred mit Anna. Es nahm keinen guten Verlauf.
„Ich muss leider unseren für heute geplanten Veggie-Abend absagen", fiel er mit der Tür ins Haus, weil ihm nichts Besseres einfiel.
Anna wirkte kurz konsterniert: „Dein Ernst?"

Dann, nach einer kurzen, wortlosen Pause, während der Alfred nur ihre ungläubigen Atemstöße durchs Telefon hörte, fragte sie gepresst: „Was ist los?“
Es war herauszuhören, dass sie sich mühsam beherrschte. Alfred wollte ehrlich sein, also sagte er: „Ich bin verhaftet worden. Ich bin im Gefängnis in Freiburg.“
Wieder folgte eine längere Pause.
„Es ist wahr“, bekräftigte Alfred. „Ich kann es dir erklären.“
Anna schnaubte, jetzt hatte sie die Fassung wiedergewonnen: „Was bist du doch für ein schlechter, hundsmiserabler Lügner“, fauchte sie ins Telefon. „Noch vor zwei Stunden habe ich dich gesehen, wie du mit dem roten Flitzer durch die Hauptstraße gefahren und auf den Bären-Parkplatz abgebogen bist. Du hockst im Bären, stimmts’? Ich weiß schon, das Ossos Bier schmeckt dir besser als mein vegetarischer Salat.“
„Anna, so hör doch. Es ist nicht wie du denkst. Lass es mich erklären ...“
„Viel Spaß beim Biertrinken“, zischte Anna wütend und legte auf.
Alfred starrte bedröppelt auf den Telefonhörer. Da war nichts zu machen. Das musste er ein andermal aufklären.
Er verbrachte eine unruhige, verschwitzte Nacht, wurde kurz nach sechs Uhr geweckt und nahm unausgeschlafen ein pampiges Frühstück zu sich. Bei der Gelegenheit erfuhr er von seinem Kerkermeister, wie er den griesgrämigen Beamten taufte, der ihm das Frühstück in die Zelle schob, dass er nunmehr eine Nummer war: Häftling 07/200841. Welche Systematik dieser Nummerierung zugrunde lag, wurde ihm nicht verraten.
Man eröffnete ihm, dass noch am Vormittag ein Staatsanwalt erscheinen würde, der ihm sämtliche zur Last gelegten Vorwürfe unterbreiten würde. Doch das passierte nicht.

Stattdessen wartete gegen 10 Uhr im Besucherzimmer Jochen Schiller in Begleitung von Vanessa und Tim Joy.
Jochen sah blendend aus wie immer. Er war schon immer ein Sunnyboy gewesen. Zu Unizeiten umschwirrte ihn stets ein Schwarm hochattraktiver Jurastudentinnen, die außer Jochen niemanden von seinen Freunden standesgemäß fanden, sie nicht einmal mit ihren wohlgeformten Hintern angeschaut hätten. Alfred hatte sich mehrfach die Zähne ausgebissen. Jochen war begehrt gewesen wie Alain Delon, doch die Ironie der Dinge war, dass Jochen bekennender Schwuler war und es eigentlich auf den eisern heterosexuellen Alfred abgesehen hatte. Das war ein Weilchen her und sie hatten es untereinander geklärt.
Seither waren sie gute Freunde und mit Goodwood-Wäldernews auch Geschäftspartner, und der inzwischen erfolgreich promovierte und zum Sozius in der väterlichen Kanzlei aufgestiegene Jochen Schiller war wie selbstverständlich auch Alfreds Rechtsanwalt.
Jochen blickte ernst und breitete geschäftig Papiere auf dem Besuchertisch aus, die Alfred lesen und unterschreiben sollte. Vanessa stand dabei und drehte Zigaretten. Sie wusste halt, auf was Alfred nach seiner Freilassung als erstes Lust haben würde. Sie küsste Alfred auf unanständige Art und flüsterte ihm vielsagend ins Ohr: „Heute Nacht habe ich für dich was Besseres als die Gefängnispritsche."
Aber was machte Tim Joy, der Kumpel aus der gemeinsamen WG in Jochens Begleitung? Ein Wunder, dass der mittlerweile zu den Ausmaßen eines japanischen Sumo-Ringers aufgeblähte Tim Joy überhaupt seine WG-Höhle verlassen hatte. Tim war bleich und fett wie eine Kröte, so monströs und schwabbelig, dass sackähnliche T-Shirts und Jogginghosen der Übergröße 8XL die einzigen Kleidungsstücke waren, die er noch tragen konnte.

Während Alfred ungelesen die von Jochen vorbereiteten Dokumente unterschrieb, studierte Tim aus kleinen Knopfaugen die Anordnung der Tische und der Überwachungsglasscheiben. Er kannte sich aus. Vor geraumer Zeit hatte er selbst wegen Datenklaus und illegaler Hackeraktivitäten mehrere Monate hier eingesessen. Er grinste breit, als Alfred flachste: „Heimweh, was?"

Jochen machte dazu ein seriöses Rechtsanwaltsgesicht, etwas, was man bereits vor dem Staatsexamen im Jura-Studium beherrschen musste, um überhaupt erst zum Examen zugelassen zu werden.

Ehe Alfred lange Erklärungen seiner Unschuld abgeben und ausführlich von seiner Festnahme berichten konnte, machte Jochen mit einer Handbewegung kurzen Prozess: „Spar dir die Schilderungen, Alfred. Es sind nur noch ein paar Formalitäten. Ich habe alles geklärt. Noch heute kommst du wieder frei."

Er sagte es in diesem unbestimmten, beiläufigen Tonfall, den Rechtsanwälte draufhaben, wenn sie einem Mandanten klarmachen wollen, dass es jede Menge Mühe und Grips gekostet hatte, ein solches Ergebnis zu erreichen, was den Mandanten subtil daran erinnerte, dass er vom weit und breit besten und unschlagbarsten Anwalt verteidigt wurde. Alfred hätte das auch so gewusst. Jochen war ein Einser-Jurist und ein phänomenaler Argumentierer. Außerdem besaß er wie sein Vater exklusive Kontakte in die Entscheidungsetagen von Justiz, Politik, Finanzwirtschaft und sogar bis ins erzbischöfliche Ordinariat in der Herrenstraße, wo er einen schwulen Freund sitzen hatte, der mit „Euer Gnaden" angesprochen werden musste, wie Alfred schon erlebt hatte.

Als sie nach weiteren Formalien und Unterschriften schließlich das gastliche Sechseck verlassen durften, Alfred mit seinem Waschbeutel unter dem Arm, erfuhr der ehemalige

Häftling 07/200841, warum Jochen und Vanessa Tim Joy mitgebracht hatten. Sie hatten sich im Gutenbergstüble in der Habsburgerstraße niedergelassen, einer Raucher-Kneipe direkt neben dem Sexshop „Angelique". Tim Joy widmete sich zuerst dem Geldspielautomaten, der einladend blinkte und blitzte, und der zwei goldene Hunderter-Serien später nach zehn Minuten bis auf den letzten Cent geplündert war.
„Ein Merkur", erklärte Tim seine sensationelle Glückssträhne. „Ich kenne die Programmierung, habe ich schon mehrfach gehackt."
Nun erst, nach getaner Arbeit, zwängte er sich mit seiner Leibesfülle und drei Bierkrügen voller Münzen an den runden Tisch. Alfred und Vanessa hatten bereits das erste frisch gezapfte Ganter-Bier hinter sich, Jochen trank einen Kaffee. Tim schüttete mengenweise Cola in sich hinein.
„Ich habe den Rechner ausgewertet", eröffnete Tim. „Die Bilder von der Überwachungskamera."
„Mein Insiderwissen", fügte Alfred hinzu. „Der Grund, warum die humorbefreite Oberkommissarin mich einbuchten ließ."
„Du bist Journalist", erinnerte Jochen. „Du hast Quellen im Polizeiapparat, die du nicht preisgeben musst", dozierte er. „Ich habe das bereits mit Frau Schwänzel geklärt. Deine Festnahme ist eine Einschüchterungsmaßnahme, ein Angriff auf die Pressefreiheit. Die Kommissarin ist schlau. Sie hat schnell gemerkt, dass ihr deine Festnahme auf die Füße fallen könnte. Da sie noch Karriere machen will, hat sie sofort eingelenkt."
Inzwischen hatte Tim Joy sein Tablet aufgebaut und in Betrieb genommen. Er spielte mehrere Szenen aus den Überwachungskameras am Baschimattenhof ab. Die erste Szene spielte ausweislich des eingeblendeten Datums am Tag des Mordes. Sie zeigte Freddy Smöker beim Ausmisten des Pferdestalles. Das Display wies als Uhrzeit 19.58 Uhr aus.

„Nochmal abspielen?“, fragte Tim, als Alfred auf den Bildschirm starrte.
Alfred nickte. Während die Szene erneut lief, in der Smöker mit einer Mistgabel hantierte, Stroh auf einen Schubkarren lud und aus einem Wasserschlauch den Stallboden spritzte, vergingen neuneinhalb Minuten.
Vanessa stellte laut die Überlegungen an, die auch schon Alfred während des Betrachtens durch den Kopf gegangen war: „Diesem Film zufolge war Smöker bis ungefähr zehn nach acht im Stall am Baschimattenhof. Was können wir daraus schließen?“
„Er kann kaum 30 Minuten später im Pfisterwald bei der Geisterwanderung gewesen sein. Schon gar nicht mit einer Leiche, die laut Gerichtsmedizin zwischen 19.45 und 20 Uhr zu Tode kam. Wie sollte er die dahin geschafft haben? Ich würde sagen, das ist ein sattelfestes Alibi für Freddy Smöker.“
„Sieht so aus“, bestätigte Vanessa. „Obwohl Habgier auf das Hoferbe eigentlich ein schlüssiges Motiv gewesen wäre.“
Tim spulte weiter. Die nächste Szene war drei Tage älter als die erste. Man sah darin, wiederum im Stall des Baschimattenhofes, die später ermordete Bäuerein in einen aufgeregten Disput mit Smöker verwickelt. Die beiden schrien sich ganz offensichtlich an, Bärbel Heulupfer schien extrem empört, Smöker grinste frech. Am Bildrand tauchte für einige Sekunden eine dritte Person auf, ein Mann. Leider gab es keinen Ton, nur stumme Bilder, so dass offen bleiben musste, um was es bei dem Streit ging. Smöker machte am Ende eine Drohgebärde, dann verschwand er aus dem Bild.
„Diese Aufnahmen waren längst gelöscht“, erklärte Tim, während er seinem bedürftigen Leib den nächsten Liter Cola zuführte.
„Halten wir also fest, Smöker hat sich mit Bärbel Heulupfer gezankt“, sagte Alfred.

Es gibt noch eine interessante Sequenz, fuhr Tim Joy fort. „Die ist noch einige Tage älter, etwa eine Woche vor dem Mord entstanden. Seht her!"
Wieder sah man den Stall und Bärbel Heulupfer, die der Kamera den Rücken zudrehte. Ein Mann kam ins Bild, derselbe, der auf der vorhergehenden Szene mit Smöker zu sehen gewesen war. Er trug einen blauen Arbeitskittel, als gehörte er in den Stall. Der Mann sah gut aus, er war mittelalt, schlank, hatte einen sorgsam gestutzten Vollbart und ein fröhliches Gesicht. Ohne große Umstände ging er auf Bärbel Heulupfer zu und schloss sie mehr als freundschaftlich in die Arme. Es folgte eine intime Kussszene, die Clark Gable und Humphrey Bogart vor Neid hätte erblassen lassen.
Vanessa pfiff durch die Zähne. „Einer der vielen Liebhaber der Heulupfer", kombinierte sie.
„Es ist der Veterinär Kurt Pfeifmann", klärte Tim Joy auf. „Ich habe ihn anhand eines Bilderkennungsprogramms identifiziert. Es kursieren reichlich Bilder von ihm im Netz. Er hat seine Praxis in Kirchzarten."
Alfred bestätigte: „Das haben mir bereits die zwei Influencerinnen erzählt. Seine Affäre mit der Heulupfer scheint ein offenes Geheimnis in St. Märgen gewesen zu sein, von dem alle wissen, außer Swetlana, der Frau von Pfeifmann. Das ist eine vermögende Ukrainerin, die ihn geheiratet hat, um an die deutsche Staatsbürgerschaft zu kommen."
„Ist das die mit den Möpsen?", fragte Vanessa schmerzbefreit. Alfred nickte und als hätten sie es abgesprochen ließ Tim Joy auf seinem Bildschirm eine Aufnahme von Swetlana Pfeifmann einfliegen, die sie wohlproportioniert im weißen Praxis T-Shirt der Veterinärspraxis Pfeifmann zeigte. Es sah ein wenig wie das Filmplakat zu „Schwesternreport Teil III" aus.

Vanessa hatte gelernt, Alfreds Fixierung auf sekundäre Geschlechtsmerkmale nicht persönlich zu nehmen. An ihr selbst war nämlich wenig dran, aber bei ihr machte Alfred auch eine Ausnahme von seinen Vorlieben. So konnte sie unbefangen auf die körperlichen Attribute von Swetlana Pfeifmann deuten und feststellen: „Im Pfisterwald war sie dabei. Wir haben sie erlebt, wie sie mit hochgeschobenem Rock aus dem Gebüsch kam. Da hatte sie irgendein Techtelmechtel im Unterholz."
Alfred und Vanessa schilderten Einzelheiten und Tim Joy hörte interessiert zu. Schließlich tippte er auf den Bildschirm und sagte: „Was ich euch gezeigt habe, waren die Filmsequenzen, die was taugen. Es gibt auf dem Rechner auch noch etliche gelöschte Mails, die zwischen Bärbel Heulupfer und dem Veterinär hin- und hergingen. Ich kann sie euch alle überspielen. Meistens geht es um heimliche Treffen. Pfeifmann hatte offenbar eine Heidenangst, dass ihm seine ukrainische Frau auf die Schliche kommen könnte. Mehrfach mahnt er Bärbel Heulupfer zur Diskretion. Einmal spricht er davon, dass seine Frau ihm die Praxis finanziert habe und ihn im Falle einer Scheidung in den Ruin stürzen könnte."
„Er heißt nicht nur Pfeifmann, er ist eine Pfeife", stellte Jochen Schiller nüchtern fest.
„Noch mehr?", wollte Alfred von Tim Joy wissen.
Dieser nickte: „Ein paar der Mails beschäftigen sich mit der Pferdezucht. Bärbel Heulupfer klagt gegenüber Pfeifmann über die Schikanen, die sie aus den Reihen der Pferdzuchtgenossenschaft erfährt. Er ermuntert sie aber, sich nicht einschüchtern zu lassen. Er sagt ihr seine Unterstützung zu."
„Gibt es da Personen, die für uns interessant sein könnten?", wollte Alfred wissen.
Tim scrollte mit seinen Wurstfingern durch seine Mailsammlung: „Immer wieder taucht der Name von Lea Vorderhalder

auf. Offenbar stand die Ermordete mit ihr auf Kriegsfuß. Sie betrachtete Lea Vorderhalder als ihre Hauptfeindin bei der Zuchtgenossenschaft."
„Und deshalb hat sie was mit Leas Freund Klaus von den Betzitglunki angefangen?", vermutete Vanessa.
„Zu diesem Klaus habe ich nichts gefunden", meinte Tim bedauernd. „Immer nur Tiraden gegen den Pferdezuchtverband und ansonsten reger Mailverkehr mit Züchtern aus ganz Deutschland, die ihre Hengste auf die Kaltblut-Stuten der Baschimattenbäuerin loslassen wollen."
„Pferdethemen also", stellte Alfred fest.
„Ja", bestätigte Tim. „Da ist noch was: Eine der Mails handelt von einem Pferderipper, der jüngst in St. Märgen sein Unwesen getrieben hat. Es klingt fast so, als wüssten die beiden, wer der Pferderipper ist."
Alfred war elektrisiert. Er ließ sich von Tim den besagten Mailverkehr im Originaltext auf den Bildschirm holen und las laut vor: „Mail von Bärbel an Kurt: Eindeutig, er ist der Ripper. Aber was soll ich jetzt machen? Wie soll ich mit dem Kerl umgehen? – Antwort von Kurt an Bärbel: Du kannst ihn nicht anzeigen. Er lässt uns auffliegen und dann ist alles aus. – Antwort von Bärbel an Kurt: Ich weiß. Er hat damit gedroht. – Antwort von Kurt an Bärbel: Auf jeden Fall nichts überstürzen. Wir reden heute Abend darüber. Wie immer im Wohnwagen? – Antwort von Bärbel an Kurt: Ja, Schatz. Im Wohnwagen."
„Aha, ein Wohnwagen", sinnierte Vanessa, die in solchen Dingen eine romantische Fantasie entwickeln konnte: „Ihr Liebesnest!"

Ross und Reiter

Alfred war Schwierigkeiten gewohnt. Kalamitäten aller Art begleiteten sein Journalistenleben seit vielen Jahren. Aber manchmal kam es ziemlich dick. Sein roter Flitzer war abgeschleppt worden, während er die Nacht im Café Sechseck verbracht hatte. Die nächste Nacht blieb er bei Vanessa in Freiburg, erst am Morgen darauf fuhr er mit dem Zug nach Neustadt und musste feststellen, als er seinen roten Flitzer abholen wollte: Bei manchen Dingen verstand der Wirt vom Gasthaus Bären einfach keinen Spaß. Das galt insbesondere für illegal auf seinem Parkplatz abgestellte Fahrzeuge. Ein entsprechendes Warnschild hing schließlich gut sichtbar an der Mauer: „Unerlaubt abgestellte Fahrzeuge werden kostenpflichtig abgeschleppt".

Alfred trottete also quer durch die Stadt hinaus zum Autohaus Hochfirst, wohin man laut Auskunft des Bären-Personals seinen roten Flitzer verbracht hatte, und dort stand der Wagen, versehen mit einer stählernen Lenkradkralle, die das Wegfahren unmöglich machte. Werkstattchef Marder erklärte ihm, er müsse zuerst die Abschleppkosten von 189 Euro aufbringen, außerdem die Windschutzscheibe erneuern. Für sein antiquarisches Fahrzeug sei eine solche aber nicht auf Lager, weshalb man bestellen müsse, und das könne Tage oder Wochen dauern. In der Zwischenzeit könne Alfred sich gerne einen Mietwagen ausleihen, der einfache Ford Fiesta sei für den Sonderpreis von 53 Euro pro Tag zu haben.

Alfred ging ans Verhandeln. Die Abschleppkosten wollte er unverzüglich begleichen. Dann wollte er das Fahrzeug ohne Windschutzscheibe mitnehmen, er habe einen Bastler an der Hand, der ihm eine neue Scheibe besorge und einbaue. Was allerdings gelogen war. Aber Alfred hatte keine Lust, den roten Flitzer drei Wochen ungenutzt auf dem Werkstattgelände stehen zu lassen. Schließlich brauchte er das Fahrzeug. Seine Spekulation war – aber das konnte er dem Fachmann nicht sagen – typisch Alfred: Solange schönes Wetter war, konnte er das Cabrioverdeck herunterlassen und es würde auf den ersten Blick nicht auffallen, dass er ohne Windschutzscheibe fuhr. Im Klettgau gab es eine Werkstatt seines Vertrauens, die spezialisiert war auf solche älteren Modelle, wie Alfred eines fuhr. Dort hatte man, wie Alfred bereits per Telefon recherchiert hatte, die benötigte Windschutzscheibe vorrätig. Jederzeit konnte Alfred dort den Austausch vornehmen.

Leider ließ sich Autohändler Marder nicht erweichen. Er könne es nicht verantworten, ein Fahrzeug in nicht verkehrstüchtigem Zustand herauszugeben. Am Ende sei er noch haftbar, wenn ein Unfall passiere. Es gebe diesbezüglich strenge Vorschriften.

Alfred führte daraufhin ein längeres Telefonat mit Jochen Schiller, der ihm versprach, eine Verfügung zu beschaffen, mit der Alfred sein Auto auch ohne Windschutzscheibe würde auslösen können. Das könne aber ein oder zwei Tage dauern.

Also trottete Alfred den weiten Weg in die Stadt zurück. Ab dem Edeka Schmidts-Markt begleitete ihn Hector, der seinen leeren Kinderwagen in die Stadt zurückschob. Hector hatte eine ganze Fuhre Pfandflaschen im Schmidts-Markt eingelöst und war nun auf dem Weg zu einer neuen Runde durch die Stadt. Es war Alfred peinlich, mit Hector an seiner Seite an der Hauptverkehrsstraße entlangzuspazieren. Vom Außensitz am Wälderstüble grüßten ein paar Bekannte hämisch und wünschten ihm über die Straße hinweg lauthals viel Glück beim Flaschensammeln. Hector durchwühlte unterdessen den Papierkorb an der dortigen Bushaltestelle und fand immerhin zwei pfandpflichtige Getränkedosen. Weitere

Beute machte er in Höhe des Altenheims St. Raphael und auf der kurzen Strecke zwischen Aral-Tankstelle und dem McDonalds. Als Hector in Höhe des Schulzentrums einen Abstecher auf die Schulhöfe ankündigte, weil es dort stets von leeren Pfandflaschen wimmele, nutzte Alfred die Gelegenheit, um sich abzusetzen.

Auf dem Weg in die Innenstadt kam ihm ein Gedanke: Er besaß ja noch die Ersatzautoschlüssel für den Kleinwagen von Anna. Die hatte Anna ihm ausgehändigt, erstens, weil er ab und zu Besorgungen für sie machte, zweitens, weil die Ersatzschlüssel ebenso wie ein Ersatzwohnungsschlüssel für den Fall eines Verlustes der Originalschlüssel bei Alfred gut aufgehoben und für Anna schnell erreichbar waren.

Anna parkte ihren Wagen in der Regel in der Volksbank-Tiefgarage, wo sie einen Abo-Platz hatte. Alfred wollte es nicht aufs Fragen ankommen lassen. Die Gefahr, dass sie abgelehnt hätte, war zu groß. So lieh er sich den Wagen ungefragt aus, in der Hoffnung, dass sie ihn an diesem Nachmittag nicht mehr benötigen und demnach das Fehlen gar nicht bemerken würde. Es handelte sich um einen rütteligen Fiat Panda, mit dem er nun hinauf nach St. Märgen fuhr. Sein Ziel war die Geschäftsstelle der St. Märgener Pferdezuchtgenossenschaft. Normalerweise existierte sie nur virtuell und als Postadresse. Doch im Vorfeld des anstehenden Rossfestes hatte die Genossenschaft sie zwecks besserer öffentlicher Erreichbarkeit in einen Nebenraum der Schwarzwaldhalle verleg. Dort war sie halbtags von Lea Vorderhalder besetzt, die das Rossfest und die dort anstehenden Züchter- und Reiterwettbewerbe organisierte.

Alfred musste sich in Geduld üben. Lea Vorderhalder hatte Besuch. Etliche Pferdezüchter bevölkerten ihr Büro und diskutierten mit ihr den Ablauf der Zuchtschau und der Pferdeprämierungen sowie die Reihenfolge der Reit- und Fahr-

vorführungen, die beim Rossfest geplant waren. Während er in einem Vorraum wartete, studierte Alfred das große Veranstaltungsplakat, das zum Rossfest einlud. Es ähnelte dem Flyer, den man ihm bereits mehrfach hinter die Scheibenwischer geklemmt hatte. Neben den dreitägigen Reit- und Fahrvorführungen, Zuchtschauen, Pferdeprämierungen und einem umfangreichen musikalischen Rahmenprogramm war als Höhepunkt der Veranstaltung ein historischer Festumzug durch den Ort mit vielen Gespannen und aufwändig geschmückten Wagen angekündigt.
Auffällig war ein in Klammern gesetzter Vermerk, der darauf hinwies, dass zu allen Veranstaltungen und Wettbewerben ausschließlich Schwarzwälder Kaltblutfüchse, die charakteristische Pferderasse des Hochschwarzwaldes, zugelassen sei.
„Ist das eine Lex Heulupfer?", fragte Alfred geradeheraus, als er endlich Lea Vorderhalder gegenübersaß. Sie sah wirklich unschuldig aus wie ein Engel: Rosig Gesichtsfarbe, helle, freundliche Augen, ein breiter Mund, tadellos blitzende Zahnreihen, eine knuffige Figur mit vielversprechenden Rundungen, das dichte, dunkelbraune Haar zu einem kompakten Zopf gebunden, der bis über die Schultern in den Rücken fiel. Sie trug eine stilisierte Tracht, eine moderne Adaption, die ihre weiblichen Vorzüge bestens zur Geltung brachte. Sie strahlte Selbstbewusstsein aus. Offenbar war sie sich ihrer Wirkung bewusst. Ihre Augen leuchteten vor ehrlicher Begeisterung, als Alfred sie zum Rossfest interviewte. Erst als er die Frage nach der „Lex Heulupfer" stellte, fiel ein Schatten auf ihre freundliche Miene. Sie kaute auf den Lippen und bemerkte spitz: „Über Tote soll man nichts Schlechtes sagen."
„Sie hatten ziemlichen Ärger mit ihr?", stocherte Alfred auf gut Glück.
„Wie meinen Sie das?" Lea Vorderhalder klang vorsichtig und misstrauisch. Ihre ganze Haltung drückte jetzt Abwehr

aus. Nervös drehte sie ihren Kugelschreiber zwischen den Fingern.

Alfred studierte ihr Gesicht. Er war sich unsicher: War sie das Unschuldslamm, das sie zu sein schien, oder war sie eine Hexe, der alles zuzutrauen war? Vorsichtig tastete er sich auf vermintes Gelände: „Ich habe gehört, es gab Zoff zwischen der Pferdezuchtgenossenschaft und Lea Heulupfer. Wegen der Zucht der Kaltblut-Füchse."

Sie schüttelte bedächtig den Kopf, so als wolle sie nicht zu viel Luftwirbel verursachen: „Es gibt Zuchtregeln und es gibt die Statuten unserer Pferdegenossenschaft. An beides wollte sich Bärbel Heulupfer nicht halten. Aber Zoff würde ich das nicht nennen." Vorsichtig fügte sie hinzu: „Wir müssen die Interessen der Züchter schützen. Das Schwarzwälder Kaltblut ist eine Kulturrasse, die unsere Vorfahren über Jahrhunderte gezüchtet haben. Wir wollen sie mit all ihrer Eigenschaften reinrassig erhalten. Das verspricht nicht immer das Geschäft und den schnellen Ertrag, den sich die Baschimattenbäuerin erhoffte. Auf solche Geschäftsinteressen können und wollen wir aber keine Rücksicht nehmen."

„Deswegen ist sie aus der Genossenschaft geflogen und ihr wurde die Teilnahme am Rossfest verboten?"

„Nein!", widersprach Lea Vorderhalder energisch. „Aus der Genossenschaft ist sie selbst ausgetreten, beleidigt, weil sie dort keine Zustimmung fand. Und beim Rossfest darf jeder mit egal welchem Pferd mitmachen, nur nicht bei der Zuchtschau und den Prämierungen. Dort kommen nur die reinrassigen Tiere zum Zuge."

„Ich dachte, die Stuten vom Baschimattenhof seien reinrassige Füchse?", gab Alfred sein Wissen preis. „Nur ihre Fohlen sind Mischlinge. Oder habe ich das falsch verstanden?"

„Sie wissen ja schon alles", lenkte Lea Vorderhalder schnippisch ab, um dann hinzuzufügen: „Die sechs Stuten vom

Baschimattenhof sind reinrassig. Sie sind viel zu schade für die Art von Zucht, die Bärbel Heulupfer zugelassen hat. Zum Glück kommen sie jetzt zu … auf den Hof von … zu meinem … auf den Nachbarhof."
Am Schluss geriet Le Vorderhalder mächtig ins Stottern. Ihr Gesicht nahm vom Hals aufwärts eine rötliche Färbung an.
„Auf den Hof von Klaus Sigwart", half ihr Alfred aus der Verlegenheit. „Das ist Ihr Verlobter, nicht wahr?"
„So ist es", sagte sie trotzig.
„Glückliche Fügung", meinte Alfred vielsagend.
Sie sah ihn prüfend an, so als überlegte sie, wieviel Alfred wohl wissen konnte. Dann entschied sie sich zu schweigen.
Alfred drehte einen Flaschenöffner zwischen den Fingern, der auf Lea Vorderhalders Schreibtisch gelegen hatte und die Form eines Hufeisens hatte. Er blickte darauf, als wären dort weitere Informationen verborgen.
„Was man so hört, soll Ihr Verlobter, also Klaus Sigwarth, recht gute Beziehungen zu Bärbel Heulupfer gehabt haben?"
Sie schnappte kurz nach Luft, hatte sich aber sofort wieder unter Kontrolle: „Sie waren Nachbarn", sagte sie gepresst. „Sein Hof und der Baschimattenhof grenzen aneinander an."
„Da bleibt es nicht aus, dass man sich näherkommt", sagte Alfred vielsagend.
Lea Vorderhalder schnaubte böse. Jetzt hatte er sie an dem Punkt, dass sie ein wenig ihre Kontrolle verlor. „Drücken Sie es aus wie sie wollen", sagte sie abweisend.
„Werden sie heiraten?", fragte Alfred frech.
„Selbstverständlich" sagte sie trotzig.
Lea Vorderhalder hatte vom Verhältnis ihres „Klausi" zu Bärbel Heulupfer gewusst, so viel war Alfred klar, als er die Schwarzwaldhalle schließlich verließ und wieder in Annas Panda stieg. Dabei achtete er, in Gedanken, wie er war, nicht auf den Weg und tappte in einen weichen Berg von Pfer-

deäpfeln, die irgendein schlecht erzogener Schwarzwälder Kaltblut-Gaul rücksichtslos am Rande des Parkplatzes hinterlassen hatte. Als er den Fuß aus dem dampfenden Matsch herauszog, blieb sein Schuh hängen. Er fischte ihn mit Hilfe eines Astes wieder heraus und wischte ihn notdürftig im Gras sauber. Aber an Anziehen war nicht zu denken. So fuhr er barfuß los.

Gesund ist relativ

Anna schien nicht bemerkt zu haben, dass Alfred ihren Panda ausgeliehen hatte. Sie bat ihn auf dem Anrufbeantworter um einen Besuch am nächsten Morgen. Es sei dringend. Alfred befürchtete das Schlimmste, doch erstaunlicherweise war Anna gut gelaunt, als Alfred ihr anderntags seine Aufwartung machte. Er führte das darauf zurück, dass sie mal etwas von ihm wollte: Babysitterdienste!
„Ich muss dringend zu einem wichtigen Termin in Freiburg", erklärte sie. „Es geht um meinen Widereintritt nach der Elternzeit. Da kann ich die Kleine unmöglich mitnehmen."
Das verstand Alfred. Wie immer ließ er sich erweichen.
Die Ursache für Annas gute Laune war aber eine andere. Alfred sollte sie sogleich erfahren: „Du bist ja ein mächtiger Schwerenöter", stichelte sie mit fröhlich blitzenden Augen. „Ich muss schon sagen. Das YouTube-Video geht viral."
„Hä?" Alfred stand auf dem Schlauch. „Welches Video?"
Sie warf ihm einen treuherzigen Blick zu: „Tu nicht so unschuldig. Du bist schließlich die Hauptperson."
„Ich hab' ehrlich keine Ahnung", stammelte Alfred hilflos.
Anna zückte ihr Smartphone und zeigte ihm das neueste Werk der Influencerinnen Celina K. und Desiré W. Es trug den vielversprechenden Titel: „Wir küssen einen süßen Journalisten" und zeigte Alfred auf einer Hollywoodschaukel, zwei Schönheiten auf dem Schoß, die nicht wiederzuerkennen waren. Auf keinen Fall handelte es sich um die Original-Matronen, deren Gewicht Alfred lebensecht gespürt hatte. Vielmehr hatten sich Celine K. und Desiré W. per Deepfake und Fotoshop sowohl ihrer Doppelkinne als auch ihre Bauchwülste entledigt und aus den Nilpferdbeinen waren elfengleich schlanke Oberschenkel geworden, so dass

Alfred Alles in Allem in diesem Video zwei zarte Püppchen umarmte, die ihn solange beflirteten, bis es zum Ende und Höhepunkt des Videos zu einer heißen Kussszene kam. Dazu sagte Celines Stimme aus dem Off: „Das ist der süße Alfred aus Neustadt. Ein Schnüffeljournalist. Er will wissen, woher wir unsere Informationen haben. Dafür musste er mich küssen.“ Am Ende, als auch Desirés feuchte Zunge ins Bild kam, hörte man das Versprechen: „Und in unserer nächsten Podcast-Folge verraten wir dann, wie sich seine Küsse anfühlen.“ Anna schien in keinster Weise eifersüchtig, was Alfred mehr bekümmerte als das Video als solches.

„Was gibt es da zu lachen?“, fragte er pikiert, weil Anna immer noch vergnügt kicherte.

Sie schüttelte den Kopf, ihr schwarzer Schopf flatterte, und sie legte Alfred die Arme auf die Schultern: „Manchmal bist du echt ein süßer, verpeilter Junge“, meinte sie voller Zuneigung. „Kannst du nicht immer so sein? Ohne Alkohol zum Beispiel?“

Alfred genoss ihre lässige Umarmung und konterte: „Ich muss voll wie eine Haubitze gewesen sein, anders kann ich mir dieses Video nicht erklären.“ Er zückte sein Handy und zeigte Anna reale Aufnahmen von Celine K. und Desiré W. „So sehen die zwei Kaulquappen in Wirklichkeit aus“, sagte er. „Glaubst du wirklich, die hätte ich nüchtern ertragen?“

Eine Stunde später war Anna Richtung Freiburg verschwunden und Alfred saß mit Eva Maria Luisa in Annas kleinem Wohnzimmer und versuchte vergeblich, endlich einen Sieg bei Fortnite zu erspielen. Das Fortnite Video-Spiel Battle Royale ist in einer farbenfrohen Comicwelt angesiedelt und folgt simplen Spielregeln: 100 Kontrahenten springen zu Beginn mit einem Gleitschirm über einem großflächigen Spielgebiet ab, um sich kurz darauf auf dem Schlachtfeld zu bekämpfen. Der letzte Überlebende gewinnt. Alfred war noch nie der letzte Überlebende gewesen. Er gehörte regelmäßig zu den ersten zwanzig Opfern, und so warf er nach einer Stunde frustriert den Kontroller in eine Ecke und verkündete: „Wir machen einen Ausflug." Eva Maria Luisa gurrte zustimmend. Inzwischen hatte er nämlich seinen roten Flitzer zurück. Jochen Schiller hatte eine einstweilige Verfügung beschafft, die dem Autohaus Hochfirst per Mail ins Haus flatterte und dafür sorgte, dass ein Angestellter der Werkstatt unverzüglich den Sportwagen – ohne Windschutzscheibe – in die Stadt brachte und im Hinterhof am Adlerbuckel abstellte. Die Schlüssel steckten und auf dem Beifahrersitz lag ein Umschlag mit der Rechnung, die Alfred selbstverständlich nicht bezahlen würde. Jochen Schiller würde da schon etwas einfallen.

Auf bewährte Weise klemmte Alfred Klein-Evas Buggy auf den Beifahrersitz, versah das Kindchen mit einer dicken Strickmütze und brauste los.

„Wir besuchen Onkel Siegfried in Höchenschwand", erzählte er dem Säugling, der dazu fröhlich gluckste. Eva Maria Luisa hatte fast immer gute Laune, wenn Alfred etwas mit ihr unternahm. Warum nicht zu Siegfried Junkel in die St. Georg Vorsorge- und Reha-Klinik in Höchenschwand?

Im Vergleich zu Alfreds letztem Besuch sah Junkel diesmal schon deutlich besser aus. Zwar saß er noch immer im Rollstuhl und die Sauerstoffmaske mit der Atemluftbatterie lag griffbereit, aber das Gesicht des ehemaligen Oberkommissars hatte etwas Farbe bekommen und seine Augen, obwohl nässend und von schwulstigen Tränensäcken behangen, strahlten Leben aus. Außerdem munterte ihn die Anwesenheit von Eva Maria Luisa auf. Alfred hob die Kleine aus der Säuglingstrage und bettete sie auf Junkels Schoß. Sie zappelte mit ihren nackten Ärmchen und Beinen zuerst abwehrend, aber Junkel unternahm im Park der Rehaklinik mit dem Rollstuhl abenteuerliche Kurvenfahrten, um dem kleinen Mädchen Vergnügen zu bereiten. Bald schon waren die beiden beste Freunde.

Während sie auf diese Weise durch den sonnenbeschienenen Park hetzten, brachte Alfred Junkel auf den neuesten Stand in Sachen Mordfall Pfisterwald. Junkel hörte mit halbem Ohr zu, seine Konzentration galt ganz dem kleinen Menschen auf seinem Schoß.

„Ich war mal verheiratet, und meine Frau wollte Kinder, ich aber nicht", gestand er in einem ruhigen Moment, als sie sich bei einer schattigen Parkbank niederließen. „Deshalb hat sie mich verlassen. Ich war ein Trottel."

„Sie haben keine Kinder?", stellte Alfred fragend fest. Über Junkels privaten Verhältnisse wusste er wenig, nur dass er Junggeselle war.

Junkel bestaunte nachdenklich die kleinen Finger von Eva Maria Luisa, die sich um seinen schrumpeligen Daumen krallten und meinte schließlich seufzend: „Andere Vergnügen waren mir wichtiger. Zum Beispiel die Freiheit, meine Lunge und meine Leber zu ramponieren."

Alfred, der gerade dabei war, sich eine Zigarette zu drehen, hielt inne: „Ich lebe auch nicht wirklich gesund", räumte er ein. „Anna will mir eine Entziehungskur verpassen und füttert mich mit Grünzeug."

„Gesund ist relativ", meinte Junkel vielsagend.

Alfred schwieg dazu. Beide beobachteten Eva Maria Luisa. Alfred nahm Junkel das Baby ab und legte es rücklings auf den Rasen vor der Parkbank, wo die Kleine nach ihren Füßen grapschte und ansonsten den Himmel bestaunte.

„Man muss auch gesund im Kopf sein", nahm Junkel das Thema wieder auf und tippte sich dabei gegen die Stirn. „Das ist man nur, wenn man mit seinem Leben zufrieden ist und nicht wegen jedem Cognac gleich ein schlechtes Gewissen hat."

„Möchten Sie einen Cognac?", fragte Alfred, der Junkels Vorliebe für dieses Getränk kannte.
„Wäre gesund für mich", nickte Junkel. „Vielleicht ein Kaffee mit einem kleinen Schuss drin. Könnte ich jetzt gebrauchen."
„Ich geh schnell rüber in die Cafeteria", bot Alfred an. „Bin gleich wieder da. Sie passen so lange auf die Kleine auf."
Als Alfred nach einigen Minuten zurückkam, ein Kännchen Kaffee, zwei Tassen und zwei Gläser Cognac auf einem Tablett balancierend, traf er Junkel dösend an. Von Klein-Eva war keine Spur.
Er rüttelte besorgt den Oberkommissar a.D. wach: „Wo ist die Kleine? Sie ist verschwunden."
„I wo", brummelte Junkel im Aufwachen. „Hab sie grad noch gesehen. Sie hat sich so herumgerollt auf dem Rasen. Dort unter das Gebüsch."
Der Rasen war leicht abschüssig und der große Oleanderbusch, auf den Junkel zeigte, war so dicht, dass sich leicht ein Kind darunter verbergen konnte. Alfred krabbelte auf allen Vieren zwischen die Äste, und tatsächlich, da fand er das Mädchen, inmitten einer Kolonie feuchter Nacktschnecken, gerade dabei, die erste von ihnen prüfend in den Mund zu stecken. Er konnte es gerade noch verhindern. Klein Eva begann zu weinen, als er sie unter dem Busch hervorzog. Aus dem Weinen wurde lautes Plärren und schließlich energisches Schreien, das sämtliche Parkbesucher alarmierte. Alles Schaukeln und Beschwichtigen half nichts. Das Kind wollte wieder zu seinem Spielplatz zurück. Erst als hilfsbeflissen eine ältere Oma erschien und der Kleinen stückweise eine Banane in den Schnabel stopfte, beruhigte sich das Kind wieder.
„Essen und Trinken, da haben wir es wieder", bekräftigte Junkel und goss sich seinen Cognac in den Kaffee, „das ist es, was den Menschen zufrieden macht."

Sie nippten sinnierend an ihrem cognacgetränkten Kaffee und sahen der Oma zu, wie sie Eva Maria Luisa mit Banane fütterte. Das Kind war zufrieden, die Oma geradezu glücklich. Sie zupfte eine fingergroße Nacktschnecke aus Eva Maria Luisas Windeln und schleuderte sie angewidert ins Gras. Alfred war froh, eine solch engagierte Babysitterin gefunden zu haben. Er zündete sich eine Zigarette an.
Junkel schnupperte ein bisschen in den Rauch und seufzte behaglich: „In deinem Mordfall bist du nicht wirklich vom Fleck gekommen, sehe ich das richtig?"
Alfred nickte bestätigend: „Es gibt etliche vielversprechende Spuren und jede Menge mögliche Motive: Eifersucht, Habsucht, offene Nazi-Rechnungen, Streit unter Pferdezüchtern, was weiß ich …"
Junkel ging es professionell an: „Mache dir immer klar, was ist dein größtes Fragezeichen? Dann kommst du den Dingen auf die Spur."
„Mein größtes Fragezeichen?" Alfred musste nachdenken. „Es gibt so viele Fragezeichen in diesem Fall. Aber was mir absolut ein Rätsel ist: Warum bringt der Täter sein Opfer, das er laut Obduktion schon ungefähr eine Stunde vorher umgebracht hat, in unwegsames Gelände in den Pfisterwald, um es dort den Teilnehmern der Geisterwanderung vor die Füße zu legen?"
„Siehst du, jetzt stellst du die richtige Frage", lobte Junkel und nahm einen vorsichtigen Schluck aus seiner Kaffeetasse. Das löste einen mittleren Hustenanfall aus. Die Oma unterbrach ihre Fütterung und klopfte Junkel beherzt auf den Rücken. „Wollen Sie mal ein Stück Banane", fragte sie. „Das hilft fast immer."
Junkel berappelte sich wieder und fuhr in seinen Überlegungen fort: „Es muss einen Grund für diese Vorgehensweise des Täters geben. Ich vermute, er wollte damit ganz gezielt eine

Botschaft übermitteln, die explizit an einen oder mehrere Teilnehmer der Geisterwanderung gerichtet war. Du musst nur herausfinden, an wen?“

„So schlau bin ich auch schon“, wehrte Alfred ab. „Das Opfer war bei den Reichsbürgern und hatte Kontakte zur Nazi-Szene. Also könnte der alte Nazi Willibald Dresen der Adressat gewesen sein. Aber warum?“

Da Junkel nichts erwiderte, fuhr er fort: „Oder Lea Vorderhalder. Sie lag im Streit mit der Baschimattenbäuerin, erstens wegen der Pferdezuchtgenossenschaft, aber auch wegen ihres Verlobten Klaus, der mit Bärbel Heulupfer fremdgegangen ist.“

„Das ergibt keinen Sinn“, wehrte Junkel ab. „Der Verlobte war ja nicht bei der Geisterwanderung dabei, oder?“

„Doch, doch“, sagte Alfred. „Klaus Siwarth war einer der Betzitglunki, die zum Programm der Geisterwanderung gehörten. Das habe ich inzwischen herausgefunden. Beziehungsweise Bert Kleinteich hat es für mich herausgefunden. Der schnüffelt ja auch noch in dem Fall herum.“

Alfred wartete, ob Junkel dazu einen Kommentar hatte. Nachdem dies nicht der Fall war, legte er weiter seine Überlegungen dar: „Aber wenn dieser Klausi derjenige war, den der Mörder erreichen wollte, dann verstehe ich nicht, warum die Baschimattenbäuerin sterben musste. Ein Rivale bringt ja nicht die Frau um, um die gestritten wird.“

„Du solltest mal sämtliche Liebhaber der Baschimattenbäuerin unter die Lupe nehmen“, empfahl Junkel. „Wie es heißt war sie keine Kostverächterin.“

„Ja, bestätigte Alfred. Neben Klaus Sigwarth hatte sie auch was mit Kurt Pfeifmann, dem Veterinär aus dem Dreisamtal.“

„ … dessen zahlungskräftige Frau Swetlana bei der Geisterwanderung dabei war“, ergänzte Junkel.

„Ein einziges Gewirr, ein Knäuel mit vielen offenen Fäden", stellte Alfred resigniert fest und schloss die Frage an: „Haben Sie irgendwas mitgekriegt, wie weit die Ermittlungen ihrer Nachfolgerin Evelyn Schwänzel gediehen sind?"

Junkel grinste: „Ja, sie verdächtigt einen herumschnüffelnden Journalisten, den sie aber wegen einiger findiger Rechtsanwälte wieder hat laufen lassen müssen."

„Das hilft mir nicht wirklich weiter", moserte Alfred.

„Ich kann dir aber sagen, was es mit den beiden Kerlen auf sich hat, die mit Anzug und Sonnenbrille im Pfisterwald unterwegs waren. Höltscher und Vogt."

Alfred horchte auf: „Und das sagen sie erst jetzt!"

„Sie sind harmlos. Ich habe meine alten Kontakte angezapft und herausgefunden: Das sind zwei Privatdetektive. Offiziell gemeldet unter dem Namen Detektei LUPO. Büro in Freiburg-Hochdorf. Höltscher gibt es wirklich, er ist der Chef da, aber Vogt ist ein Tarnname, er hat an der Geisterwanderung unter falschem Namen teilgenommen. In Wirklichkeit heißt er Andrej Kowalenko, und dreimal darfst du raten, woher er stammt."

„Russland?", tippte Alfred.

„Falsch", sagte Junkel siegesgewiss. „Er kommt aus der Ukraine."

Alfred stand noch auf dem Schlauch. „Und was soll ich damit anfangen?"

„Die beiden waren dienstlich unterwegs. Irgendjemand hat sie beauftragt, und im Rahmen dieses Auftrags haben sie an der Geisterwanderung teilgenommen. Klingelt es jetzt?"

Alfred schüttelte den Kopf.

„Die Frau des Veterinärs ist Ukrainerin", half Junkel ihm auf die Sprünge. „Swetlana Pfeifmann hat an der Geisterwanderung teilgenommen und ist dort mit wem auch immer in die Büsche gegangen. Vielleicht lässt ihr Mann sie beschatten.

Vielleicht geht sie fremd und er sammelt Beweise. Irgendetwas in diese Richtung."
„Das hat aber mit unserem Mord nichts zu tun", stellte Alfred bedauernd fest.
„Wahrscheinlich nicht. Aber da es Privatdetektive sind, haben sie vielleicht etwas beobachtet, was dir weiterhelfen kann. Du solltest sie mal befragen, bevor Evelyn Schwänzel auf sie aufmerksam wird."
Diesen Tipp fand Alfred hilfreich. Es war Zeit, sich auf den Heimweg zu machen. Er sah sich um. Wo war eigentlich die Oma mit Klein-Eva geblieben? Er sah sie nirgends. Auch Junkel war nicht aufgefallen, wie die beiden sich entfernt hatten.
„Vielleicht sind sie ins Haus, in den Schatten", überlegte Alfred, zunächst nur mäßig beunruhigt. Die Oma hatte schließlich einen sehr netten und hilfsbereiten Eindruck gemacht. Doch im Haus war sie nicht aufzufinden, im gesamten Park nicht, den Alfred zunächst alleine, dann zusammen mit dem zu Hilfe gerufenen Klinikpersonal in zunehmender Panik absuchte, ebenfalls nicht auf dem Parkplatz, nicht in der Cafeteria, nirgendwo. Keine Spur von Oma und Kind. Es kannte auch niemand die Frau. In der Klinik wurde niemand vermisst. Nach mehr als halbstündiger vergeblicher Suche stellte Junkel fest: „Es hilft nichts, mein Junge. Wir müssen die Polizei rufen. Die Bananen-Oma hat dein Baby entführt."

Ein Baby wird vermisst

Alfred war am Boden zerstört. Die Polizei anzurufen war die leichtere Übung gewesen. Sie erschien auch nach wenigen Minuten mit zwei Streifenwagen und löste sofort einen Großalarm aus. Schwieriger war das Telefonat mit Anna gewesen. Sie hatte hysterisch geschrien, als sie begriff, was Alfred ihr darlegte, belegte ihn mit einer Kaskade übler Beschimpfungen und ehe sie auflegte, drohte sie in heiligem Ernst: „Ich bring dich um, Alfred. Ich bring dich um, das schwöre ich."
Eine halbe Stunde später stand sie im Park der Rehaklinik, direkt am Tatort. Die Polizei setzte sie so sanft wie möglich ins Bild: Das Baby war verschwunden. Eine fremde Frau im fortgeschrittenen Alter habe sich unerkannt unter Besucher und Patienten gemischt, habe sich mit einer Banane das Vertrauen Alfreds und des Babys erschlichen und sich dann mitsamt dem Kleinkind in einem unbeobachteten Moment davongemacht. Man suche fieberhaft mit einem großen Polizeiaufgebot. Alle Seniorenheime würden abgeklappert, ebenso einschlägige psychiatrische Einrichtungen, denn es sei zu befürchten, dass die Frau nicht ganz klar im Kopf sei, außerdem seien alle Bürgermeisterämter informiert, alle Pflegedienste, alle Pfarrämter, die Medien und die Ärzte und Apotheker des gesamten Hochschwarzwaldes. Nur Mut, man werde die kleine Eva Maria Luisa schon wieder finden.
Anna standen Panik und Entsetzen ins Gesicht geschrieben. Sie stierte mit glasigen Augen auf das Tablett, das Alfred auf der Parkbank hinterlassen hatte, und auf dem zwei Kaffeetassen und zwei leere Cognacgläser standen. Es war klar, was sie dachte. Sie strafte Alfred mit Verachtung. Sie wechselte kein Wort mit ihm, zischte ihm lediglich ein vergiftetes „Arsch!" entgegen und ließ sich ansonsten von Junkel ins Bild setzen,

was genau vorgefallen war. Junkel versuchte zwar, alle Schuld auf sich zu ziehen, aber es fruchtete nichts. Für Anna war der Sündenbock klar: „Ich habe ihm gesagt: Kein Alkohol, solange er Eva hat! Ich habe ihm gesagt, dass er Neustadt nicht verlassen darf, solange er auf die Kleine aufpasst! Ich habe ihm verboten, mit Eva Auto zu fahren! Und er darf sie keinem Fremden geben. Das habe ich ihm immer und immer wieder eingebläut. Und was macht der Arsch, dieser elende … elende … dieser …“ Ihr fiel keine Beschimpfung ein, die dem Tatbestand angemessen gewesen wäre. Stattdessen holte sie aus und verabreichte Alfred eine geharnischte Ohrfeige, die ihm das Blut in die Backe schießen ließ. Dankbar nahm er die Strafe an. Er hätte sich selbst ohrfeigen können.

Es wurde Abend. Es wurde Nacht. Keine Spur von der Oma und dem Säugling. Schließlich schickte die Polizei alle Beteiligten nach Hause. Alfred erbot sich, Anna in deren Panda nach Hause zu fahren, den roten Flitzer bis auf weiteres in Höchenschwand stehen zu lassen, doch Anna fuhr ihn böse an: „Du setzt keinen Fuß mehr in mein Auto. Alles ist voll mit Pferdemist. Das warst du, gib es ruhig zu. Eine einzige Sauerei!“

Alfred fielen seine verdreckten Schuhe wieder ein, die in St. Märgen im Pferdemist stecken geblieben waren. Er hatte sie ins Auto gestellt und ein bisschen abgeklopft. Wieso musste Anna so empfindlich sein. Aber er war nicht in der Position, sich irgendwie zu verteidigen. Deswegen senkte er betreten den Blick, schlich sich zu seinem roten Flitzer und fuhr mit dem schlechtesten Gewissen seines Lebens nach Hause. Allerdings bog er, kaum auf der Landstraße, in eine im Wald verborgene Parkbucht ein und wartete hier mit laufendem Motor, bis Anna mit ihrem Panda vorbeigebraust kam. Er wollte ihr in gebührendem Abstand folgen, zur Stelle sein, falls sie mit dem Adrenalin, das in ihr kochte, irgendeine

Dummheit beginge, von der Strecke abkam, in den Schluchsee steuerte oder sonst eine unüberlegte Reaktion zeigte. Aber sie fuhr brav nach Hause, immer mit der erlaubten Geschwindigkeit, und Alfred hätte sich seine Sorgen sparen können.

Er versuchte am nächsten Morgen, mit Anna zu telefonieren, aber sie nahm nicht ab. So blieb er im Ungewissen.

Er wurde abgelenkt, weil Bert Kleinteich ihn anrief. Der Fotograf und Journalist aus St. Märgen wirkte aufgebracht, völlig aus dem Häuschen.

„Du musst kommen. Ich bin im Erlenbach bei St. Märgen. Jemand hat mir am Auto die Reifen aufgeschlitzt!"

„Was machen Sie im Erlenbach? Sind sie etwa beim Baschimattenhof?"

„Nicht weit davon entfernt", sagte Kleinteich. „Ich bin am Thurner-Talweg, der hinauf zur Pfistermühle geht."

„Was machen Sie da draußen?"

„Recherche!", sagte Kleinteich kryptisch. „Aber jetzt sitze ich fest. Die Reifen an meinem Auto sind aufgeschlitzt. Jemand muss mich abholen."

„Ich komme!", versprach Alfred.

Wenig später saß er im roten Flitzer. Es nieselte leicht. Ohne Windschutzscheibe war das unangenehm. Zwar konnte Alfred das Caprioverdeck schließen, doch von vorne wischten die feuchten Böen ins Fahrzeuginnere. Je schneller er fuhr, desto stärker. So schlich er mit 40 Stundenkilometern nach St. Märgen, von dort hinunter nach Holzschlag, bog ab ins Erlenbachtal, passierte den Baschimattenhof und erreichte auf dem danach beginnenden Thurner-Talweg nach knapp einem Kilometer eine Wegbucht, in der Bert Kleinteichs Auto stand. Vier Plattfüße. Alle vier Reifen hatten keine Luft mehr. Kleinteich kam herausgeklettert, als er Alfred wahrnahm. Gemeinsam umrundeten sie den lahmgelegten Wagen und Bert Kleinteich zeigte Alfred die Schlitze in den Reifen.

„Eindeutig! Das hat jemand mit Absicht gemacht."

Sie entdeckten Fußspuren im feuchten Gras neben dem Wanderweg. Die Spuren führten deutlich sichtbar eine Wiese bergan und verschwanden in Richtung Baschimattenhof. Vielsagend blickten Alfred und Kleinteich sich an.

„Was haben Sie überhaupt hier unten gesucht?", fragte Alfred erneut.

Kleinteich antwortete wie aus der Pistole geschossen, so als habe er sich die Antwort längst zurechtgelegt: „Ich mache doch für meine Webseite Kleinteichs-Welt regelmäßig historische Reportagen. Kürzlich unser Besuch auf dem Baschimattenhof hat mich auf die Idee gebracht. Das Erlenbachtal ist extrem abgeschieden, dennoch findet man hier Zeugen einer betriebsamen Vergangenheit, nämlich die Reste einstiger Mühlen und Sägen: Die Mathisenmühle, die Schweizersäge und die Pfistermühle, in dieser Reihenfolge bachaufwärts. Die Pfistermühle am Erlenbach wurde 1502 erbaut, wovon heute noch ein Schild über der Tür zeugt. Alle drei, Mathisenmühle, Schweizersäge und Pfistermühle, gehörten einst zu großen Hofgütern, zum Mathisenhof, Schweizerhof und Pfisterhof. Man sieht vom einstigen Zweck der Gebäude nicht mehr viel, sie wurden vielfach umgebaut, modernisiert, beziehungsweise mehrfach nach Bränden wieder aufgebaut."

Kleinteich sprach hastig und ohne Punkt und Komma, als wolle er Zwischenfragen oder Nachdenken über seine Erläuterungen niedertrampeln. So kannte Alfred ihn nicht. Normalerweise sprach er bedächtig und überlegt. Für Alfred war klar: Irgendetwas an der Geschichte stimmte nicht. Kleinteich wollte ihm nicht die ganze Wahrheit sagen. Wahrscheinlich hatte er auf eigene Faust wieder um den Baschimattenhof herumgeschnüffelt. Er glaubte wohl, er könne eine Exklusivgeschichte ausgraben und Alfred dabei ausbooten. So hätte Alfred es gemacht. Also dachte er sich seinen Teil und hakte nicht weiter nach.

„Sollen wir der Spur folgen?“, fragte Alfred.

Kleinteich war skeptisch: „Dann müssen wir deinen Sportwagen hier unbeaufsichtigt stehen lassen. Was ist, wenn er nachher auch aufgeschlitzt wird?“

Die Sorge leuchtete ein. Dennoch wollte Alfred eine heiße Spur nicht einfach ungenutzt lassen. Entschlossen bestimmte er: „Sie bleiben hier und passen auf die Autos auf. Ich folge der Spur.“

Es war Kleinteich anzusehen, dass er gerne widersprochen hätte, aber Alfred marschierte bereits los. Das verstärkte bei Alfred den Verdacht, dass Kleinteich auf eigene Faust recherchierte und nur pro forma mit Alfred zusammenarbeitete. Wie jeder Journalist war er auf der Jagd nach Exklusivstories.

Der Nieselregen hatte Alfred längst durchgeweicht, da machte es auch nichts mehr aus, durch die nasse Wiese zu stapfen. Einige hundert Meter führte die Spur bergan, dann querte sie einen überwachsenen, kaum sichtbaren Trampelpfad, der in den angrenzenden Laubwald hinaufführte, und zog sich deutlich sichtbar wieder abwärts, quer durch die Wiese bis hinunter zum Baschimattenhof, dessen Dach fernhin sichtbar war. Alfred blieb stehen. Er musste der Spur nicht weiter folgen, es war auch so klar, dass sie vom Baschimattenhof kam. Der Regen nahm zu, wurde mit einem Schlag heftig. Wie aus einer Gießkanne kam das Wasser vom Himmel. Alfred war dem plötzlichen Platschregen auf offener Wiese schutzlos ausgeliefert. Er hielt Ausschau nach einem Unterschlupf. Der schmale Trampelpfad fiel ihm ins Auge. Das dichte Blätterdach des Bergwaldes würde bestimmt Schutz vor den Wassermassen bieten. Er hastete den Pfad empor. Wie vermutet mündete er

in den Wald und schlängelte sich dort unter mächtigen Buchen und Ahornbäumen durch Brennnesseln, Brombeergestrüpp und meterhohe Farnwände durchs Unterholz. Alfred drückte sich an den meterdicken Stamm einer kolossalen Buche und fand an dieser Stelle halbwegs Schutz vor dem Regen. Er hatte Muße, dem Prasseln zu lauschen und dem Wald beim Duschen zuzusehen. Sein Blick folgte dem Trampelpfad. An einigen Stellen war der Farn niedergedrückt. Offenbar war der Weg in letzter Zeit benutzt worden. Einer Eingebung folgend verließ Alfred seinen halbwegs trockenen Platz und stieg den schmalen Pfad empor. Plötzlich stand er unverhofft auf einer kleinen Waldlichtung, nicht größer als der Biergarten im Café Wangler. Nur stiller. Am Rande der Lichtung schimmerte es weiß zwischen den Bäumen. Alfred blinzelte durch den Regen. War das etwa ein Auto?
Beim Näherkommen stellte er fest, dass hier zwischen Laub und Gestrüpp verborgen ein kleiner Wohnwagenanhänger stand, fest verankert zwischen zwei Baumstämmen. Vorsichtig näherte Alfred sich. Der Wohnanhänger war einachsig, ein Mini-Caravan der Marke Daltec, zweieinhalb Meter lang und höchstens eineinhalb Meter breit. Am Seitenfenster verhinderte ein zugezogener Vorhang den Blick ins Innere. Der Mini-Trailer war zwar über und über von Laub und Tannennadeln bedeckt, teilweise schon bemoost, aber erkennbar intakt und betriebsbereit. Die Einstiegsluke befand sich am Heck. Alfred musste das Gefährt umrunden, um dorthin zu gelangen. Die Luke stand einen Spalt breit offen. Alfred bückte sich und warf einen Blick hinein. Der gesamte Innenraum, bis auf ein kleines Spülbecken neben der Einstiegsluke, war ausgefüllt von einem flachen Bettkasten, auf dem Matratze und Bettzeug lagen. Alles war zerwühlt. Auf dem Laken und an der Seitenwand erkannte Alfred mehrere Blutflecken, ein Büschel ausgerissener Haare. Hier hatte erkennbar ein Kampf

stattgefunden. Er zückte die Kamera und machte Aufnahmen von jedem Detail. Bis auf den Rahmen der Einstiegsluke hatte er nichts berührt. Ihm war klar, dass er seinen Fund melden musste. Das sah ganz nach einem Tatort aus. Und Alfred hatte das dumpfe Gefühl, dass er wusste, um welchen Tatort es sich handelte. Hier war die Baschimattenbäuerin umgebracht worden.

Und noch etwas schoss ihm durch den Kopf: Der von Tim Joy rekonstruierte Mailverkehr zwischen Bärbel Heulupfer und ihrem Geliebten, dem Veterinär Pfeifmann. War dort nicht von einem Wohnwagen die Rede gewesen? Hatten die beiden sich nicht in einem Wohnwagen verabredet? Und wie hatte Vanessa sofort scharf kombiniert: Ihr Liebesnest?

Auf schnellstem Wege eilte Alfred durch den Regen zurück zu Bert Kleinteich, der schon ungeduldig wartete. In kurzen Worten schilderte er seine Entdeckung.

Sie alarmierten die Polizei und warteten auf deren Eintreffen. Kleinteich dirigierte bis dahin den Werkstattwagen vom Autohaus Schuler mit frischen Reifen ins Erlenbachtal. Beide, Polizei und Abschleppdienst, erschienen fast gleichzeitig. Mit einem Mal herrschte Leben im abgelegenen Tal. Ein halbes Dutzend Polizeifahrzeuge mit rotierendem Blaulicht blockierte den Thurner-Talweg. Dazwischen der Werkstattwagen vom Autohaus Schuler, der rote Flitzer ohne Windschutzscheibe, Kleinteichs Wagen mit den inzwischen ausgewechselten Reifen. Spätestens als Oberkommissarin Evelyn Schwänzel erschien, und mit ihr die Spurensicherung, war klar, dass es im Fall der ermordeten Bäuerin Bärbel Heulupfer nun endlich voran gehen würde. Alfred und Bert Kleinteich wurden vor Ort vernommen, Evelyn Schwänzel persönlich führte die Vernehmung. Und schon nach den ersten Fragen wurde klar, dass sie Alfred immer noch für ihren Hauptverdächtigen hielt: „Was hatten Sie hier zu suchen? Warum sind

Sie so zielgenau zu dem Wohnwagen hinaufgeklettert? Wieso fehlt bei Ihrem Wagen die Windschutzscheibe? Haben Sie fotografiert? Die Kamera ist beschlagnahmt!"

Alfred beantwortete brav und nach bestem Gewissen sämtliche Fragen, obwohl er ihrem Gesicht ansah, dass Evelyn Schwänzel ihm kein Wort glaubte. Nach der Vernehmung überraschte er die Kriminaloberkommissarin mit einer Gegenfrage: „Wissen Sie, ob man das Baby gefunden hat? Das Baby, das in Höchenschwand entführt wurde?"

„Was haben Sie denn damit zu tun?"

Alfred versuchte eine Erklärung. Evelyn Schwänzels harte Polizistenmiene bekam einen milden Anstrich. Sie führte ein paar Telefonate. Dann beschied sie: „Leider nein! Die Fahndung verlief bisher erfolglos. Von dem Säugling und der Verdächtigen keine Spur."

Alfred stöhnte. Das traf ihn hart. Das war ihm arg. Er litt unter dem Drama um die kleine Eva Maria Luisa mehr als unter den Beschuldigungen im Mordfall Heulupfer. Davon würde er sich bald reinwaschen können, war er überzeugt. Aber wie sollte er jemals wieder glücklich werden, jemals Anna wieder in die Augen schauen können, wenn das Baby verschwunden blieb? Horror!

Inzwischen waren am Thurner-Talweg auch einige Schaulustige aufgetaucht, Wanderer, die von der Polizei schnell weitergescheucht wurden. Dann kam querfeldein Freddy Schmöker zu Pferd vom Baschimattenhof her. Er ritt auf einem der Schwarzwälder Füchse und machte dabei eine gute Figur, obwohl er Gummistiefel trug. Er hatte das Polizeiaufgebot bemerkt, wie er Alfred erklärte, und war neugierig geworden. Sein Pferd schnaubte unruhig zwischen all den Polizeifahrzeugen, doch er hatte es gut im Griff. Alfred bestaunte das stämmige Tier, das ihn neugierig beschnupperte. Die schweren Hufe des Fuchses hatten eine deutlich sichtbare Spur im

Gras hinterlassen. Die Kriminaloberkommissarin nahm auch Smöker sogleich zu Protokoll.
Es wurde ein langer und anstrengender Nachmittag. Evelyn Schwänzel verbot Alfred, mit dem roten Flitzer nach Neustadt zurückzufahren. Ohne Windschutzscheibe sei das Fahrzeug nicht verkehrstauglich. Er müsse es abschleppen und reparieren lassen. Das könne das Fahrzeughaus Schuler übernehmen, da es schon mal vor Ort war.
Bert Kleinteich erbot sich, Alfred zurück nach Neustadt zu kutschieren. Unterwegs konfrontieret er Alfred mit einer Information über Klausi, den Betzitglunki: „Ich habe herausgefunden, dass er ein uneheliches Kind hat. Ist schon drei Jahre alt, drüben in Neukirch. Da hat er eine Jungfrau aus dem Kirchenchor geschwängert. Seither zahlt er Alimente."
„Ein sauberer Bruder", kommentierte Alfred. „Wie haben Sie das herausgefunden?"
„Betriebsgeheimnis", wehrte Kleinteich ab. „Aber die Info ist wasserdicht."
In Neustadt angekommen hielten sie es beide für eine gute Idee, angesichts der Strapazen des Tages noch gemeinsam in der Spritz einzukehren. Das hatten sie sich verdient.
Am Stammtisch war wenig los. Knoddle war da und langweilte sich, Stromy führte Selbstgespräche und später erschien auch noch der alteingesessene Elektromeister. An einem Nebentisch saß Gundi und diskutierte mit einem Begleiter über die bevorstehende Skisaison auf dem Feldberg. Das Übliche. Aber in der Spritz kam Alfred endlich auf andere Gedanken. Das lag freilich nicht am Bier, das reichlich floss, auch nicht an den Bratkartoffeln, die er mitsamt Wurstsalat wie ein ausgehungerter Wolf in sich hineinstopfte, sondern es lag an der weiblichen Aushilfe, die Spritzenwirt Mathias für diesen Abend engagiert hatte. Hanna war jung, fröhlich, hübsch, schwarzhaarig und machte Alfred sofort schöne Augen, kaum

dass er am Stammtisch saß. Alfred ließ seinen Charme spielen, machte geistreiche Bemerkungen und Komplimente und rechnete sich was aus. Als Kleinteich sich nach dem Essen verabschiedete, blieb Alfred sitzen und verstärkte seine Anstrengungen. Ungefähr zwei Stunden und fünf Halbe später sah er sich auf einem guten Weg, wähnte sich in vielversprechender Position, um Hanna nach Feierabend noch zu einer privaten Fortsetzung des Abends überreden zu können, doch wurde all seinen unanständigen Fantasien abrupt ein Ende bereitet, als kurz vor Mitternacht Hannas Mutter auf der Bildfläche erschien, um ihre Tochter nach Hause zu bringen. Sie winkte ihm zwar adrett zu, zwinkerte vielsagend, wünschte ein fröhliches „bis bald mal wieder“, aber weg war sie, und Alfred saß mit seinem Bierdeckel alleine da.
Es befiel ihn der Katzenjammer. Das Leben war gemein.

Gesundheit ist alles

Mit Bert Kleinteich hatte Alfred in der Spritz, zu einem Zeitpunkt, als ihm noch nicht die Gäule durchgegangen waren, einen gemeinsamen Besuch im St. Märgener Rathaus vereinbart. Sie wollten Bürgermeister Kreutz mit ihren Recherchen zum Naziverbrecher Karl Pütz konfrontieren. Zwei Tage später war es so weit. Bis dahin gab es immer noch keine Spur von der entführten Eva Maria Luisa, und Anna war inzwischen so verzweifelt, dem Zusammenbruch nahe, dass sie psychologischer Betreuung rund um die Uhr bedurfte. Man wollte sie in die Psychiatrie einweisen, aber sie wehrte sich mit Zähnen und Klauen. In ihrer Not gab sie gegenüber der Amtsärztin Alfred als Vertrauten an, der sich um sie kümmere, so dass man sich keine Sorgen machen müsse. An ihrer Wohnungstür wies sie Alfred, der dies sofort als Friedensangebot aufgefasst hatte, aber strikt ab und ließ ihn nicht in ihre Wohnung: „Verschwinde! Ich komme alleine zurecht! Ich will nichts mehr mit dir zu tun haben!"

„Aber die Amtsärztin hat mich geschickt. Ich soll nach dir schauen", beharrte Alfred durch den Türspalt. „Du hast mich als deinen Vertrauten und Betreuer angegeben."

Anna wurde weinerlich: „Das musst du beglaubigen", bat sie schwach. „Sonst stecken sie mich in die Klapse. Aber ansonsten lass mich bitte in Frieden. Oder warte – vielleicht kannst du für mich einkaufen. Ich schaffe es nicht, ich kann nicht unter die Leute."

Sie steckte ihm einen vollgekritzelten Einkaufszettel durch den schmalen Türspalt zu.

Alfred war bemüht um Besänftigung und Wiedergutmachung. Deshalb versprach er alles, was Anna von ihm verlangte. „Leg nachher einfach alles vor die Tür", befahl sie.

Er hörte sie schluchzen. Am liebsten hätte er die Wohnungstür mit Gewalt aufgerissen und Anna tröstend in die Arme geschlossen. Aber er wusste, dass er damit alles nur noch schlimmer machen würde.
„Wir reden am Donnerstag über alles“, sagte er bittend. „Dann kommst du zu mir und wir machen endlich den Veggie-Abend. Hab Vertrauen. Alles wird gut!“
Das hätte er nicht sagen sollen.
„Den Veggie-Abend kannst du vergessen. Bevor Eva nicht gefunden wird, rede ich kein Wort mehr mit dir. Wenn sie … bis sie …“ Ihre Worte ertranken in einem Tränenschwall und sie knallte die Tür zu. Betreten blieb Alfred minutenlang vor Annas Tür stehen. Dann erledigte er ihre Einkäufe.
Mit Kleinteich sprach er über diese Situation, als dieser ihn mit seinem Auto zum Termin bei Bürgermeister Kreutz abholte. Alfred selbst war nicht mobil. Sein roter Flitzer stand zwangsweise beim Autohaus Schuler auf dem Thurner und wartete dort auf eine neue Windschutzscheibe. Da war nichts zu machen.
Bert Kleinteich versuchte Alfred zu trösten: „Diese Oma, diese Entführerin, die hat doch das Baby liebgehabt. Die tut ihm bestimmt nichts an. Es wird schon alles gut werden. Irgendwann wird man sie finden.“
„Aber wenn sie längst außer Landes ist?“, zweifelte Alfred. „Vielleicht hat sie das Kind nach Frankreich entführt, oder in die Schweiz. Da findet man es doch nie. Oder noch schlimmer …“
„Was, noch schlimmer?“, fragte Kleinteich.
„Na ja, vielleicht in den Ostblock. Dort werden Kinder entführt und verkauft. Adoptiert und so. Liest man doch immer wieder …“

Bert Kleinteich warf Alfred einen zweifelnden Blick zu, der etwa besagte: Tickst du noch richtig. Aber er sagte nichts. Bald kamen sie am Rathaus in St. Märgen an.

Gesundheitlich gehe es ihm schlecht, sagte der Bürgermeister, kaum dass Alfred und Bert Kleinteich auf den Besucherstühlen in seinem Amtszimmer Platz genommen hatten. Kreutz sah zwar frisch und munter wie alle Tage aus, aber er klagte: „Wir haben an manchen Tagen stechende Gerüche hier im Rathaus. Es riecht nach Chemie. Niemand kann sich das erklären."

„Sie glauben immer noch, dass Ihnen jemand das Leben schwer macht und sie vergiften will?", fragte Alfred zweifelnd.

„Das ist kein Hirngespinst von mir", wehrte Manfred Kreutz ab. Er wirkte wie jemand, dem genau klar war, was andere von seinen Ängsten und Befürchtungen halten mussten, wenn sie nichts davon selbst erlebt hatten. Er sagte: „Meine Mitarbeiter klagen über gesundheitliche Probleme, über brennenden Rachen, Kopfschmerzen oder gereizte Haut. Sie haben das alles dokumentiert, das sind keine Erfindungen. Gesundheit ist alles, das merken sie spätestens dann, wenn es Ihnen schlecht geht."

Insgeheim musste Alfred ihm recht geben. Gesundheit ist alles!

„Chemische Gifte?", versicherte sich Bert Kleinteich. „Meinen Sie, dass es sich darum handelt? So wie bei den Russen, wenn sie jemanden vom Geheimdienst vergiften lassen."

Manfred Kreutz breitete beschwörend die Arme aus: „Ich weiß, wie abenteuerlich das klingt. Aber eine andere Erklärung habe ich nicht. In meinem Büro und in meinem Auto haben unabhängige Sachverständige eine auffällige überhöhte Konzentration von Schwermetallen nachgewiesen. Das sind doch alles keine Zufälle."

„Glauben Sie, dass diese uralte Geschichte mit dem abgeräumten Nazigrab am St. Märgener Friedhof der Grund für all diese Vorfälle sein könnte?“, fragte Alfred frei heraus.
Erst schaute der Bürgermeister erschrocken, weil Alfred das Thema so offen auf den Tisch legte, dann schüttelte er skeptisch den Kopf: „Ich habe das am Anfang mal vermutet, aber die Polizei hat keinerlei Anhaltspunkte dafür gefunden.
„Es gibt eine ziemlich rege rechte Szene im Dreisamtal“, beharrte Alfred. „Und auch in St. Märgen haben diese Kreise Anhänger. Willibald Dresen zum Beispiel. Der ist Reichsbürger. Und angeblich war auch Bärbel Heulupfer darin verstrickt.“
Kreutz winkte ab: „Dresen ist ein renitenter Sturkopf, ein Ewiggestriger, der mit allen in Streit liegt und dem man nichts recht machen kann. Aber ich glaube nicht, dass er kriminell ist.“
„Er weiß überraschend gut über Karl Pütz Bescheid, den Nazi“, gab Alfred zu bedenken. „Er hat mir einige Details erzählt, die zumindest zeigen, dass er sich intensiv mit der Person beschäftigt hat.“
Kreutz stand hinter seinem Schreibtisch auf und ging auf und ab, die Arme hinter dem Rücken verschränkt. „Ich brauche mal eine Zigarette“, sagte er schließlich. „Wollen wir raus gehen und eine rauchen?“
Als sie wenig später hinter dem Rathaus standen und unter Ausschluss der Öffentlichkeit Alfreds Selbstgedrehte rauchten – denn der Bürgermeister hatte festgestellt, dass er selbst sein Päckchen irgendwo hatte liegen gelassen – erzählte der Bürgermeister, wie er eines Tages von einem Bürger den Hinweis erhielt, dass jemand auf dem Friedhof im Ehrengrab liege, der im Dritten Reich Täter gewesen sei, nicht Opfer. Damals erst habe er erfahren, so Kreutz, wer dieser Pütz war, dessen Name da auf dem Grabkreuz stand, und welche Unta-

ten mit ihm verbunden werden. „Man soll ja über Tote nicht schlecht sprechen«, sagte Kreutz. „Aus meiner Sicht steht Pütz vor seinem Richter. Aber so jemandem, einem überführten Mörder und Kriegsverbrecher, einen Gedenkstein als Opfer zu bewahren – das überstieg meine Vorstellungskraft."
„Hat das damals öffentlich Wellen geschlagen?", wollte Alfred wissen.
Kreutz schüttelte den Kopf: „Wir haben im Amtsblatt angekündigt, dass wir das Grab abräumen. Die Grablege ist allgemein auf 25 Jahre ausgelegt, eine Verlängerung um weitere 25 Jahre möglich. Dann wird abgeräumt. Das gilt für alle Gräber. Weshalb sollten wir Pütz besserstellen als einen gewöhnlicher St. Märgener?"
„Aber irgendwie ist dann doch in der Öffentlichkeit der Eindruck entstanden, als solle etwas vertuscht werden", wagte Bert Kleinteich einzuwenden, der nicht rauchte, sondern stattdessen Pastillen lutschte.
„Es ist müßig", wehrte Manfred Kreutz ab. „Damals waren es vielleicht nur Insider, die von der Rolle Karl Pütz' im Dritten Reich wussten. In St. Märgen hat man höchstens gemunkelt. Aber er war ja kein Einheimischer. Er hatte hier keine Verwandten. Es interessierte niemanden."
„Sie glauben also nicht, dass die anonymen Drohungen und seltsamen Vorkommnisse etwas mit diesem Fall zu tun haben?"
Kreutz schüttelte den Kopf.
„Auch nicht, dass das Ganze mit dem Mord an Bärbel Heulupfer zusammenhängt?"
„Ich glaube gar nichts", sagte der Bürgermeister resigniert. Er drückte seine Zigarettenkippe an einem Pfosten aus.
„Gesundheit ist alles", sagte Bert Kleinteich spitz.
„Ich weiß", räumte Kreutz ein. „Das ist nicht gesund. Müssen Sie mir ein schlechtes Gewissen machen?"

„Wenn man mit schlechtem Gewissen raucht", gab Alfred eine selbst erfundene Weisheit zum Besten, „dann ist sie dreimal ungesünder, als wenn man sie freudig und mit Genuss raucht. Habe ich an mir selbst ausprobiert."
„Sie rauchen also mit gutem Gewissen?", wollte der Bürgermeister zweifelnd wissen.
„Aber ja!", bestätigte Alfred. „Ich rauche gern, ich esse gern, ich trinke gern. Und weil es mir Spaß macht, hält es mich gesund."
Er sagte es in voller Überzeugung und erntete von Manfred Kreutz den ehrlich gemeinten Kommentar „beneidenswert", doch noch während er schwadronierte, fiel Alfred der zusammengeschrumpfte Siegfried Junkel in seinem Rollstuhl ein, hustend und röchelnd, blau anlaufend bei der leichtesten Anstrengung, und verzweifelter Hoffnung, in drei Jahren noch irgendwie unter den Lebenden zu weilen.
Er scheuchte die Gedanken davon und fragte stattdessen: „Haben Sie Bärbel Heulupfer eigentlich gut gekannt?"
„Wer hat sie nicht gut gekannt? Für manche war sie ein rotes Tuch, weil sie Zuchtexperimente mit ihren Füchsen gemacht hat. Aber man muss Verständnis für sie haben. Es ging um die Existenz ihres Hofes. Von der Landwirtschaft konnte sie nicht leben, also hat sie es mit der Pferdezucht versucht."
„Die Polizei untersucht, ob darin ein mögliches Mordmotiv liegt", behauptet Alfred ins Blaue hinein.
„Das halte ich für Quatsch", winkte Manfred Kreutz ab.
Eine Weile diskutierten sie verschiedene Theorien zum Mord. Alle waren löchrig wie ein Sieb und von hinten bis vorne nicht überzeugend. Bürgermeister Kreutz fragte Alfred und Kleinteich, ob sie Zeit hätten, das Klostermuseum zu besichtigen, vielleicht könnten sie auf „Kleinteichs-Welt" und auf „Goodwood-Wäldernews" mal Werbung für die dortige Uhrenausstellung machen. So kamen Alfred und Bert Kleinteich

noch in den Genuss einer exklusiven Klosterführung. Während der Bürgermeister über Äbte und Uhrenhändler dozierte, vom Klosterbildhauer Mathias Faller schwärmte, und zu jeder ausgestellten Uhr eine ausführliche Entstehungsgeschichte ausbreitete, fiel Alfred noch eine Personalie ein, zu der er den Bürgermeister schon lange hatte befragen wollen: „Kennen Sie eigentlich Josef Saier?"
Manfred Kreutz sah ihn an wie man einen Schwachsinnigen anschaut, der gerade gefragt hat: „Wo bin ich?"
„Jeder kennt Josef Saier", behauptete er. „Josef Saier ist unser Mann im Museum. Er betreut das Klostermuseum. Er ist Museumsführer. Er ist der wichtigste Mann. Außerdem sitzt er im Gemeinderat. Er ist beim Schwarzwaldverein zuständig für die Heimatkunde. Er leitet den Förderverein für die restaurierte historische Rankmühle. Er ist so etwas wie unser Ortshistoriker. Wer kennt ihn nicht? Der Mann ist unverzichtbar."
„Ach so", sagte Alfred enttäuscht. Er hatte den Namen auf der Teilnehmerliste der Geisterwanderung für ein Rätsel gehalten, für ein Geheimnis, das ihn vielleicht auf die Spur des Mörders bringen konnte. Nun steckte dahinter aber offenbar keineswegs ein rätselhafter Unbekannter, sondern ein ortsbekannter Tausendsassa.
„Der hat wohl eher nichts mit dem Mord im Pfisterwald zu tun", stellte er halblaut fest.
Daraufhin lachte Manfred Kreutz herzhaft: „Da haben Sie aber den völlig Falschen im Verdacht."
In Gedanken machte Alfred einen Haken hinter den Namen. Josef Saier war geklärt. Dieser Josef war unverdächtig. Aber was war eigentlich mit dem anderen Josef, der, dessen Name auf der Teilnehmerliste gefehlt hatte? Josef Stihl? Den Führer hatte er bisher noch gar nicht auf der Rechnung gehabt. Vielleicht sollte er sich um den mal kümmern.

Beim Veterinär

Seit zwei Stunden saß Alfred gemeinsam mit Vanessa im Wartezimmer des Veterinärs Kurt Pfeifmann. Sie hatten sich ordnungsgemäß angemeldet, ein Anliegen in Sachen „unser Pferd, Schwarzwälder Fuchs" vorgetäuscht, und seither warteten sie. Inzwischen hatte Alfred sämtliche Zeitschriften durchgeblättert, sogar die Badische Bauernzeitung, die hier im Wartezimmer auslag und vom Kartoffelkäfer über den Klauenschneider bis zur Salbe für die Zitzen säugender Sauen kein bäuerliches Thema ausließ. Alfred füllte das Preisrätsel aus, bei dem er im Falle eines Sieges einen Traktor im Wert von 180.000 Euro gewinnen konnte. Er war froh, dass Vanessa ihm Gesellschaft leistete. Sie waren beide mit der Höllentalbahn angereist, Vanessa von Freiburg kommend, Alfred aus Neustadt. Am Bahnhof Kirchzarten hatten sie sich getroffen und waren dann gemeinsam ins Gewerbegebiet hinaus gepilgert, wo sich Kurt Pfeifmanns Veterinärspraxis befand.

Swetlana Pfeifmann hatte sie in Empfang genommen. Offenbar arbeitete sie tatsächlich in der Praxis ihres Mannes und war dort mehr als nur Dekoration. Sie saß hinter dem Empfangstresen und bot Einblicke. Alfred bekam Stilaugen. Vanessa knuffte ihn vorwurfsvoll in die Seite. Die Frau des Veterinärs, die tatsächlich auch seine Sprechstundenhilfe war, nahm Alfreds und Vanessas Personalien auf, notierte sich den Namen des von den beiden erfundenen Pferdes, der, Alfred war in der Schnelle nichts Besseres eingefallen, „Gundi" lautete, und wollte wissen, was dem Patienten fehle.

„Gundi frisst nicht mehr", sagte Vanessa.

Offenbar war dieses Leiden nicht dramatisch genug, um ihnen sofortigen Zugang zur Sprechstunde von Kurt Pfeifmann zu gewähren, denn man ließ sie im Wartezimmer schmoren, während andere Besucher kamen, aufgerufen wurden, wieder verschwanden, und der Vormittag zerrann. Alfred blätterte in Vanessas Manuskriptseiten für ihre Masterarbeit, die er mitgebracht hatte, um sie ihr zurückzugeben. „Alles prima", sagte er. „Ich habe viel gelernt über den Volks- und Aberglauben der Hochschwarzwälder. Besonders spannend fand ich das Kapitel über das Scheibenschlagen."

Das Scheibenschlagen ist ein Feuerbrauch, bei dem das Schibefüür, so der alemannische Name für das Scheibenfeuer, auf einem Berg angefacht wird und darin Holzscheiben glühend gemacht und dann mit einem Stecken durch die Nacht ins Tal geschleudert werden. Das machen die Junggesellen des Ortes, die dabei einen Spruch aufsagen: „Schiibi, schiibo, wohin soll die Schiibe goh?" Und diese Frage beantworteten sie laut selbst, nämlich mit dem Namen ihres Schatzes oder ihrer heimlich Angebeteten. Dem Aberglauben nach bescherte dieses Scheibenschlagen dem Akteur dann in absehbarer Zeit ein Happy End.

„Schöner Brauch, nicht wahr?", freute sich Vanessa. „Am Erstaunlichsten finde ich, dass all diese Volksbräuche noch immer lebendig sind. Nimm zum Beispiel das Kapitel über die Raunächte."

Aus Langeweile und weil ein Ende der Wartezeit in Pfeifmanns Praxis nicht abzusehen war, nahm Alfred sich das von Vanessa empfohlene Kapitel noch einmal vor. Er las: Zwischen dem 25. Dezember und dem 6. Januar liegen die zwölf heiligen Nächte, auch Rauhnächte oder Rauchnächte genannt. Mitnichten sind sie „heilig" im Sinne der katholischen Kirche. Ihre Bedeutung für die Menschen des Hochschwarzwaldes stammt aus viel, viel älterer Zeit, aus der heidnischen Vergangenheit des Hochschwarzwaldes.

Bei den Germanen fand in der Zeit der Rauhnächte das Julfest statt, bei dem sich nach altem Glauben der Kampf zwischen Licht und Finsternis vollzieht, – und zwar jedes Jahr aufs Neue. Man glaubte einst, in den Rauhnächten seien alle Geister los, und die Natur- und Geistergewalten kämpften um die Herrschaft. So glaubte man, dass allerlei geheimnisvoller Spuk umginge, dass der wilde Jäger mit seinen bellenden Hunden durch die Lüfte stürme, dass Hexen unterwegs seien. Es herrschte der Glaube, dass in der Zeit des Julfestes die Toten wach würden und einen besonderen Umzug veranstalteten. Man stellte für sie Speisen und Getränke bereit. An jedem Abend der Rauhnächte nahm man vom Abendessen einen Löffel voll, und verbrannte diese Portion für die Geister auf dem Ofen.

In der Zeit der Rauhnächte musste alle Arbeit ruhen. Alle Geräte, die nur irgend an Arbeit erinnerten, wurden beiseite geräumt. Dies galt besonders für die Landwirtschaft. Kein Dreschflegel war zu sehen und keine Spindel. Es wurde auch nur das Notwendigste gekocht und schon vor diesen Tagen alles vorbereitet. Große Kuchen und riesige Brote lagen bereit, denn es durfte auch nicht gebacken werden. Kein Tier wurde in den zwölf Rauhnächten getötet, auch die Jagd ruhte.

„Großes Kino!“, bemerkte Alfred zwischendurch. „Besonders interessant finde ich, dass bestimmte Speisen nicht gegessen werden durften, vor allem Hülsenfrüchte. Die Leute waren schlau.“

„Sie waren keine Vegetarier, falls du das meinst“, bemerkte Vanessa süffisant. „Es ging ihnen um etwas anderes. Man warf Bohnen und Erbsen gegen die Fensterscheiben, um Geister zu vertreiben. Man nannte das Bosseln. Städte wie Freiburg verboten im Mittelalter diesen Brauch, auch das Basler Konzil von 1436 untersagte das Bosseln, was einen klaren

Hinweis darauf liefert, dass es aus heidnischer Zeit stammte und der katholischen Kirche ein Dorn im Auge war."
„Die Pfaffen auf den Dörfern hatten es schwer", erkannte Alfred. „Immerzu mussten sie ihren katholischen Firlefanz gegen den heidnischen Firlefanz verteidigen. Kann mir schon vorstellen, dass das eine heftige Konkurrenz war."
Vanessa pflichtete ihm bei: „Ein Glaube, der sich bis ins vergangene Jahrhundert noch im Hochschwarzwald hielt, besagt, dass während der heiligen zwölf Nächte keine Wäsche auf der Leine hängen darf. Über das neue Jahr und seinen Verlauf befragte man das Orakel. Bis heute kennt man noch das Bleigießen, bei dem heißes Blei in Wasser gegossen wird. Die Form, in der das Blei erstarrt, gibt Auskunft über das weitere Schicksal. Beliebt war einst im Hochschwarzwald auch das Hühnerorakel. Ein Mädchen, das wissen wollte, ob es im kommenden Jahr heiratet, klopft am Neujahrstag im Morgengrauen dreimal an die Tür des Hühnerstalles. Wenn als Antwort darauf der Hahn fröhlich krähte, dann wurde dies als sicheres Zeichen angenommen, dass bereits ein Freier im Anmarsch sei."
„Na wunderbar. Dann machst du das dieses Jahr auch mal", schlug Alfred vor. „Vielleicht kommt ja bald dein Hühnerprinz."
Vanessa klopfte ihm mit der flachen Hand auf den Scheitel: „Einen Gockel habe ich doch schon", spottete sie.
Sie zählte noch weitere Aberglauben rund um die Rauhnächte auf: Wer in dieser Zeit eine Tür laut zuschlägt, der habe im Sommer mit einem Blitzeinschlag zu rechnen. Wer sein Bett in diesen Tagen im Freien lüftet, werde im nächsten Jahr von einer schweren Krankheit (von Krebs) befallen. Vor diesen Tagen solle alles, was man verliehen hat, wieder im Haus zurück sein. Auf keinen Fall dürfe man in diesen Tagen Nägel oder Haare schneiden. Wer es dennoch tue, der bekomme

Kopfschmerzen und gichtige Finger. Alle Träume, die man in den zwölf Rauhnächten träume, würden sich erfüllen.
„Ich träume davon, einen Traktor zu gewinnen“, sagte Alfred spöttisch und trennte vorsichtig sein ausgefülltes Preisrätsel aus der Badischen Bauernzeitung. Dann murrte er: „Wenn das hier noch lange dauert, gebe ich es auf.“
„Du wolltest, dass wir dem Veterinär einen Besuch abstatten“, flüsterte Vanessa. Wie die meisten Menschen hatte auch sie Hemmungen, in einem Wartezimmer laut zu sprechen.
Alfred nahm den Flüsterton auf: „Wir könnten ein andermal wiederkommen.“
„Nein! Jetzt haben wir so lange durchgehalten. Irgendwann wird er uns ja mal drannehmen müssen. Und denk daran: Wir haben eine Information, die ihm nicht gefallen wird. Er wird mit uns reden müssen.“
Das traf zu. Sie hatten eine kompromittierende Information, und das verdankten sie Tim Joys Hackerkünsten. Nach dem, was ihr nerdiger Freund herausgefunden hatte, war Kurt Pfeifmann der Auftraggeber für die beiden Privatdetektive Höltscher und Vogt alias Kowalenko.
„Es ist mir ein Rätsel, wie der Kerl solche Dinge immer herausfindet“, staunte Vanessa.
Alfred erklärte es ihr: „Soweit ich es verstehe, geht Tim auf die Homepage der Privatdetektive, sucht dort nach Umsatzsteuernummern und Kontonummern, und wenn er fündig geworden ist, hackt er sich beim Finanzamt oder den entsprechenden Banken ein, schnüffelt dort digital im Konto des Betroffenen und sucht sich Zahlungseingänge und Betreffs, bis er eine Spur hat. In unserem Falle war es so, dass er eine Online-Überweisung von Kurt Pfeifmann an das Detektivbüro gefunden hat, mit dem Betreff „Überwachungsauftrag“. Vom Datum her passte das in die Woche der Geisterwanderung.“

„Wir wissen also, dass Pfeifmann die beiden Sonnenbrillenmänner beauftragt hat, jemanden zu überwachen. Aber wen?"
„Wir fragen ihn", sagte Alfred. „Würde mich aber sehr wundern, wenn es nicht um seine Swetlana ging."
Vanessa fiel noch was ein: „Tim hat doch immer noch das Laptop der Baschimattenbäuerin, das wir im Hof mitgenommen haben. Mittlerweile müsste Freddy Smöker doch längst entdeckt haben, dass wir es gestohlen haben. Findest du es nicht auch komisch, dass er dich nicht danach gefragt hat? Er hat auch keine Anzeige erstattet, oder?"
Alfred dachte darüber nach: „Keine Ahnung, wie oft er sich im Schlafzimmer der Ermordeten aufhält und nach dem Laptop sieht? Bestimmt kontrolliert er die Überwachungskameras nicht jeden Tag. Vielleicht ist ihm das Fehlen einfach noch nicht aufgefallen."
Als sie dann nach mehr als zweieinhalbstündiger Wartezeit endlich ins Sprechzimmer des Veterinärs eingelassen wurden, staunte Alfred zuallererst, dass er den Mann auf Anhieb sympathisch fand. Kurt Pfeifmann war mittleren Alters, trug einen sauber gestutzten Bart, war sportlich schlank und guter Laune: „Na, was fehlt denn Ihrem Gundi?", fragte er aufgeräumt, während er das Anmeldeblatt studierte, das ihm seine Frau hereingereicht hatte. „Er will nicht mehr fressen? Seit wann?"
Ehe Alfred auf den Tonfall und auf das erfundene Problem eingehen konnte, wie er es eigentlich beabsichtigt hatte, fiel Vanessa gleich mit der Tür ins Haus: „Wir haben überhaupt kein Pferd Gundi. Das haben wir nur angegeben, um einen Termin bei Ihnen zu bekommen. In Wirklichkeit kommen wir wegen der ermordeten Baschimattenbäuerin Bärbel Heulupfer."

Alfred verfluchte innerlich seine Bereitschaft, Vanessa zu diesem Termin mitzunehmen. Sie verdarb alles. So undiplomatisch durfte man doch nicht an die Sache herangehen. Er rechnete damit, dass sie gleich hochkant hinausfliegen würden.

Doch Kurt Pfeifmann reagierte anders als erwartet. Er setzte sich auf seinen Schreibtischstuhl und ließ das Blatt sinken, das er in Händen hielt: „Was haben Sie damit zu schaffen?“, fragte er leise.

Alfred erklärte ihm, dass sie Zeugen bei der Geisterwanderung gewesen waren und dass er als Journalist den Fall verfolge, versuche, die Hintergründe zu recherchieren. Frech behauptete er: „Ich arbeite da eng mit Kriminaloberkommissarin Evelyn Schwänzel zusammen. Das ist die leitende Ermittlerin bei der Kripo. War sie auch schon bei Ihnen?“

„Wieso sollte sie?“, fragte Pfeifmann zaghaft. Er blickte unsicher von Alfred zu Vanessa und wieder zurück.

„Ach kommen Sie“, nahm Alfred einen vertraulichen Tonfall an. „Es ist in St. Märgen ein offenes Geheimnis, dass Sie und Bärbel Heulupfer ein Verhältnis miteinander hatten. Das hat bestimmt auch die Kripo schon herausgefunden.“

Pfeifmann schüttelte ungläubig den Kopf. „Ein offenes Geheimnis …?“, stammelte er.

Alfred zeigte ihm auf seinem Smartphone die rekonstruierten Postings der beiden Influencerinnen Celina K und Desiré W. Kurt Pfeifmann las und sackte in sich zusammen. Kleinlaut sagte er: „Wir wollten es geheim halten.“

„Ich weiß“, triumphierte Alfred. „Aber lange wird das nicht mehr halten. Man hat Ihre Fingerabdrücke gefunden.“

„Wie, was, wo?“, schreckte Pfeifmann auf. „Wer?“

„Ihre Fingerabdrücke sind überall in dem Wohnwagen, der Ihr Liebesnest war. Oben im Wald über dem Baschimattenhof.“

Pfeifmann sah so entsetzt und gleichzeitig hilflos aus, dass Alfred beschloss, ihm die Wahrheit zu sagen: „Es besteht kein Zweifel, dass Bärbel Heulupfer in diesem Wohnwagen ermordet wurde. Die Spuren sind eindeutig. Der Täter muss ihre Leiche von dort in den Pfisterwald geschafft haben, um sie so zu platzieren, dass die Teilnehmer der Geisterwanderung über die Tote stolpern mussten. So ist es dann auch geschehen."

Dass Pfeifmanns Fingerabdrücke im Wohnwagen gefunden worden waren, wusste Alfred von Jochen Schiller, der sich erfolgreich eingesetzt hatte, um Alfred vor einer neuerlichen Untersuchungshaft zu bewahren, die Evelyn Schwänzel bei der Staatsanwaltschaft unverzüglich nach Auffinden des Wohnwagens beantragt hatte. Dort hatte man nämlich auch Alfreds Fingerabdrücke identifiziert, und die Oberkommissarin war der Meinung, dies erhärte den Verdacht, den sie schon lange gegen Alfred hegte.

Pfeifmann stand das Erschrecken ins Gesicht geschrieben. Ungläubig schüttelte er den Kopf: „Eigentlich wollte ich auch an der Geisterwanderung teilnehmen. Zusammen mit meiner Frau Swetlana. Wir waren beide angemeldet. Freddy Schmöker hat uns die Teilnahme geschenkt. Zur Versöhnung. Wir hatten davor mit ihm gestritten."

„Interessant, um was ging der Streit?", forschte Alfred nach.

Pfeifmann winkte ab: „Unwichtig. Kleinkram, irgendwas mit den Pferden, mit den Füchsen."

„Sie waren dann aber bei der Geisterwanderung nicht dabei", stellte Alfred fest.

„Ja, leider. Oder vielleicht zum Glück." Noch immer stammelte Pfeifmann. Er erklärte: „Ich wurde kurz vorher zu einem angeblich dringenden Fall nach Oberried gerufen. Das war wichtiger. Pferdekolik."

„Wieso angeblich?", wollte Alfred wissen.

„Es stellte sich als Fehlalarm heraus. Da war gar nichts. Der Pferdebesitzer wusste von nichts."
„Aber er hat sie doch alarmiert?"
„Er behauptete, er sei das nicht gewesen. Meine Frau hatte den Anruf entgegengenommen und mich losgeschickt. Aber im Nachhinein konnte sie sich auch nicht mehr genau erinnern. Alles ein bisschen seltsam. Jemand hat sich einen schlechten Scherz erlaubt."
Alfred und Vanessa sahen sich an. Beide dachten das Gleiche: Das war kein schlechter Scherz gewesen.
Vorsichtig wagte Pfeifmann eine Frage: „Was haben Sie sonst noch über den Mord herausgefunden? Hat die Polizei schon eine Spur? Gibt es etwas Neues?"
Wenn Pfeifmann der Täter sein sollte, benahm er sich wirklich dämlich. Solche naiven Fragen stellte man wahrscheinlich nur, wenn man unschuldig war.
„Die Polizei nimmt jeden unter die Lupe, der an der Geisterwanderung teilgenommen hat. Sogar mich haben sie schon verdächtigt. Außerdem haben sie mehrfach den Baschimattenhof auseinandergenommen. Sie suchen dort nach Spuren und Hinweisen."
„Bei Smöker", fragte Pfeifmann mit leichtem Zittern in der Stimme. „Ist er noch auf dem Hof?"
Alfred entging der lauernde Ton, der in dieser Frage steckte. Unbekümmert gab er Antwort: „Smöker hält den Laden am Laufen. Ohne ihn wäre der Hof verloren. Der alte Heulupfer ist ja wohl keine große Hilfe. Der hat nicht mehr alle, Demenz und so, Sie wissen schon." Alfred machte eine kreisende Bewegung mit der Hand vor dem Gesicht.
„Komisch", sagte Pfeifmann. „Mir kam Herbert Heulupfer immer ziemlich klar vor. Ich war ja auch oft dienstlich auf dem Hof."
„Wegen der Pferdezucht?", fragte Vanessa dazwischen.

„Ja, ja!“ Pfeifmann nickte nachdenklich, als müsse er sich erinnern.
„Vielleicht macht Smöker ja damit weiter. Mir schien es so, als sei er nicht abgeneigt“, sagte Alfred.
Pfeifmann zuckte unmerklich zusammen.
„Der Smöker“, sagte er nach kurzer Pause vorsichtig, „der macht also weiter. Traut man ihm auf den ersten Blick gar nicht zu, nicht wahr?“
Die Frage war an niemanden Bestimmten gerichtet. Pfeifmann fuhr fort, indem er den Blick prüfend auf Alfred richtete: „Wussten Sie, dass Freddy Smöker einen überdurchschnittlichen IQ hat? Er war Einser-Abiturient. Er hat mit Bravour Chemie und Biologie studiert.“
„Glaube ich nicht“, sagte Alfred spontan. „Er ist Vertreter für Futtermittel. Dazu brauche ich kein Einser-Abitur.“
„Fragen Sie ihn mal“, forderte Pfeifmann Alfred auf. Ein seltsamer Glanz lag auf seinem Gesicht, so als wollte er jemanden in einen Hinterhalt locken. Er legte einen weiteren Köder aus: „Nach dem Studium machte er schnell Karriere. Er war wissenschaftlicher Mitarbeiter auf dem Gestüt Marbach.“
„Woher wissen Sie das alles?“
„Das hat mir Bärbel erzählt. Sie wusste alles über Freddy Smöker. Irgendwas hat er sich in Marbach zuschulden kommen lassen, keine Ahnung was“, sagte Pfeifmann vorsichtig. Dann fügte er an: „Sie hat ihm die Chance gegeben, wieder auf einem Hof zu arbeiten, diese Futtermittelgeschichte, die macht er doch nur, um irgendwie über die Runden zu kommen.“
Mehr wollte Pfeifmann zu Freddy Smöker nicht preisgeben, obwohl Alfred das Gefühl nicht losließ, dass der Veterinär noch mehr wusste und hätte sagen können. Es war aber wieder einmal Vanessa, die abrupt das Thema wechselte: „War-

um haben Sie zwei Privatdetektive beauftragt, Ihre Frau zu beschatten?"
Pfeifmann fuhr von seinem Stuhl auf. Für eine Sekunde sah es so aus, als wolle er Vanessa an die Gurgel. Dann besann er sich und ließ sich wieder auf seinen Platz sinken, wo er zu einem Häuflein Elend zusammenschrumpfte: „Ich mache wohl alles falsch", sagte er resigniert.
Alfred und Vanessa warteten.
Pfeifmann räusperte sich nach einer Weile: „Ich weiß, dass sie fremdgeht!"
„Da haben Sie ja etwas gemeinsam", erlaubte Alfred sich frech zu kommentieren.
Der Veterinär nickte betrübt. „Kann man so sagen, ja. Das alles ist so unwürdig. Glauben Sie mir, wenn ich könnte, würde ich Manches rückgängig machen. Die Situation ist einfach zerfahren. Mein Leben ist einfach nur ein Scherbenhaufen."
Jetzt tat Kurt Pfeifmann Alfred endgültig leid. Der Mann kauerte an seinem Schreibtisch und zitterte. Vorsichtig forschte Alfred: „Wollen Sie ein Geständnis ablegen?"
Im ersten Moment schien Pfeifmann die Frage nicht zu verstehen. Dann begriff er und sprang erneut auf: „Nein, nicht was Sie denken. Mit dem Mord habe ich nichts zu schaffen. Da liegen Sie völlig falsch. Das ist … das ist … ungeheuerlich!"
Er schnaufte empört: „Es ist besser, wenn Sie jetzt gehen. Verschwinden Sie! Gehen Sie! Ich habe Ihnen schon viel zu viel erzählt."

Ungesund

Vanessa verbrachte die Nacht bei Alfred in Neustadt. Alfred benötigte Beistand. Er wurde von der Last seiner Schuld niedergedrückt. Das Baby Eva Maria Luisa war noch immer nicht gefunden, Anna war mittlerweile zwangsweise in die Psychiatrie in Emmendingen eingeliefert worden. Sie war komplett zusammengebrochen, eine völlig verzweifelte Mutter, dem Wahnsinn nahe.

Alfred peinigte sich mit Selbstvorwürfen.

„Ich werfe mich unter den Zug, das wird das Beste sein", hatte er am Bahnhof in Kirchzarten erwogen. Das hatte Vanessa alarmiert, und so war sie nun entschlossen, Alfred nicht mehr aus den Augen zu lassen.

„Rauchen wir zuerst noch eine", hatte sie vorgeschlagen, wohl wissend, dass Alfred nicht widerstehen konnte. Also rauchten sie auf dem Bahnsteig, als der Zug Richtung Neustadt einfuhr, und Alfred verpasste den Moment, sich auf die Gleise zu werfen. Stattdessen warf er am Ende nur seine Kippe aufs Schotterbett, was ihm sofort die Rüge einer empörten Mitreisenden einbrachte: „Nehmen Sie gefälligst Ihren Müll mit", blaffte die Frau ihn an. „Das ist Umweltverschmutzung. Außerdem ist hier Rauchverbot, Sie rücksichtsloser Mensch."

Alfred gönnte der Beschwerdeführerin einen müden Blick und analysierte den Typ: Lehrerin, Vegetarierin, ÖPNV-Verfechterin, Leserbriefschreiberin, gewaltfreie Erzieherin. Er hatte ganz vergessen, dass er sich in Kirchzarten befand, dem Eldorado der guten Menschen, dem Sammelbecken akademischer Pädagogen, der grünen Hoffnung für den bornierten Hochschwarzwald. Er zog es vor, die Aufforderung zu ignorieren und folgte Vanessa in den Zug.

„Ich zeige Sie an", wurde ihm hinterhergerufen.

Er erneuerte seine Selbstmordgedanken: „Was will ich in einer Welt, in der Babys entführt werden und in der man nicht einmal mehr seine Kippen unter einem Zug entsorgen darf?“ Vanessa lenkte ihn ab und besserte seine Laune, indem sie ihm während der Zugfahrt Passagen aus ihrer Magisterarbeit vorlas, die vom Rauchen handelten.

„Man nannte es im Hochschwarzwald im 17. Jahrhundert nicht Rauchen, sondern es hieß Tabaktrinken“, dozierte sie, während die Höllentalbahn am Hirschsprung vorbei ratterte. „Das gehörte zu den Volksbräuchen, aber es war nicht gerne gesehen. Der Abt von St. Georgen erließ 1651 ein Rauchverbot, denn während des Dreißigjährigen Krieges hatte sich die Sitte, die schon damals als Unsitte angesehen wurde, durch spanische Soldaten im ganzen Hochschwarzwald verbreitet.“

„Was hatte der Abt gegen das Rauchen?“, wunderte sich Alfred.

„Die Prediger nannten es Höllenrauch und brachten das Rauchen mit dem Teufel in Verbindung. Die Quacksalber jener Zeit behaupteten, es sei gehirnschädlich. Zu Schnupftabak sagte man Soldaten-Konfekt.“

„Aber verbieten hat nichts bewirkt, ebenso wenig wie heutzutage?“, begann Alfred sich für das Thema zu interessieren. Der von Vanessa gewünschte Effekt war eingetreten. Alfred war von seiner niedergedrückten Stimmung abgelenkt.

„Die Obrigkeit versuchte es im 17. Jahrhundert anfänglich mit Verboten, die aber wenig nützten. Schließlich, als er einsah, dass er mit Verboten nichts erreichen würde, erhob der Fürst zu Fürstenberg in seinem Herrschaftsgebiet im Hochschwarzwald eine Tabaksteuer. Er verlangte von den Rauchern pro Quartal sechs Kreuzer sogenannte Recognitions-Gebühr.“

„Hat sich nicht viel verändert, im Vergleich zu heute“, stellte Alfred fest. „Die Obrigkeit verbietet und kassiert. Angeblich

geht es ihr um die Gesundheit der Untertanen, in Wahrheit aber um die Steuereinnahmen."
Obwohl weder Vanessa noch Alfred bestreiten wollten, dass Rauchen ungesund ist, rauchten sie auch in Alfreds Wohnung, als sie dort abends zusammensaßen. Es wurde sogar noch ungesünder, denn sie tranken dazu etliche Büchsen Bier und ernährten sich von Kartoffelchips. Etwas anderes hielt Alfred in seinem Haushalt nicht vorrätig.
An Alfreds Küchentisch war es eng. Die Küche war sowieso klein, nur ein Schlauch, aber nun stapelten sich zwischen Küchentisch und Kühlschrank auch noch vier Winterreifen.
„Ich durfte sie nicht im Treppenhaus stehen lassen", erklärte Alfred. „Der blöde Schuster hat gedroht, sie aus dem Fenster zu werfen und zu entsorgen. Ihm ist alles zuzutrauen."
„Findest du, sie machen die Küche gemütlich?", fragte Vanessa.
„Hätte ich sie ins Schlafzimmer bringen sollen?", konterte Alfred.
„Auch wieder wahr. Immerhin kann man obendrauf was abstellen."
Sie stellten die leeren Bierbüchsen obendrauf, bis es so viele waren, dass der Platz nicht mehr reichte. Alfred benötigte eine ordentliche Menge, um seinen Frust, seine Sorgen und seine Gewissensbisse wegzuspülen.
Als sie beide ein zwar ungesundes, dafür aber höchst anregendes Quantum an Bier, Chips und Nikotin intus hatten, begannen Vanessa und Alfred den Mordfall Heulupfer zu analysieren und Theorien dazu zu entwerfen.
„Ich bin immer mehr davon überzeugt, dass all diese Beziehungskisten eine Rolle spielen", sagte Vanessa. „Dieser Klausi, der seine Verlobte Lea Vorderhalder mit Bärbel Heulupfer betrügt, Bärbel Heulupfer wiederum mit dem Veterinär im Wohnwagen, dessen Frau Swetlana mit Mister Unbe-

kannt im Gebüsch, dazwischen der Futterhändler Smöker, der offensichtlich die Heulupfer angeschmachtet hat aber bei ihr nicht landen konnte. Fehlt noch jemand?"

„Ich bin auch verdächtig", erwähnte Alfred. „Die Kommissartante hat mich auf ihrer Liste. Wo ist mein Motiv?"

„Hast du nicht auch eine dubiose erotische Beziehung", lästerte Vanessa. „Und das auch noch mit zwei Weibern, die dir auf dem Schoß herumrutschen und ihre Zungen in deinen Mund stecken?"

Sie ahmte affektiert die schrille Stimme von Celine K. nach: „Und in unserer nächsten Podcast-Folge verraten wir dann, wie sich seine Küsse anfühlen."

Vergnügt kicherte Vanessa in sich hinein, während Alfred zum wiederholten Male den Tag verfluchte, an dem er die beiden Influencerinnen auf den Schweighöfen besucht hatte.

„Ich weiß ja, wie die Küsse schmecken", entschärfte Vanessa die Situation. Ich muss nicht auf die nächste Podcast-Folge warten."

Beherzt zog sie mit beiden Händen Alfreds Gesicht zu sich heran und küsste ihn mit Zunge und Inbrunst, bis beide nach Luft schnappen mussten.

Sie kehrten zum Thema zurück. „Junkel hat mich in dieser Mordgeschichte auf einen Widerspruch aufmerksam gemacht", sagte Alfred und führte aus: „Tatzeitpunkt und Tatort stimmen irgendwie nicht mit den Abläufen bei der Geisterwanderung überein."

Vanessa sah ihn fragend an.

Er fuhr fort: „Laut Gerichtsmedizin muss der Tod bei Bärbel Heulupfer zwischen 19.45 und spätestens 20 Uhr eingetreten sein. Der Mord geschah im Wohnwagen, wie die Spurensicherung eindeutig rekonstruiert hat. Auch das weiß ich von Junkel. Nun stell dir aber vor: Der Mörder muss die Tote vom Wohnwagen bis hinunter zum Thurner-Talweg schleppen, wo er sein Auto schon zu diesem Zweck abgestellt hatte. Das dürfte schon mal 20 Minuten oder mehr gedauert haben. Dann hat er sie dort in sein Auto verfrachtet. Wenn er wirklich schnell gefahren ist, ich habe es gestoppt, dann hat er ungefähr nochmal 20 Minuten gebraucht, um durch Holzschlag zur Wagensteigstraße, hinauf nach St. Märgen und dann zum nächstgelegenen Parkplatz beim Pfisterwald zu kommen. Das wäre der Wanderparkplatz beim Steinbach-Hirschen." Alfred nahm zum Zählen die Finger zu Hilfe: „Und nun kam erst noch das Schwierigste. Er musste die Leiche vom Parkplatz durch den Wald hinunter bis zu jener Stelle bringen, wo sie uns dann bei der Geisterwanderung vor die Füße fiel. Wenn es ein trainierter Athlet ist, dann schafft er das vielleicht auch in 20 Minuten. Dann muss aber alles passen."

„Und …?", fragte Vanessa, die immer noch nicht wusste, auf was Alfred hinauswollte.

„Nach Adam Riese hat er bis dahin eine Stunde gebraucht. Wir haben die Leiche aber laut Polizeibericht um 19.37 Uhr gefunden. Das heißt, maximal 40 oder 45 Minuten nach dem Mord. Erkennst du das Rätsel?"

Vanessa nickte. „Könnte er das mit einer leistungsstarken Drohne gemacht haben?", fragte sie laut, obwohl ihre Tonlage bereits verriet, dass sie selbst nicht an eine solche Variante glaubte.

„Schlag doch gleich einen Hubschrauber vor", wischte Alfred den Gedanken beiseite.

„Vielleicht gibt es eine Abkürzung?", mutmaßte Vanessa.

Sie googelten nach einer Landkarte von St. Märgen und zoomten sich in den Pfisterwald.

„Es ist tatsächlich nicht weit von der Geisterwanderung bis zum Baschimattenhof", erkannte Alfred. „Das hat mir schon Bert Kleinteich erzählt. Der ist kürzlich zu Fuß vom Wanderparkplatz am Steinbach-Hirschen bis hinunter ins Erlenbachtal geklettert. Es sind nur zwei Kilometer Luftlinie, hat er mir erzählt, aber es geht steil bergab. Und für Autos gibt es dort kein Durchkommen. Nicht einmal mit einem Traktor kommt man ohne große Umwege hinunter."

„Der Mörder musste aber bergauf, um die Leiche zur Geisterwanderung zu bringen", wandte Vanessa ein. „Steil bergauf! Zu Fuß!"

Sie besahen sich auf der Karte die dünn gestrichelten Wanderwege und die Höhenlinien zwischen Pfisterwald und Erlenbachtal. Der Steinbach-Hirschen lag auf 910 Höhenmetern, das Erlenbachtal auf 730m ü. M. Es war unvorstellbar, dass man diese Höhe in der bewaldeten Steillage in weniger als 40 Minuten hätte bewältigen können, zumal mit einem über 60 Kilogramm schweren Leichnam auf dem Rücken.

„Wenn ich dieses Rätsel löse", erkannte Alfred, „dann habe ich den Mörder."

„Bitte gendern", mahnte Vanessa scherzhaft und korrigierte: „Den Mörder oder die Mörderin."

„Ich habe ein Sternchen gesprochen, du hast es nur nicht herausgehört", juxte Alfred zurück. „Der oder die Mörder-In hat mit der Leichin den Berg erklommen und den Geisterwanderungswandernden vor die Füße gelegt."

„Da gibt dir die Säuferin recht", sagte Vanessa im gleichen flapsigen Tonfall und nahm einen tüchtigen Schluck aus ihrer Bierbüchse. „Und die Raucherin auch!" Sie zündete sich die nächste Zigarette an. Die Küche war trotz offenem Fenster längst umnebelt bis unter die Decke.

„Aber mal im Ernst", nahm Vanessa den Faden wieder auf. „Wenn wir das alles bedenken, was wir wissen, scheidet dann nach deiner Meinung ein Zusammenhang mit der Nazi-Sache aus? Immerhin war die Heulupfer auch in diese Richtung auffällig."

„Der Bürgermeister sagt, sie war harmlos“, wehrte Alfred ab. „Ihr ging es angeblich nur um Unterstützung in ihrem Züchterstreit mit der Genossenschaft. Und als sie gemerkt hat, dass sie sich mit den Falschen einließ, hat sie den Kontakt wieder abgebrochen.“

„Das sagt der Bürgermeister“, stellte Vanessa zweifelnd fest. „Aber erinnere dich an die anonymen Drohungen gegen ihn und die angeblichen Anschläge. Vielleicht hat er vor etwas Angst? Vielleicht will er nicht alles sagen, was er weiß? Vielleicht ist er ganz anders in die Sache verstrickt, als die Öffentlichkeit weiß?“

„Vielleicht hatte auch er ein Verhältnis mit Bärbel Heulupfer?“, nahm Alfred den Faden spottend auf.

„Das halte ich für eher abwegig“, wehrte Vanessa ab. „Er sieht aus wie ein absolut braver Mann.“

Wie man hört, ist er ziemlich beliebt in St. Märgen“, sagte Alfred. „Bert Kleinteich meint, er wird hundertprozentig wiedergewählt, wenn er noch einmal antritt.“

„Es war eine Geisterwanderung. Vielleicht waren Geister am Werk. Vielleicht die Betzitglunki“, fantasierte Vanessa weiter. Der Alkohol entfaltete inzwischen spürbar seine Wirkung. Keine These war zu steil, um nicht bierselig auf den Prüfstand zu kommen.

Alfred hatte einen lichten Moment. Ein erhellender Gedanke geisterte ihm durch den Kopf. Er sprach ihn aber nicht aus, sondern ließ ihn wirken und einsickern, während er laut lediglich an den Wörtern kaute: „Geisterwanderung, Betzitglunki, Plattenwiible, Schimmelreiter … Ich glaube, ich hab’s!“

Er behielt für sich, was er zu haben glaubte. Vanessa war zu bedödelt, um zu bemerken, dass Alfred plötzlich konzentriert nachdachte. Er machte sich eifrig ein paar Notizen.

Vanessa lebte unterdessen weiterhin ungesund.

Alfred verkündete: „Ich muss Klausi kennenlernen. Den Betzitglunki. Gleich Morgen."
„Aber nicht zu früh. Lass uns ausschlafen", bettelte Vanessa, während sie sich an Alfred drückte. „Frühaufstehen ist ungesund!"

Kaltblut

Klaus Sigwart gehörte der Erlenbachhof, der Nachbarhof zum Baschimattenhof. Er war deutlich größer und nagelneu. Das Dach war großflächig mit Solarmodulen bestückt und glitzerte in der Mittagssonne. Auch ein großer, moderner Laufstall, der etwas abseits in den Hang gebaut war, trug Solarpaneele auf dem Dach. Auf einer Koppel tummelten sich mehrere Schwarzwälder Füchse. Alfred zählte acht Exemplare, alles Stuten. Zwei Hengste weideten etwas entfernt auf einer eigenen Koppel. „Klausi", wie jedermann in St. Märgen den Jungbauern nannte, nahm Alfred, der sich angemeldet hatte, freudig in Empfang. Alfred war mit Annas Panda nach St. Märgen gelangt. Da sie außer Gefecht war und auf absehbare Zeit unter Betreuung im Zentrum für Psychiatrie in Emmendingen bleiben musste, wo sie einem Besuchsverbot unterlag, hatte Alfred sich erlaubt, den Panda auszuleihen, obwohl ihm Anna dies untersagt hatte. Sie musste es ja nicht erfahren.

Alfred hatte einen Vorwand gebraucht, um sich beim Erlenbachhof anzumelden. Er wolle im Hinblick auf das anstehende Rossfest eine Reportage über die Zucht von Schwarzwälder Kaltblut-Pferden schreiben. Wer könne ihm dabei besser als Protagonist dienen, als Klaus „Klausi" Sigwart, der erfahrene Pferdezüchter aus dem Erlenbachtal?

Alfred hatte einen mürrischen, verschlossenen Schwarzwälder Holzschädel erwartet, einen wortkargen Bauernburschen, dem man die Würmer aus der Nase ziehen musste, und der vor lauter Misstrauen permanent die Mistgabel angriffsbereit bei sich trug. All diese Vorurteile lösten sich schon bei der Begrüßung in Luft auf. Klausi Sigwart war das Gegenteil von alledem. Der Jungbauer vom Erlenbachhof hatte etwa Alfreds

Alter, er war schlank und kräftig, etwas größer als Alfred und er sah umwerfend gut aus. Ein Kerl wie aus dem Bilderbuch. Kein Wunder, dass er als Herzensbrecher galt. Sein Strahlen war von erfrischender Offenheit, hatte etwas von Traumschiff, Bergdoktor und Johann Lafer. Seine blauen Augen blitzten unternehmungslustig, das strubbelige Haar stand ihm ungebändigt nach allen Seiten ab und auf Alfred wirkte er wie ein erwachsen gewordener Michel von Lönneberga.

Außerdem hatte er eine angenehme, männliche Stimme. Er überschüttete Alfred mit Informationen: „Wir züchten seit acht Generationen Schwarzwälder Füchse auf dem Erlenbachhof. Mein Urgroßvater war der berühmte Sigwart-Karle, 1905 gewann er die Vizeweltmeisterschaft im Gespannfahren. Mein Großvater war der Erste, der im Schwarzwald mit Füchsen Skijöring für Urlauber angeboten hat. Ich habe mich für die Europameisterschaft qualifiziert, Zweispänner, Einzel. Das geht nur mit erstklassigen Füchsen. Komm mit, ich zeig dir meine Lieblinge."

Klaus Sigwart fragte erst gar nicht, ob Alfred mit auf die Weide kommen wollte, er marschierte einfach strammen Schrittes los. Notgedrungen folgte Alfred ihm. Er geriet außer Atem, obwohl es nur knapp hundert Meter auf der Bergwiese aufwärts bis zu den Pferdekoppeln ging. Aber der Jungbauer schlug ein beherztes Tempo an und Alfred musste noch viele Büchsenbiere vom Vorabend verarbeiten, außerdem die erheblichen Mengen an Selbstgedrehten, die sich über die Jahre in seinen Lungen niedergeschlagen hatten. Während Klausi Sigwart vor Gesundheit nur so strotzte, fühlte Alfred sich wie ein gerade aus der Bettlägerigkeit entlassener Lungenpatient aus Höchenschwand, der nicht einmal fünf Treppenstufen ohne Atempause bewältigen konnte. Die eingefallene Gestalt von Siegfried Junkel kam ihm in den Sinn. War das eines Tages auch sein Schicksal?

Als Alfred endlich die Koppel erreichte, war Klausi längst durch die sich kreuzenden hölzernen Gatter der Pferdekoppel hindurchgeklettert und schritt nun seinen acht Stuten entgegen, die ihn freudig in Empfang nahmen und begrüßten. Alle Tiere richteten ihre gesamte Aufmerksamkeit auf den jungen Bauern, der jedem Tier einzeln über die Nüstern strich. Alle acht Füchse heischten nach Aufmerksamkeit wie eifersüchtige Liebhaberinnen. Klaus Sigwart ließ sich beschnuppern, gewährte Streicheleinheiten und redete in seinem schnorrenden Bass mit den Tieren: „Ist gut Bessy, komm her Aline, rück mal zur Seite Fanny ..." Jede Stute hatte ihren eigenen Namen und jede wusste, dass sie gemeint war, wenn dieser Name fiel. Alfred bestaunte das Schauspiel.

Die acht Kaltblüter wichen ihrem Herrn nicht mehr von der Seite, als dieser zum Zaun zurückkehrte. Auf Alfred wirkten die kräftigen Tiere einschüchternd, als sie näher kamen, aber sanftmütig streckten sie ihm ihre Nasen entgegen. Auf Geheiß von Klausi bot Alfred seine flache Hand dar, die sofort begeistert beschnuppert, beknabbert und besabbert wurde. Klausi lachte und amüsierte sich königlich. Alfred wischte seine feuchten Finger an der Hose ab.

„Die sind aber sehr zutraulich", bemerkte er.

„Ja, sie haben keine Scheu vor Menschen. Das ist gewollt und schön, aber es ist auch problematisch", erklärte Klausi. „Manchmal werden sie von den Wanderern gefüttert, mit allem Möglichen, was sie eigentlich nicht vertragen: Weißbrot, Orangen, Schokoladenkekse, – alles schon erlebt."

Klaus Sigwart strich Fanny, der aufdringlichsten seiner Stuten, über die lange Nase und kraulte in ihrer Mähne. Nachdenklich sagte er dabei: „Es gibt auch perverse Tierquäler, die sich die Zutraulichkeit der Tiere zunutze machen. Die klettern über den Zaun und die Pferde lassen sie an sich heran."

„Sie reden vom Pferderipper?", ahnte Alfred.

„Genau. Wir hatten ein paar Fälle vor einigen Wochen. Zum Glück waren meine Tiere nicht betroffen. In letzter Zeit hat man nichts mehr gehört. Ich hoffe, der Drecksack, der das war, ist aus der Gegend verschwunden."
„Man hat ihn also nicht gefasst?"
Klausi schüttelte seinen Prachtkopf: „Ne, aber wenn er weiter aktiv gewesen wäre, dann hätten wir ihn erwischt. Fast alle Züchter haben Kameras aufgestellt. Ich auch."
„Ihre Nachbarin ebenfalls, die ermordete Baschimattenbäuerin", warf Alfred geschwind ein, froh, dass er das Gespräch auf sein eigentliches Thema lenken konnte.
„Die Bärbel, ja. Schrecklich, nicht, was ihr passiert ist."
„Sie kannten sie gut?", fragte Alfred vorsichtig, im Glauben, eine besonders raffinierte Fangfrage platziert zu haben. Das wäre gar nicht nötig gewesen. Klausi war eine so offene Frohnatur, sich seiner selbst unumstößlich sicher und keiner Schuld bewusst, als er antwortete: „Sicher kannte ich sie. Ich hab sie gemaust. Mehr als einmal. Weiß ja jeder! Die hatte Klasse im Bett, Mann, das kann ich dir sagen."
„Ich dachte, Sie sind mit Lea Vorderhalder verlobt?"
„Natürlich!", bestätigte Klausi unbefangen. „Die Lea wird meine Bäuerin. Keine versteht von der Zucht so viel wie sie."
„Ist sie nicht eifersüchtig? Weiß sie, dass Sie mit Bärbel Heulupfer …, dass Sie …"
„Dass wir's miteinander getrieben haben?", ergänzte Klausi. „Denke schon, dass sie das weiß. Ganz St. Märgen weiß es."
„Sie scheinen sich nicht viel daraus zu machen?", wunderte Alfred sich.
Klaus Sigwart lachte fröhlich: „Wir Menschen sind auch nicht anders als die Pferde", dozierte er schließlich. „Da fragen die Hengste nicht lange. Da geht's auf jede Stute, wenn sie richtig riecht. So war's auch mit der Bärbel und mir. Was will man machen? Wir sind Nachbarn."

Als wäre dies die alles verständlich machende Erklärung, hielt Klausi das Thema damit für beendet. Er kehrte zum Kaltblut zurück: „In St. Märgen hat man schon im Mittelalter Kaltblüter gezüchtet. Die Landwirte haben diese robusten Pferde gehalten. Sie sind stark und pflegeleicht, die kannst du auch im Schneegestöber draußen lassen. Füchse waren schon immer unverzichtbar beim Holzrücken."

„Beim Holzrücken?", Alfred machte sich Notizen. Er hatte den Ausdruck noch nie gehört.

„Man nimmt die Pferde, um die gefällten Baumstämme aus dem Wald zu ziehen. Das haben die Schwarzwälder so gemacht, als es noch keinen Traktor und keinen Vollernter gab. Das Rückepferd ist auch in unwegsamem Gelände einsetzbar, ganz besonders in unseren Steillagen. Im Gegensatz zu schweren Forstmaschinen verursachen sie keinerlei Bodenschäden. Die Bärbel drüben auf dem Baschimattenhof, die hatte auch so ein Rückepferd, den Arthur. Wenn alles gut geht, werde ich ihre Füchse übernehmen."

„Ich dachte, Freddy Smöker bekommt den Hof, das hat er mir erzählt", sagte Alfred.

Klaus Sigwart tippte sich mit dem Zeigefinger unter das rechte Auge und zog vielsagend das Lid nach unten, dabei machte er ein Gesicht, als wolle er Alfred für bescheuert erklären: „Der erzählt viel, wenn der Tag lang ist. Das hätte er wohl gerne."

„Jedenfalls hält er dort den Betrieb am Laufen", wandte Alfred ein. „Sonst wäre nach dem Tod der Bäuerin dort doch alles zusammengebrochen."

„Ja, ja, das macht er ganz gut. Er versteht ja auch was von Pferden. Er kann sogar Gespann fahren. Beim Rossfest macht er die Prüfung für Zweispänner mit. Da treffen wir aufeinander. Aber ich mag ihn nicht. Manchmal ist er ziemlich arrogant."

„Haben Sie mit ihm gestritten?"
Klaus Sigwart winkte ab. Immer noch trug er das strahlendste Lächeln im Gesicht, so als sei dies alles ein fröhlicher Tratsch. „Mit dem kann man nicht streiten. Aber ich sage dir was: Der war stinkeeifersüchtig, als er mitbekommen hat, dass ich die Bärbel gepimpert hab. Das hat ihm nicht geschmeckt. Wahrscheinlich hätte er selber gerne … aber er hat sich ja nie getraut, mal bei ihr anzuklopfen."
„Haben Sie mit Bärbel Heulupfer darüber geredet."
„Ach wo, das war gar nicht nötig." Klaus Sigwart erzählte, als ginge es um nette Erlebnisse auf dem Wochenmarkt. „Die hat sich doch sonst nicht gewehrt. Mein lieber Scholli, die war schon eine. Keine Kostverächterin."
„Dann hatte sie also noch weitere Liebhaber?", fragte Alfred, erneut unsicher, ob er sich auf dieses Parkett wagen konnte. Doch Klausi war in dieser Hinsicht vollkommen unbekümmert. Freimütig gab er Auskunft: „Den Pfeifmann hat sie auch vernascht. Der war ganz spitz auf sie." Er lachte herzlich: „Der Veterinär sollte eigentlich nur ihre Stuten besamen. Da hat er dann gleich ganze Arbeit geleistet und es der Bäuerin auch noch besorgt."
Inzwischen hatten sie die Pferdekoppel wieder verlassen und kehrten über die Wiese zum Hofgebäude zurück, wo Alfred den Panda geparkt hatte.
Alfred fragte, während er neben Klaus Sigwart her hüpfte: „Und der Opa von Bärbel Heulupfer, der alte Baschimattenbauer? Was ist eigentlich mit dem?"
„Was soll mit dem sein? Dem kaufe ich den Hof ab. Wir sind uns so gut wie einig?"
„Aber der ist doch nicht mehr richtig … nicht … angeblich nicht mehr zurechnungsfähig."
„Wer behauptet sowas? Der Herbert ist völlig klar im Kopf. Der hat sich gewünscht, dass ich die Bärbel heirate. Dann

hätte ich den Hof sowieso bekommen. Jetzt kaufe ich ihn eben. Fünfundzwanzig Hektar! Kann ich gut gebrauchen."
Alfred verdaute das Gehörte. Vor allem eine Aussage Klausis ließ ihm keine Ruhe. Er fragte noch einmal nach: „Der Opa ist also nicht dement?"
„Iwo! Der Herbert ist nur manchmal schrullig. In letzter Zeit ..." Klaus Sigwart zögerte plötzlich, als sei ihm etwas eingefallen. Nachdenklich sagte er: „Jetzt, wo du es sagst! Wenn ich's richtig bedenke, dann war er in letzter Zeit wirklich etwas komisch. Immer ganz kurz angebunden. Wenn ich auf den Baschimattenhof kam, ließ er sich nicht blicken. So als würde er sich verstecken. Oder als hätte er Angst vor etwas gehabt."
„Könnte er etwas verheimlichen?"
Jetzt lachte Klausi wieder lauthals: „Na klar! Jeder Bauer hat was zu verheimlichen. Was denkst du denn? Wenn wir alles erzählen, was wir so treiben, dann können wir zumachen."
Sie setzten das Gespräch in der Wohnstube des Erlenbachhofes fort. Dort saßen sie auf der Kuscht, der Bank, die zum Kachelofen gehört, und Klaus Sigwart tischte eine Scheibe Bauchspeck mit kräftigem Brot auf, dazu stellte er einen Krug mit saurem Most auf den Tisch und lud Alfred ein, sich zu bedienen. Klaus selbst zog ein abgegriffenes Sackmesser aus seiner Hosentasche und machte sich daran, sein Stück Speck aufzuschneiden.
Alfred ließ sich nicht zweimal bitten. Er griff nach Brot und Speck und platzierte beides auf dem hölzernen Speckbrettchen, das Klausi ihm hingeschoben hatte. Suchend ließ er den Blick über den Tisch schweifen. Womit sollte er den Speck schneiden? Klaus beobachtet ihn aus den Augenwinkeln und Alfred entging, dass der junge Bauer dabei auf die Pointe lauerte, die er schon kommen sah. Alfred tat ihm den

Gefallen. „Ich habe kein Messer“, sagte er. „Kann den Speck ja nicht am Stück essen.“
„Kein Messer?“, fragte Klausi gedehnt. „Ja dann …“ Er ließ offen, was das bedeutete und vesperte genüsslich weiter.
„Könnte ich vielleicht … Hätten Sie mir ein Messer …?“, bat Alfred schließlich, als er sah, dass sein Gastgeber keine Anstalten machte, ihm aus seiner Bredouille zu helfen.
„Hast du kein Sackmesser?“, erkundigte Klaus sich fröhlich.
Alfred schüttelte den Kopf. „Nein, nie gehabt.“
Klaus kaute Speck und schob Brot nach, spülte mit Most hinunter und erklärte mampfend: „Dann hast du Pech gehabt. Wie jeder Städter, der ohne Sackmesser rumläuft. Wer zum Speckessen eingeladen wird und kein Messer dabeihat, der kann halt nicht mitessen. Das wird dir eine Lehre sein. Beim nächsten Mal hast du ein Messer im Sack.“
Sagte es und setzte genüsslich sein Vesper fort. Alfred saß daneben, schaute zu und betrachtete das verlockende Stück Speck auf seinem Brettchen. Diese Lektion hatte er gelernt.
Während Klaus sein Vesper verzehrte und grinsend weitere Regeln des Schwarzwälder Zusammenlebens erläuterte, etwa, dass man nach dem Vesper unbedingt einen Schnaps nehmen müsse, die Reste im Glas dann in den Händen zu reiben habe, begnügte Alfred sich mit Most, was auch nicht schlecht war. Die Schnapsregel erklärte Klausi wie folgt: „Man erkennt daran den echten Hochschwarzwälder. Er kippt das ausgetrunkene Schnapsglas auf der Handfläche aus, dann reibt er sich mit diesen Tropfen die Hände ein. Ungefähr so, als habe er bei Douglas eine Probe der neuesten Lotion geschenkt bekommen und müsse die nun ausprobieren.“
„Wozu soll das gut sein?“, wollte Alfred wissen und sah interessiert dabei zu, wie Klausi eine Flasche ohne Etikett auf den Tisch stellte, zwei Schnapsgläser dazu.

„Der Schnaps macht die Handoberfläche weich", behauptete Klausi. „Er dringt in die Poren, er löst Hornhaut und Schrunden, er desinfiziert. Das ist bei uns Bauern Tradition. Wir hatten in früheren Jahrhunderten weder Hautcreme noch Duschbad – aber der Schnaps half gegen schrundige Hände."

Alfred besah sich seine Hände. Es waren die weichen, verwöhnten Hände eines Schreibtischmenschen. Er drehte die Handfläche nach oben und hielt sie Klausi unter die Nase: „Darf man das auch vorbeugend anwenden?", fragte er hinterlistig.

Klausi erkannte sofort, auf was die Frage hinauslief: „Trinksch en Schnaps?", fragte er.

So kippten sie also ihren ersten Schnaps. Klausi verriet nicht, was sich in der etikettlosen Flasche genau verbarg. Alfred tippte auf Obstler. Der Schnaps brannte sanft auf dem Gaumen, nicht aber auf der Zunge, aber beim Schlucken stürzte er wie eine feurige Kugel in die Tiefe. Im Magen angekommen explodierte er dann wie heiße Lava und strömte anschließend durch den ganzen Körper.

Nachdem Alfred diese Feuertaufe bestanden hatte, erbarmte sich Klausi und förderte aus der Tischschublade ein zweites Sackmesser zutage und schob es Alfred hin: „Sollst auch nicht verhungern."

Alfred fiel über sein Stück Speck her. Es war hart, würzig geräuchert und bestand fast nur aus Fett. Aber es mundete vorzüglich und Alfred bekam schwarze Finger von der rauchschwarzen Schwarte.

Während Alfred schnippelte und aß, dozierte Klausi weiter über Schnapsgepflogenheiten: „Banausen in der Gastronomie erkennt man daran, dass sie ihre Schnäpse sämtliche im Kühlschrank deponieren und nach Art des norddeutschen Korn tiefgefroren servieren. So schmecken sie dann auch:

kalt und geschmacklos. Da reibt man sich besser gleich alles in die Hände. Dann hat man noch das Beste daraus gemacht."
Alfred mochte diesen Burschen. Klaus Sigwart war unkompliziert, erfrischend, herzhaft und trinkfest. Irgendwie hatten sie die gleiche Wellenlänge. Der Mostkrug leerte sich. Der zweite Schnaps floss die Kehlen hinunter. Es gab weiteren Speck.
Alfred versprach das Blaue vom Himmel: „Ich mache eine ganze Serie über die Kaltblutzucht auf dem Erlenbachhof. Ein Porträt vom Züchter Klaus Sigwart. Mit allem Drum und Dran."
Ohne das Kauen einzustellen, mahnte Klausi zwischen zwei Bissen: „Das mit dem Vögeln kannst du aber weglassen. Macht nur die Weiber verrückt. Schreib nur über meine Füchse." Dann fiel ihm ein: „Komm doch in zwei Wochen zum Rossfest. Da hast du die ganze Pracht versammelt. Und beim Fahrturnier wirst du sehen, was für tolle Tiere unsere Schwarzwälder Füchse sind."
Ein neuer Mostkrug kam auf den Tisch, ein weiterer Schnaps wurde vertilgt. Dann fand Alfred heraus, dass Klausi im Verein der „Märgener Hornissen" aktiver Hornschlittenfahrer war, und gab damit an, dass er ebenfalls Hornschlittenfahrer sei, nämlich bei den Neustädter Hornochsen, mit denen er schon den Hochfirst abgefahren sei. Darauf noch einen Hornschnaps!
Klaus Sigwart setzte Alfred ins Bild, was beim Rossfest bei den Fahrturnieren geschah. Dort stellten sich die Züchter und Gespannwagenfahrer verschiedenen Prüfungen in den Disziplinen Dressur, Geländefahren und Hindernisfahren. Wie Alfred es nicht anders erwartet hatte, stellte Klausi sich selbst als den besten, unschlagbarsten Gespannlenker des Hochschwarzwaldes vor. „Zweispännig und vierspännig", wie er beteuert.

Darauf noch einen Schnaps!
„Das Hindernisfahren ist am schwierigsten“, fuhr Klaus mit seinen Erklärungen fort. „Dabei kommt es auf Schnelligkeit, Geschicklichkeit, Gehorsam und Kommunikation mit deinen Füchsen an. Auf einem Parcours wird mit Kegeln ein Slalom abgesteckt. Da musst du durch, so schnell wie möglich. Auf jedem Kegel liegt ein Ball. Wenn du das Ding mit dem Gespann berührst oder dein Pferd geht darüber hinweg, und der Kegel fliegt um oder der Ball fällt herunter, kriegst die Punktabzug. Wenn du an einem Tor vorbeifährst bist du draußen, dann wirst du disqualifiziert.“
„Du wirst das Ding gewinnen“, gab sich Alfred siegesgewiss. Sie prosteten sich zu. Alfred spürte langsam die Wirkung des ungewohnten Mostkonsums, während Klausi noch immer kerzengerade am Tisch saß und das Rossfest als wichtigste Veranstaltung des Hochschwarzwaldes pries.
„Der Smöker ist auch nicht schlecht“, räumte Klausi ein. „Der hat echt was drauf beim Gespannfahren. Er hat das im Gestüt Marbach gelernt, dort wurde er ausgebildet.“
Alfred war noch klar genug, um sich das Stichwort Marbach zu merken. Das hatte er doch schon einmal gehört. Hatte nicht der Veterinär Kurt Pfeifmann davon berichtet, dass Freddy Smöker wissenschaftlicher Mitarbeiter beim Gestüt Marbach gewesen sei? Und irgendwas war da noch gewesen. Es wollte ihm nicht mehr einfallen. Er nahm sich vor, das Thema Tim Joy zur Recherche vorzulegen, ehe der nächste Schnaps ihn wieder ablenkte. Klaus Sigwart war trinkfest wie ein Holzfäller. Jetzt kam er sogar auf die Idee, seinen Zweispänner aus dem Schopf zu holen, zwei Füchse anzuschirren, und Alfred zu einer kleinen Probefahrt einzuladen.
„Wir fahren einmal hinunter zum Baschimattenhof und wieder zurück. Dauert höchstens zwanzig Minuten!“

Mit seinem Mostkopf vermochte Alfred nicht mehr zu widersprechen. Er torkelte hinter Klausi her nach draußen, wankte ihm im Weg herum, als dieser zwei Fuchsstuten von der Weide holte und ins Geschirr legte, stolperte durch Pferdemist zur Wagenremise und war nutzloser Zuschauer, als die Pferde vor den Wagen gespannt wurden. Die frische Luft tat ihr Übriges. Alfred war ausgeliefert, während Klaus Sigwart frisch und munter, wie ein junger Zehnkämpfer seine Handgriffe verrichtete, sich auf den Kutschbock schwang, Alfred mit einer Hand spielend leicht hinaufzog, die Peitsche knallen ließ und das Gespann zum Talweg hinunter dirigierte. Es sah so spielerisch leicht aus, die Kaltblüter schnaubten und hatten Freude an der Bewegung, Klausi jauchzte, und Alfred kippte vom Kutschbock hintenüber, überschlug sich einmal und polterte hinter dem Gespann auf den Weg. So ein Zweispänner bestand eigentlich nur aus zwei überdimensionalen Speichenrädern, einer Achse und einem Kutschbock für den Gespannlenker. Er hatte keine Ladefläche, stattdessen nur eine äußerst schmale Rückbank für den Beifahrer. Für Alfred war sie zu schmal gewesen. Nun lag er auf dem Weg, während die Kutsche weiterrumpelte. Klaus Sigwart hatte nämlich in seiner Begeisterung noch gar nicht gemerkt, dass ihm der Beifahrer abhandengekommen war. Irgendwann fiel es ihm dann aber auf, er wendete sein Gefährt und sammelte Alfred wieder ein. Bis auf ein paar Schrammen war Alfred mit heiler Haut davongekommen. Klausi amüsierte sich bestens. Der Schreck müsse unbedingt begossen werden, verkündete er. Zurück in der Stube des Erlenbachhofes kam erneut ein Krug mit Most auf den Tisch. Das Besäufnis ging weiter, wobei es nur Alfreds Besäufnis war, denn der unbesiegbare Erlenbachbauer stand wie eine Eins. Alfred aber landete alsbald unter dem Tisch.
„Ich vertrage nichts“, waren seine letzten gejammerten Worte.

Klausi tröstete ihn: „Moscht ist gesund. Man kann so viel davon trinken wie man will.“

Privatdetektive unter sich

Einige Jahre lang hatte Alfred sich während seines Studiums als Privatdetektiv versucht. Das war ein Flop gewesen. Er hatte damals nur einen einzigen Auftrag bekommen, nämlich eine rätselhaft verschwundene Katze wieder aufzufinden. Er hat den Fall zwar mit Bravour gelöst, aber es waren keine weiteren Aufträge mehr eingegangen und so war das Geschäft alsbald eingeschlafen. Aber Alfred besaß noch die Visitenkarten, die er sich damals gebastelt hatte. Es stand dort unter seiner Freiburger WG-Adresse und seiner Telefonnummer die großspurige Angabe: „Privatdetektiv – Recherche – Überwachung – Ermittlungen. Detektei A.L.F. Red.“ Er fand es eine schlaue Idee, sich mit Hilfe dieser vergangenen Identität Zugang zu den zwei Privatdetektiven Hölscher und Vogt (alias Kowalenko) zu verschaffen. Vanessa gab er als seine Assistentin aus und nötigte sie zu diesem Zweck, einen eleganten Hosenanzug anzulegen, den er in Annas Kleiderschrank gefunden hatte. Zwar war er Vanessa eine Nummer zu groß, aber es sah gewollt aus, wie die Hose um ihre dürren Schenkel schlackerte und das zugehörige Oberteil sich an ihren Schultern und der Brust bauschte, als sei dort etwas vorhanden.

Die Geschäftsadresse der Detektei LUPO war leicht zu finden. Sie schlug Alfred bei der Google-Suche als gesponserte Anzeige sofort entgegen und verkündete prahlerisch: „In Freiburg im Breisgau, dem Hauptsitz der Detektei LUPO, bearbeiten unsere bestens ausgebildeten Detektivinnen und Detektive seit 1998 regelmäßig Fälle zum Arbeitsrecht, aber auch Aufträge privater und wirtschaftlicher Natur. Unsere Ermittler sind ortskundig in ganz Südbaden. Auch Sie können von unserer Erfahrung und unserem Wissen profitieren.

Eine erste Beratung ist dabei für Sie völlig kostenlos. Zu unserem Team gehören auch Mitarbeiter mit afrikanischen, asiatischen und osteuropäischen Sprachkenntnissen.“ In Klammern stand hinter dieser Anpreisung eine Länderliste: Marokko, Tunesien, Ägypten, Japan, Thailand, Philippinen, Polen, Tschechien, Russland, Ukraine.
Alfred ahnte, wie Pfeifmann auf gerade diese Detektei gekommen war. Um eine ukrainische Ehefrau zu beschatten, brauchte es möglicherweise einen ukrainisch sprechenden Detektiv, das muss wohl die Überlegung gewesen sein. Ob Swetlana Pfeifmann sich im Pfisterwald im Gebüsch mit einem Landsmann vergnügt hatte? Alfred hoffte es herauszufinden.
Die Räume der Detektei LUPO befanden sich in einem schmucklosen Industriebau im Gewerbegebiet Hochdorf, das nach Alfreds Empfinden aus einer Reihe identisch mit dem Lineal gezogener Straßen und dazwischen einer lästigen Vielzahl an Kreisverkehren bestand. Er hatte Vanessa mit Annas Panda abgeholt, der nach dem Besuch bei Klausi auf dem Erlenbachhof vor Pferdemist strotzte. Außerdem hatte der Wagen seit jenem Besuch eine rätselhafte eimergroße Delle am vorderen rechten Kotflügel, für die Alfred keine Erklärung und an deren Entstehung keinerlei Erinnerung hatte. Wie ihm überhaupt an das Ende seines Hofbesuchs bei Klaus Sigwart jegliche Erinnerung fehlte, insbesondere aber daran, wie er von St. Märgen noch nach Hause gekommen war. Auf jeden Fall war er am nächsten Morgen in seinem eigenen Bett aufgewacht, und der Panda stand unten im Hof, quer auf den freien Parkplätzen der Blechnerei Mössner, die sie nicht mehr benötigte, weil sie in einen Neubau ins Gewerbegebiet Schlossäcker umgezogen war. Die Fahrertür des Panda stand offen, das Radio lief noch, als Alfred am Morgen den Wagen in Augenschein nahm. An den Felgen, den Seitentüren und

am Kotflügel klebte Mist vom Erlenbachhof, die Delle vorne rechts war frisch. Er würde Anna eine Erklärung liefern müssen.
Alfred verdrängte die Gedanken an Anna, auch die Sorgen, die er sich um sie und ihr verschwundenes Baby machte und redete sich ein, sie würde es gutheißen, wenn er in ihrer Abwesenheit ihren Panda und ihren Hosenanzug für seine Ermittlungen einsetzte. So landete er mit Vanessa vor der Detektei LUPO, wo sie von einer Sekretärin in einem Vorzimmer in Empfang genommen und fast wieder hinauskomplimentiert wurden, weil sie nämlich keinen Termin hatten.
„Sie müssen einen Termin machen", mahnte die Sekretärin und scrollte sich am Computerbildschirm durch zwei bereits voll durchreservierte Wochen, ehe sie einen Mittwochvormittag in der dritten Woche anbot.
Alfred zückte seine Visitenkarte und schob sie der Sekretärin hin: „Es ist dringend. Wir benötigen Kollegenhilfe. Können wir mit Herrn Höltscher sprechen?"
Misstrauisch beäugte die Sekretärin Alfreds Visitenkarte. „Noch nie was von Ihnen gehört", wunderte sie sich. „Was sagten Sie, in welchem Fall ermitteln Sie."
„Mord!", sagte Alfred bedeutungsvoll. „Mehr darf ich nicht sagen. Ich muss mit Herrn Höltscher sprechen."
Das Stichwort erzielte Wirkung. Wenig später empfing sie Hans-Walter Höltscher in einem mit einladenden Ledersesseln möblierten Besprechungszimmer. Der Leiter der Detektei LUPO sah aus, wie Alfred ihn in Erinnerung hatte, mit Anzug, allerdings ohne Sonnenbrille. Im Gesicht trug er etwas Hintertriebenes, die miesepetrig herabgezogenen Mundwinkel und das falsche Lächeln verrieten ihn. Aber er tat geschäftsmäßig freundlich, als er geschäftig ins Zimmer rauschte und sogleich ankündigte: „Zehn Minuten, ich habe nur zehn Minuten. Machen Sie schnell, wie kann ich helfen?"

„Wir ermitteln in Sachen Mord im Pfisterwald in St. Märgen“, nahm Alfred die Aufforderung ernst. Er wollte gleich zur Sache kommen.
„Nicht unser Fall!“, erwiderte Höltscher knapp. „Kann ich nichts dazu sagen.“
„Sie waren dort, zusammen mit ihrem Kollegen Kowalenko.“
„Kein Kommentar. Geschäftsgeheimnis.“
„Sie haben dort eine Frau beschattet. Im Auftrag ihres Ehemannes.“
„Kein Kommentar. Geschäftsgeheimnis.“
„Der Auftraggeber heißt Kurt Pfeifmann und ist ein Veterinär aus Kirchzarten.“
In die selbstsicher ablehnende Miene Höltschers stahl sich eine erste Unsicherheit. „Was wollen Sie?“, fragte er barsch.
„Sie haben bei der Beschattung möglicherweise Beobachtungen gemacht, die für den Mordfall relevant sein könnten. Wir wollten mit ihnen den damaligen Einsatz nochmal durchgehen. Vielleicht erinnern Sie sich an ein wichtiges Detail.“
Alfred versuchte höflich und kollegenhaft zu klingen, aber Höltschers abweisende Art machte es ihm schwer.
„Wir reden grundsätzlich nicht mit Dritten über unsere Einsätze. Ich kann auch nicht bestätigen, was Sie behaupten. Weder waren wir in St. Märgen, noch haben wir dort eine Ehefrau beschattet.“
Er erhob sich: „Ich muss Sie bitten zu gehen. Es ist sehr anmaßend von Ihnen, hier so hereinzuschneien.“
Alfred holte sein Smartphone hervor. „Ich muss Ihnen etwas zeigen“, sagte er. Dann scrollte er durch die zahlreichen Aufnahmen, die er von der Geisterwanderung gemacht hatte und verharrte bei einem Bild, das zwei Männer in Anzügen und mit Sonnenbrillen zeigte, die etwas abseits der schaulustigen Gruppe standen.

„Das sind Sie, nicht wahr? Oder haben Sie einen Doppelgänger?“
Höltscher warf einen schnellen Blick auf die Aufnahme. Er biss sich auf die verklemmten Lippen: „Das beweist wenig.“
„Es beweist immerhin, dass Sie bei der Geisterwanderung dabei waren, obwohl Sie es gerade eben noch abgestritten haben.“
Höltscher knurrte. Ihm fiel etwas Neues ein: „Für wen ermitteln Sie überhaupt? Was legitimiert Sie?“
Jetzt mischte sich Vanessa ein: „Wir arbeiten mit der Kriminalpolizei zusammen. Gerne können Sie in Freiburg beim Präsidium nachfragen. Unser Kontaktmann ist Polizeioberkommissar Siegfried Junkel.“
Jetzt blähte Höltscher sich auf: „Die Polizei arbeitet grundsätzlich nicht mit Privatdetektiven zusammen, das weiß ich zufällig genau. Also binden Sie mir keinen Bären auf.“
„In diesem Falle verhält es sich anders“, behauptete Vanessa unbeirrt. „Wir waren nämlich zufällig auch Teilnehmer der Geisterwanderung und Augenzeugen des Verbrechens. Und so hat die Kripo uns gebeten, unauffällig für sie einige Ermittlungen unter den übrigen Teilnehmern anzustellen. Auf diese Weise sind wir auf Swetlana Pfeifmann gestoßen, die von Ihnen beschattet wurde.“
Höltscher ließ hörbar Luft entweichen und blickte auf seine protzig teure Armbanduhr. Er schien abzuwägen, ob er kooperieren sollte. Alfred half ihm auf die Sprünge, indem er weitere Fotos von der Geisterwanderung präsentierte: „Hier, man sieht Sie am Ende des Zuges. Ihr Kollege hat eine Kamera im Anschlag. Und hier, das ist Swetlana Pfeifmann. Sie kommt gerade aus einem Gebüsch. Sehen Sie ihren hochgerutschten Rock? Sehen Sie das Moos im Haar?“ Er zoomte das Detail heran. „Und hier, sehen Sie die Flecken auf dem T-Shirt?“

Vanessa ergänzte: „Auf diesen Fotos trägt sie deutlich erkennbar keinen BH unter dem T-Shirt. Ich habe aber auch ein Foto vom Start der Geisterwanderung. Da zeichnet sich noch deutlich ein schwarzer BH unter diesem hellen T-Shirt ab. Was denken Sie also, was sie im Gebüsch getrieben hat?"
Ehe Höltscher, dem etwas die Spucke weggeblieben war, darauf etwas erwidern konnte, gab Alfred schon die Antwort: „Sie hatte einen Quickie, das sieht ein Blinder. Und wenn Sie Ihre Beschattung professionell durchgeführt haben, wovon wir ausgehen, dann wissen Sie das auch und Sie wissen auch, wer der Glückliche war."
„Das ist es, was Sie wissen wollen?", erkundigte sich Höltscher. „Sie möchten wissen, mit wem sie es im Gebüsch getrieben hat?"
„Exakt. So ist es!", bestätigte Alfred.
„Mehr nicht?"
„Mehr nicht!" Alfred deutete auf die Fotos von Swetlana Pfeifmann: „Es besteht die Möglichkeit, dass dieser Unbekannte etwas mit dem Mord zu tun hat. Zumindest aber ist es nicht unwahrscheinlich, dass er von den Vorgängen etwas mitbekommen hat. Möglicherweise ist es genau der Zeuge, der uns den entsprechenden Hinweis geben könnte. Also bitte ich Sie darum, auch im Namen der Kriminalpolizei, Ihre Kenntnisse zu teilen."
Höltscher schüttelte unwillig den Kopf. Nur widerwillig verbarg er seine Abneigung: „Ich verstehe schon Ihr Anliegen. Aber da Sie ja vom Fach sind, werden Sie mir Recht geben, dass Diskretion das höchste Gut für einen Privatdetektiv ist. Mir wäre es wohler, wenn Sie sich irgendwie legitimieren könnten, was Ihre Zusammenarbeit mit der Kripo betrifft."
Alfred nickte. Er hatte so etwas erwartet und war vorbereitet. Schon auf der Fahrt nach Hochdorf hatte er eine entsprechende WhatsApp-Nachricht an Siegfried Junkel verschickt.

Dieser war vorgewarnt. Alfred fragte Höltscher: „Sie kennen vielleicht Oberkommissar Junkel von der Kripo in Freiburg. Wir können ihn anrufen, und er wird bestätigen, dass ich die Ermittlungen im Auftrag der Kripo führe."
„Ich kenne ihn", bestätigte Höltscher mit verkniffenem Gesicht.
Junkel ging sofort ans Telefon. Er faltete Höltscher nach allen Regeln der Kunst zusammen und drohte polizeiliche Zwangsmaßnahmen an, falls er nicht kooperiere. Höltscher pumpte zwar wie ein Taucher, so dass sich seine Hühnerbrust empört blähte, aber er knickte ein. Außer „ja, ich verstehe" oder „nein, nichts einzuwenden" und „na klar, sofort", auch „unbedingt, ich pflichte Ihnen bei", brachte er nicht viel heraus. Am Ende bedachte er Alfred und Vanessa mit unkontrolliert bösen Blicken. Aber er parierte. Er zückte sein Smartphone und ließ Alfred einen Blick auf das Video werfen, das er von der Geisterwanderung angefertigt hatte. Er warnte: „Erstens ist es deftig, zweitens ist der Kerl maskiert, man kann nicht erkennen, wer es ist."
Man sah Swetlana Pfeifmann. Es war zu erkennen, dass sie sich ans Ende der Teilnehmerschlange fallen ließ. Dann sah man sie ins Unterholz abbiegen. Wenig später tauchte ein Betzitglunki in voller Montur auf, mit Häs und Maske angetan. Die beiden grüßten sich mit Zeichen, die deutlich machten, dass sie sich kannten und verabredet hatten. Es war erkennbar einer jener vier Maskenträger, die zum Programm der Geisterwanderung gehört hatten. Swetlana Pfeifmann kam in den Genuss einer Spezialbehandlung. Der Betzitglunki lüpfte seinen weiten, grünen Lodenmantel, ließ darunter die schwarze Hose herunter und fummelte dann an Swetlanas Oberweite herum, bis der BH zerriss, den sie unter ihrem T-Shirt trug. Sie zog das Teil unter ihrem Hemdchen hervor, wirbelte es einmal frivol um den Zeigefinger und

schleuderte es dann hinter sich in den Wald. Ebenso verfuhr sie mit ihrem Slip, den sie sich mit schnellen Bewegungen von den nackten Beinen streifte. Alles ging in eiliger Hast vor sich. Der Betzitglunki hatte schließlich noch einen Auftritt bei der Geisterwanderung, den er nicht verpassen durfte, wenn er keinen Verdacht erregen wollte. Swetlana Pfeifmann hielt ein längeres Vorspiel offenbar ebenso für überflüssig wie der Betzitglunki. Sie ließ sich auf allen Vieren auf dem Moos nieder und reckte dem Betzitglunki einladend ihr Hinterteil entgegen. Der Betzitglunki, immer noch maskiert wie zum Kindererschrecken, ließ sich nicht lange bitten. Binnen weniger verwackelter Videosekunden war der Coitus a tergo vollzogen. Beim anschließenden hastigen Hinaufziehen seiner Hose fiel etwas aus der Tasche des maskierten Verführers auf den Waldboden. Ein kleiner, dunkler Gegenstand. Alfred ließ Höltscher das Bild anhalten und vergrößern. Er zoomte auf den Gegenstand, bis er den kompletten Bildschirm ausfüllte. Es handelte sich um ein Taschenmesser.
Alfred klatschte in die Hände: „Ich weiß, wer das ist. Alle Achtung, der lässt aber auch gar nichts anbrennen."
Höltscher schaute wie ein Kalb und erwartete eine Erklärung. Alfred dachte nicht daran, ihn einzuweihen: „Schönen Dank auch. Sie haben uns sehr geholfen." Er packte Vanessa am Arm und zog sie mit sich nach draußen. Höltscher ließen sie ohne weitere Worte stehen.
Im Industriegebiet Nord fuhr Alfred auf dem Heimweg den Panda durch die Waschanlage. Den Pferdemist wurde er los, nicht aber die Delle im Kotflügel. Durch Freiburg kamen sie leidlich gut, Alfred wurde nur dreimal geblitzt, in der Tullastraße, in der Habsburgerstraße und am Friedrichsring.
Wichtig war: Sie kehrten mit bemerkenswerten neuen Erkenntnissen nach Neustadt zurück.

Vanessa überzeugte Alfred, dass sie den Panda noch vor Annas Heimkehr unbedingt reparieren lassen mussten.
„Oder willst du es endgültig mit ihr verscheißen?“, fragte sie energisch.
Obwohl sie wahrscheinlich nichts dagegen gehabt hätte, wenn Anna mit Alfred gebrochen und er sich diese vermeintliche Traumfrau endlich aus dem Kopf geschlagen hätte, überwog bei Vanessa dann doch so etwas wie weibliche Loyalität zu einer Leidensgenossin, die ebenso wie sie selbst die Launen und Charakterschwächen Alfreds zu erdulden hatte.
Sie brachten den Panda in die Werkstatt von Jürgen Kopfmann, die sich direkt beim Schulzentrum befand. Die Wahl fiel deshalb auf diese Autowerkstatt, weil es von dort nicht weit zur Spritz war. Sie mussten ja zu Fuß dorthin.

Babybefreiung

Obwohl es noch später Nachmittag war, herrschte im Biergarten der Spritz schon ordentlich Betrieb. Es war Ferienzeit und an den Tischen saßen Urlauberfamilien aus Holland, Italien und anderen Weltgegenden und versuchten mit Hilfe ihres Google-Übersetzers die Speisekarte in ihre Landessprache zu transferieren.

„Cos‹è una zuppa di Flädle?”, rätselte laut ein italienischer Familienvater. Und da Wirt Mathias des Italienischen nicht mächtig war, gab er die Frage an den Stammtisch weiter, wo unter anderem Knoddle, Stromy, Franky mit Freundin sowie auch Gundi saßen. Alle zückten ihre Handys und suchten nach Übersetzungen. Am Ende schlug der polyglotte Gundi die Variante „zuppa di pancake“ vor. Der Italiener war zufrieden, nickte verstehend und bestellte Flädlesuppe.

Alfred und Vanessa beobachteten die Völkerverständigung vom Nachbartisch aus. Sie hatten sich absichtlich nicht zum Stammtisch gesellt, denn zuerst wollten sie ungestört sein, um sich über den Fall vom Pfisterwald zu unterhalten.

Schon stand Mathias vor ihrem Tisch, kraulte sich mit einer Hand im Siebzehn-Tage-Bart und streckte ihnen mit der anderen zwei Speisekarten hin, obwohl er wusste, dass Alfred sein Angebot auswendig kannte.

„Heute was Besonderes“, pries er an. „Tagesmenü diese Woche: Kohlrabi Schnitzel in Kräutersoße mit Frühlingsquark.“ Erwartungsvoll sah er auf Alfred und Vanessa herunter, als müsse dieses Angebot bei ihnen wie eine Bombe einschlagen. Die beiden sahen sich an.

„Wurstsalat!“, sagte Alfred.

„Für mich dasselbe“, ergänzte Vanessa.

Mathias ließ sich seine Enttäuschung nicht anmerken. Im Weggehen sagte er bloß: „Das wird uns aus den Händen gerissen. Es ist die ganze Woche schon der Renner. Ihr verpasst etwas."
„Meinetwegen kann er es auf Italienisch und Holländisch auf seine Karte schreiben", moserte Alfred, als Mathias ihn nicht mehr hören konnte, aber mir braucht er mit Quark und Grünzeug nicht zu kommen. Es reicht, wenn Anna mich damit abfüttert."
„Du hast dich doch bisher mit Erfolg davor gedrückt", wies ihn Vanessa zurecht. „Oder hat euer Veggie-Abend jemals schon stattgefunden?"
„Nein, noch nie", musste Alfred zugeben. „Aber dafür gab es jedes Mal gute Gründe."
In diesem Augenblick schrillte Alfreds Smartphone. Der Klingelton zog die Aufmerksamkeit der gesamten Wirtschaft auf sich. Es handelte sich nämlich um ein auffälliges und unzweideutiges weibliches Stöhnen, welches kontinuierlich lauter wurde, je länger Alfred brauchte, um das Smartphone aus seiner Jacke zu klauben.
„Wie oft habe ich dir schon gesagt, du sollst diesen unsäglichen Klingelton austauschen", schimpfte Vanessa. „Du blamierst dich damit nur."
Alfred schaffte es endlich, das Gespräch anzunehmen. Siegfried Junkel war dran, und er klang aufs Höchste aufgeregt. Ehe Alfred Fragen stellen konnte, legte er los: „Alfred, Du musst sofort herkommen. Ich habe die Alte gesehen."
„Welche Alte?"
„Na die Kindesentführerin. Die Alte, die uns das Baby geklaut hat."
„Wie bitte?" Jetzt war Alfred elektrisiert. „Wo sind Sie?"
Junkel erklärte es: „Ich war in Rothaus, bei einer Brauereibesichtigung. Die hat unser Sanatorium organisiert. Wir

wurden mit dem Bus hin kutschiert und anschließend in der Brauereigaststätte abgefüttert."
„Und was ist mit der Alten? Was ist mit Eva? Haben Sie das Baby auch gesehen?"
„Lass mich doch ausreden! Anschließend hat man uns wieder in den Bus geladen und wir fahren jetzt wieder zurück nach Höchenschwand. Und da habe ich sie vorhin gesehen, die Alte. Ich bin mir ganz sicher, dass sie es war. Ich habe aus dem Busfenster geschaut, direkt in Höhe des Heimatmuseums Hüsli, sie stand dort auf dem Parkplatz, und sie ist bestimmt ins Heimatmuseum gegangen. Ich bin mir ganz sicher."
„Wann war das?", fragte Alfred aufgeregt.
„Vor zwei Minuten. Gerade eben. Deswegen rufe ich doch an. Ich kann hier nichts machen. Ich bin ein bewegungsunfähiger Lungenpatient, den man im Rollstuhl herumschieben muss. Aber du könntest dir die Alte schnappen. Kannst du sofort hierherkommen? Mit dem Auto kannst du es in einer halben Stunde schaffen. Wenn du Glück hast, dann ist die Alte noch da."
„Hatte sie das Baby dabei?", wollte Alfred wissen.
„Weiß ich nicht. Vielleicht im Auto. Ich habe nichts gesehen. Red' nicht lange rum. Steig in deinen roten Flitzer und komm hoch. Schnapp sie dir. Sonst rufe ich die Polizei an."
Alfreds roter Flitzer stand immer noch beim Autohaus Schuler auf dem Thurner, wo er auf eine neue Windschutzscheibe wartete. Auch der Panda war nicht verfügbar, er stand zur Reparatur in der Werkstatt Kopfmann. Fieberhaft überlegte Alfred, was er tun konnte. In diesem Moment krachte und knisterte es in der Leitung, dann brach die Telefonverbindung zu Junkel ab. Von Rothaus nach Höchenschwand ging es über Berg und Tal. Da war der Empfang bisweilen Glückssache.

Vanessa, die mitgehört hatte, stieß den gelähmt wirkenden Alfred an: „Worauf warten wir? Wir müssen hin, die Alte finden."
Eile war geboten. Wenn Alfred etwas ausrichten wollte, soviel war ihm klar, dann musste er sofort los. Doch wie sollte er nach Rothaus kommen?
Sein Blick fiel auf den Platz von Gundi am Stammtisch. Gundi war gerade Richtung Klo verschwunden. An seinem Platz am Stammtisch lag mitten auf dem Tisch Gundis Autoschlüssel, er hatte ihn dort abgelegt, wie es seine Gewohnheit war. Kurz entschlossen sprang Alfred auf, winkte Vanessa, ihm zu folgen, begab sich zum Stammtisch, wo er sich auf Gundis freien Platz setzte, und faselte etwas von: „Ich kann leider nicht bleiben, habe noch was Wichtiges vor. Wünsche euch allen noch einen schönen Abend."
Während er sprach, fingerte er unauffällig den Autoschlüssel des Audi Q8 Etron vom Tisch. Er verbarg ihn in seiner geschlossenen Faust. Ohne weitere Erklärungen sprang er wieder auf, zerrte Vanessa hinter sich her und hastete zur Spritz hinaus, noch ehe Gundi von seinem Toilettengang zurück war.
Sie fanden den Wagen auf der anderen Straßenseite gegenüber der Spritz. Es musste schnell gehen, ehe Gundi Verdacht schöpfte.
„Er hat mich kürzlich gefragt, ob ich eine Probefahrt will", sagte Alfred zu Vanessa, während sie über die Straße hasteten. Als sei dies ausreichend Legitimation zur Inbesitznahme des Schlüssels.
Alfred klemmte sich hinter das Steuer, Vanessa fiel in den Beifahrersitz. Alfred drückte den Startknopf, das Geschoss summte unternehmungslustig. Es konnte losgehen.
Es ist nicht ganz so einfach, wenn man zum ersten Mal in seinem Leben einen Audi Q8 Etron fährt. Das Fahrzeug reagier-

te definitiv anders als Alfreds 72 PS starker roter Flitzer aus dem Jahr 1998. Alfred katapultierte den Wagen vom Parkplatz auf die Straße und hatte Glück, dass kein anderes Auto im Weg war. Schon nach der Einmündung in die Hauptstraße schlug Vanessa die Hände vor die Augen und sank tief in ihren Beifahrersitz, als wolle sie sich im Fußraum verstecken. Der kleinste Druck aufs Gaspedal löste sofort eine Raketenbeschleunigung aus, und so musste Alfred mehrfach über den Gehweg und über Parkbuchten brettern, um Auffahrunfälle zu vermeiden, die er ansonsten zwangsläufig gebaut haben würde, da vor ihm lauter Idioten unterwegs waren.

Die Fahrt auf der B31 Richtung Titisee, dann die B317 hinauf ins Bärental und weiter nach Schluchsee-Seebrugg, von dort nach Rothaus, dauerte 22 Minuten. Alfred überholte wie Max Verstappen. Das Auto war eine Wucht. Aber gewöhnungsbedürftig. Das fing schon damit an, dass es futuristische Bildschirme und Touchscreens an den Armaturen gab, die blinkten, blitzten und allerlei Parameter aus dem Fahrzeuginneren anzeigten, aber dabei mehr Verwirrung stifteten als dass sie eine Hilfe gewesen wären. Alfreds hilflose Blicke machten Vanessa noch nervöser, als sie ohnehin schon war. Wenn Alfred das Gaspedal durchdrückte, was er mit zunehmender Begeisterung tat, war vom Antrieb so gut wie nichts zu hören. Im Vergleich dazu hätte der rote Flitzer längst Lärm wie ein Betonmischer gemacht. Bei Vollgas rauschte es im Etron nur leise, und das war nicht dem Motor geschuldet, sondern eher den Windgeräuschen.

So etwas wie eine Gangschaltung gab es nicht, das machte das mit künstlicher Intelligenz ausgestattete Planetengetriebe im Innern der Rakete. Es passte die Übersetzung stets automatisch der Geschwindigkeit an und optimierte auf diese Weise die Balance zwischen Beschleunigung und Höchstgeschwindigkeit.

Alfreds Handy stöhnte. Es wurde immer lauter. Alfred wagte es nicht, auch nur für eine Sekunde eine Hand vom Lenkrad zu nehmen.

Vanessa beugte sich über seinen Schoß und zog ihm das Smartphone aus der Tasche. Gundi war dran. Er tobte. Offenbar hatte er den Verlust seines Autoschlüssels bemerkt und sofort auch den Schuldigen identifiziert. Vanessa schaltete das Smartphone aus. Dafür war jetzt keine Zeit.

Mit 200 Sachen flogen sie am Schluchsee vorbei. Die Lenkung war eine reine Freude. Auch in den Kurven lag der Wagen wie ein Brett. Allerdings überforderte das Multifunktionslenkrad Alfreds kognitiven Fähigkeiten. Auch mit der Klimaanlage kam er nicht klar. Irgendeinen falschen Knopf hatte er gedrückt, so dass trotz der sommerlichen Außentemperaturen das Wageninnere sich nach und nach zur Sauna aufheizte. Überall Touchscreens und Sprachsteuerung. Das Auto redete während der 22-minütigen Fahrt mehr als Alfred und Vanessa zusammen.

Doch das Wunder geschah: Sie kamen heil am Heimatmuseum Hüsli an, das sich unweit der Brauerei Rothaus an der Straße nach Grafenhausen befand. Mittlerweile hatte Alfred eine Vorstellung davon, warum so ein Auto neu bis zu 130.000 Euro kostete.

Alfred parkte den Audi quer zur Parkplatzeinfahrt und versperrte damit sämtlichen parkenden Fahrzeugen die Ausfahrt.

„Falls die Alte mit ihrem Auto abhauen will", erklärte er Vanessa, die das Manöver mit fragenden Blicken begleitete. „Hier kommt niemand raus, solange die Kiste davor steht."

Sie hatten sich keinen Plan zurechtgelegt. Zuerst suchten sie sämtliche vor dem Heimatmuseum parkenden Autos nach Eva Maria Luisa und ihrer Entführerin ab, wurden aber nicht fündig. Immerhin ergab die Suche vier Fahrzeuge mit

Kindersitz, einen roten VW Touran, einen schwarzen Ford Focus, einen Dacia Duster sowie einen baufälligen weißen Opel Corsa. Alfred erwog, ob er an allen vier Fahrzeugen die Luft aus den Reifen lassen sollte, sozusagen als Wegfahrsperre, aber Vanessa hielt ihn davon ab.

So wandten sie sich dem Heimatmuseum Hüsli zu, einem stilvollen alten Haus, schindelgedeckt und mit überquellenden Geranienkästen an den Fenstern und Balkonen. Das Hüsli war ein respektables Haus, in dem zehn türkische Großfamilien Platz gefunden hätten, aber es hieß trotzdem verniedlichend Hüsli, weil es einst das Ferienhaus einer Berliner Opernsängerin gewesen war. Diese hatte ihren luxuriöser Ferienwohnsitz schon zu Lebzeiten, das war in der ersten Hälfte des vorigen Jahrhunderts gewesen, zu einem Museum ausgebaut. Sie sammelte Uhren, Porzellan und Hinterglasbilder, Gemälde, Glas und Schnitzkunstwerke, Schwarzwälder Volkskunst der letzten drei Jahrhunderte – alles wird im Hüsli im Original-Interieur gezeigt. Mit seinem heruntergezogenen Dach, den gemütlichen Stuben mit bemalten Decken, Türen, Wandschränken und Kachelöfen erlangte das malerische Hüsli nicht nur Postkartenberühmtheit, sondern es diente einst auch dem Fernsehprofessor Brinkmann als Kulisse.

Sie hatten kaum die Kasse passiert und durch einen niedrigen Gang das erste Zimmer betreten, einen holzgetäfelten Wohnraum, in dem sich ein halbes Dutzend Besucher drängte, da sahen sie auch schon die Kindesentführerin. Die Oma saß entspannt auf der Kuscht eines glasgrünen Kachelofens und schaukelte selig eine Kindertrage mit Klein-Eva darin. Das Baby schlief. Auch die Oma hatte die Augen geschlossen, so als genieße sie ihr friedliches Zusammensein mit dem Kind. Überhaupt sah sie sehr friedlich und freundlich aus, wie eine Musteroma aus dem Fernsehen.

Alfred sprang hin und entriss der alten Dame ohne Vorwarnung die Kindertrage. Die Oma schrak auf, ließ einen Schrei ab und wollte nach dem Baby greifen, aber Alfred hatte es bereits an Vanessa weitergereicht und diese ging hinter einem großen Eichentisch in Deckung. Einige der Besucher im Raum wichen ihr aus, alle staunten über das Geschehen.
„Mein Kind, mein Kind“, schrie die Oma. „Er hat mir mein Kind gestohlen.“
„Nichts da!“, brüllte Alfred zurück. An die Adresse der bedrohlich einen Kreis bildenden Besucher gerichtet, erklärte er: „Sie ist die Kindesentführerin aus Höchenschwand. Stand alles in der Zeitung. Sie hat das Baby heimtückisch mitgenommen.“
Weitere Menschen, angelockt vom Lärm, drängten in den Raum. Alfred und die Oma schrien sich an und beschuldigten sich gegenseitig der Kindesentführung.
Jemand forderte laut: „Ruft die Polizei! Lasst niemand aus dem Raum. Das muss geklärt werden.“
Die Ereignisse überschlugen sich ein wenig. Es waren zu viele Leute im Raum. Die Oma erklomm die Kuscht und im Stehen überblickte sie die Menge und kreischte, indem sie mit dem Finger auf Vanessa deutete, die hinter dem Eichentisch stand und das Baby in den Armen hielt: „Da ist sie. Die Kindesentführerin. Sie hat mir meine Carola aus den Händen gerissen!“
„Die Kleine heißt Eva“, brüllte Alfred dagegen. „Eva Maria Luisa!“
Alfreds Handy stöhnte. Auch das noch. Alle Blicke richteten sich auf ihn.
„Er ist ein Perverser!“, nutzte die Oma den Moment und die Klingelgeräusche zu einer Attacke.
Gundi war dran. Alfred klickte ihn weg. Den konnte er jetzt nicht gebrauchen.

Aus dem Hintergrund drängelte sich ein älterer Herr nach vorne: „Das ist doch die Steeger Marie, ich kenne sie“, sagte er und ging auf die aufgebrachte Oma zu, die immer noch auf der Kuscht stand. „Marie, komm runter. Was machst du denn für Sachen?“
Er nahm sie bei der Hand. Sie ließ sich anstandslos von dem Mann zurück auf den Fußboden helfen.
„Sie ist nicht ganz bei Verstand“, erklärte der Mann den Schaulustigen. Er stellte sich als Egon Preller aus Grafenhausen vor.
„Die Marie wohnt normalerweise im Pflegeheim in Ühlingen-Birkendorf. Früher war sie unsere Nachbarin in Grafenhausen. Dort kennt sie jeder.“
Er streichelte der Frau, die sich brav wieder hingesetzt hatte, die Hand und sprach beruhigend auf sie ein.
Mittlerweile traf auch die alarmierte Polizei ein. Die Streifenbeamten, ein Mann und eine Frau, verschafften sich einen Überblick und jagten nach und nach die Neugierigen, die nichts mit der Sache zu schaffen hatten, aus der Hüsli-Stube.
„Das Hüsli ist geschlossen. Gehen sie nach Hause“, verkündete die Polizeibeamtin.
Nur Alfred, Vanessa, die hilflos wirkende Oma und der Mann aus Grafenhausen blieben im Raum. Nach und nach, durch die Erläuterungen von Egon Preller sowie die von der Polizeibeamtin einfühlsam geführte Einvernahme der Steeger Marie, wie Preller sie permanent unter Verdrehung von Vor- und Nachnamen nannte, kam ein plausibler Sachverhalt zum Vorschein.
Das war auch so eine Sache im Schwarzwald, die Namensverdrehung. Alfred konnte sich nicht daran gewöhnen, obwohl er jetzt schon lange hier wohnte und arbeitete. Die Leute sagten „der Wehrle Franz“, wenn sie einen Franz Wehrle meinten. Oder jüngst in St. Märgen: Der Stihl Sepp, obwohl der

Mann Josef Stihl hieß, wie Alfred sich erinnerte. Eigentlich hätte diese Sonderheit auch einen Absatz in Vanessas Masterarbeit verdient gehabt. Aber dafür war es zu spät. Sie hatte ihre Arbeit bereits abgegeben.

Und nun die Steeger Marie. Das ging ihm seltsamerweise durch den Kopf, während die Polizisten Licht in die Angelegenheit brachten. Demnach war die Steeger Marie, oder Marie Steeger, eine geistig eingeschränkte Person, die schon mehrfach aus ihrem Pflegeheim in Ühlingen-Birkendorf ausgebüchst war, was man dort auf den Anruf hin, den die Polizeibeamten tätigten, bestätigte. Sie fuhr dann mit dem Bus quer durch den Hochschwarzwald und landete in der Regel früher oder später bei ihrem Bruder in Grafenhausen, der sie dann einige Tage beherbergte und danach wieder ins Pflegeheim zurückbrachte. Deshalb sei man im Pflegeheim auch nicht sonderlich alarmiert gewesen, als die Steeger Marie mal wieder seit ein paar Tagen verschwunden war. Seit zehn Tagen, um genau zu sein. Auch den Bruder in Grafenhausen erreichten die Polizisten, und auch er bestätigte diese Geschichte, mit dem Hinweis, dass seine Schwester zuletzt nicht bei ihm gewesen sei. Schon gar nicht mit einem Kleinkind.

So musste man der Steeger Marie die Würmer aus der Nase ziehen, was der einfühlsamen Polizistin auch gelang. Sie fand heraus: Marie Steeger hatte sich im benachbarten Rothaus Brauerei Hotel einquartiert und sich dort als Großmutter ausgegeben, die für zwei Wochen ihr Enkelkind hüte, damit die Eltern in Ruhe in Urlaub gehen könnten. Raffiniert! Man hatte ihr im Rothaus Hotel die Geschichte geglaubt, wie die Polizei ebenfalls unverzüglich überprüfte, und so war die alte Dame unentdeckt geblieben, obwohl die Zeitungen tagelang voll waren von den Geschichten über die Kindesentführung in Höchenschwand.

Klein Eva ging es prächtig. Oma Marie hatte sich liebevoll um die Kleine gekümmert, das Kind geliebt, gefüttert, gewickelt und gebadet und die schönsten zehn Tage ihres Lebens mit dem Baby gehabt. Nun war sie ein hilfloses Häuflein Elend und musste von der Polizeibeamtin getröstet werden, dass ihre Baby-Zeit nun wieder vorbei sein würde.
Während die Polizei all dies ermittelte und rekonstruierte, mussten Alfred und Vanessa brav im Hüsli bleiben und Fragen zur Mutter und zu den Umständen beantworten, unter denen sie das Kind wiedergefunden hatten. Alfred berichtete von Junkels Beobachtungen und dessen geistesgegenwärtigem Anruf. Auch dies überprüften die tüchtigen Streifenbeamten. Junkel bestätigte haarklein alle Sachverhalte und sorgte damit dafür, dass Alfred und Vanessa Klein-Eva bei sich behalten und mitnehmen durften, als sie schließlich aus dem Polizeigewahrsam entlassen wurden.
Draußen war es längst dunkel geworden. Alfred und Vanessa stolperten mit Eva Maria Luisa zum Parkplatz.
Zwischendurch hatte penetrant immer wieder Gundi stöhnend auf sich aufmerksam gemacht, aber jedes Mal hatte Alfred ihn weggedrückt. Nun aber ließ es sich nicht länger vermeiden, denn der olivgrüne Audi Etron war verschwunden. Er stand nicht mehr quer vor dem Parkplatz. In Luft aufgelöst? Am Kassenautomat hing ein Blatt, welches das Autohaus Tröndle aus Grafenhausen dort deutlich sichtbar hinterlassen hatte: „Sehr geehrter Besitzer des Audi Etron Q8 mit dem Kennzeichen …, Ihr Fahrzeug hat die Ein- und Ausfahrt dieses Parkplatzes blockiert. Auf polizeiliche Anweisung haben wir es zwangsweise abgeschleppt und auf unser Betriebsgelände in Grafenhausen, Schaffhauserstr. 1, verbracht. Dort können Sie es gegen Erstattung der Abschleppgebühren in Höhe von 200 Euro und unter Vorlage ihres Personalauswei-

ses und des Fahrzeugbriefes während unserer Betriebszeiten abholen. Unsere Betriebszeiten sind …"
Alfred zerknüllte wütend das Infoblatt und ging endlich dran, als Gundi das nächste Mal stöhnte. Alfred ließ einen Schwall übler Beschimpfungen über sich ergehen, erklärte dann kurz und trocken den Sachverhalt und beharrte trotz der ungläubigen Wutausbrüche, die er damit am anderen Ende der Leitung auslöste, darauf: „Baby ist wichtiger als Auto."
Aber auf eine Diskussion darüber ließ er sich nicht ein. Er legte wieder auf. Vanessa schaukelte das Baby und flüsterte ihm Liebkosungen zu, da es hungrig und unruhig wurde. Aus Babysicht hilft in solchem Fall nur lautes Geschrei. Alfred sorgte sich, dass die Polizei davon etwas mitbekam und fürchtete, dass man ihnen das Kind doch noch wegnehmen könnte, wenn es weiterhin so durch die Nacht schrie. Sie flüchteten sich zur Bushaltestelle, wo sie einen letzten Bus nach Schluchsee-Seebrugg erwischten, und von dort, weil ausnahmsweise mal die Dreiseenbahn wegen irgendwelcher Widrigkeiten gesperrt war, einen der Ersatzbusse, die spätabends noch nach Titisee fuhren.
„Wir sollten Anna anrufen", sagte Vanessa, als sie endlich in diesem Bus saßen.

Alfred kooperiert mit der Polizei

Mit Junkel befand sich Alfred in ständigem Austausch. Sie telefonierten regelmäßig, zumal nach dem glücklichen Ausgang des Babydramas, der Junkels Geistesgegenwart zu verdanken war und der eine sofortige Wunderheilung bei Anna bewirkte, inklusive ihrer umfänglichen Versöhnung mit Alfred, die spätnachts in Annas Wohnung bei der Übergabe von Klein-Eva stattgefunden hatte. Vanessa und Alfred drückten Anna ihre Kleine in die Arme und ein Happy End in Hollywood war nichts gegen die Glückseligkeit, die daraufhin herrschte. Zur Feier des Ereignisses gab es Joghurt und klebrigen Holundersaft. Etwas anderes hatte Anna auf die Schnelle in ihrem Haushalt nicht mobilisieren können, und Alfreds Angebot „Ich hole bei mir schnell zwei-drei Bier“ hatte sie kategorisch abgelehnt. Trotzdem küsste sie ihn voller Dankbarkeit, und zwar so, dass sogar Vanessa kurz kritisch die Mundwinkel verzog. Aber die beiden Frauen vertrugen sich in diesem glücklichen Moment. Vanessa liebte Joghurt und vertilgte alle vorhandenen Vorräte, mehrere Becher „griechischer Art“ mit Honig und Brombeere.

Dennoch hätte Alfred es besser gefunden, wenn Vanessa diskret die Bühne verlassen hätte. Ihm schien, als wäre Anna in ihrer euphorischen Dankbarkeit in dieser Nacht zu mehr bereit gewesen als nur einem vielversprechenden Kuss. Und wie gut hatte sie sich bei der Umarmung angefühlt. Aber Vanessa war geblieben und die vermeintliche Gelegenheit verstrich.

Irgendwann ging aber auch diese harmonische-euphorische Glücksnacht zu Ende und der Alltag holte Alfred wieder ein, insbesondere die ungelösten Fragen rund um den Mordfall im Pfisterwald. Dazu tauschte Alfred sich mit Junkel aus,

dem er per Telefon von seinen Recherchen bei der Privatdetekei LUPO berichtete.
„Wie es scheint nimmt dieser Klausi seine Verlobung nicht allzu ernst", röchelte Junkel durchs Telefon. Es ging ihm gerade mal wieder nicht so gut. Seine Reha in Höchenschwand war wegen schlechter Blutwerte und katastrophalem Stoffwechsel um drei Wochen verlängert worden.
„Ich kann nicht mehr richtig pinkeln", klärte Junkel auf, obwohl Alfred keinen Wert auf solche intimen Details legte. „Und wenn, dann ist die Farbe besorgniserregend."
Junkels Einlassungen wurden von regelmäßigen Hustenanfällen unterbrochen. Zwischendurch formulierte er eine Einsicht, die Alfred überhaupt nicht schmeckte: „Weißt du, ich habe einfach viele Jahre lang zu ungesund gelebt. Das Rauchen, die vielen Cognacs, Fast Food, Unmengen von Kaffee, kein Sport – wenn ich dir einen Rat geben darf, Alfred, du bist ja noch jung: Leb gesünder!"
Alfred wollte einen solchen Rat nicht, den bekam er oft genug von Anna. Außerdem rauchte er gerade eine Selbstgedrehte, während er mit Junkel telefonierte. Er lenkte ab, indem er zu Klausi aus St. Märgen zurückkehrte: „Wissen Sie, ich mag ihn. Er ist aus dem richtigen Holz geschnitzt. Ich glaube nicht, dass er mit dem Mord etwas zu tun hat."
„Mörder können auch sympathisch sein", hustete Junkel durchs Telefon.
„Ganz sicher ist er ein Herzensbrecher. Wenn ich Frau wäre, würde ich auch auf ihn stehen. Er sieht aus wie Hansi Hinterseer in jung. Er hat was Besonderes."
„Er hat vor allem keine Skrupel", erinnerte Junkel. „Er ist verlobt mit Lea Vorderhalder, gleichzeitig maust er die Baschimattenbäuerin, von der er weiß, dass sie eigentlich ein Verhältnis mit dem Veterinär Pfeifmann hat, und als wäre das nicht genug, pimpert er auch noch die Frau des Veterinärs,

und zwar quasi öffentlich im Pfisterwald. So einem würde ich auch einen Mord zutrauen.“

„Aber was sollte er für ein Motiv haben?“, zweifelte Alfred.

„Oh, da fällt mir einiges ein“, erwiderte Junkel. „Er hat es auf den Hof und auf die Kaltblut-Pferde von Bärbel Heulupfer abgesehen. Er hat ja gute Chancen, beides zu bekommen. Das wäre schon mal ein Motiv. Vielleicht hat ihm die Baschimattenbäuerin auch Druck gemacht: Heirate mich, oder ich lasse unsere Affäre auffliegen! So etwas in der Richtung. Das konnte er natürlich nicht zulassen, wenn er seine Verlobung mit Lea Vorderhalder nicht gefährden wollte. Also hat er sie umgebracht und zum Beweis Lea Vorderhalder vor die Füße gelegt.“

Alfred kam ins Grübeln. Die Überlegungen von Junkel waren nicht von der Hand zu weisen. Alfred erinnerte sich, dass Kleinteich kürzlich von einem unehelichen Kind Klausis erzählt hatte. Irgendwie hatte der Erlenbachbauer einen verdächtig lebhaften Sexualtrieb.

Andererseits: Konnte ein so sympathischer, offener und gastfreundlicher Typ wirklich ein Gewaltverbrecher sein? Er hatte Alfred nach jenem Most- und Speckabend zu einem weiteren Besuch auf dem Hof eingeladen. Das roch jedenfalls nicht nach schlechtem Gewissen. Alfred hatte inzwischen in Titisee in einem Trachtenshop ein Sackmesser gekauft, um für den nächsten Speckabend gerüstet zu sein. Ein teures Modell, Laguiole, mit einem Griff aus Walnussholz. 176 Euro! Er hatte seine Lektion gelernt. Nie wieder in seinem Leben wollte er unbewaffnet an einem Specktisch sitzen.

Nachdenklich drehte er das Messer in der Hand, während er mit Junkel telefonierte. Da der Oberkommissar a.D. gerade von einem minutenlangen Hustenanfall geschüttelt wurde, stockte das Gespräch.

„Ich ruf Sie wieder an, wenn es was Neues gibt", kündigte Alfred an und beendete das Telefonat.
Er rechnete nicht wirklich damit, doch dann gab es wirklich noch am gleichen Tag was Neues. Tim Joy meldete sich aus Freiburg. Er hatte etwas herausgefunden.
„Ich habe mal in der Vergangenheit von Freddy Smöker gewühlt", kündigte er an. „Es stimmt, er war tatsächlich wissenschaftlicher Mitarbeiter am Gestüt Marbach. Aber jetzt halt dich fest: Die haben ihn rausgeschmissen, weil er erwischt wurde, als er sich an einer Stute zu schaffen machte. Du weißt schon, irgendein so perverses Ding …"
Alfred war vor Überraschung kurz sprachlos. Er schnappte nach Luft. Dann brach es aus ihm heraus: „Der Pferderipper!"
„Du sagst es", antwortete Tim am anderen Ende der Leitung. „Er ist es. Darauf schließe ich eine Wette ab."
„Gab es damals Polizei? Ermittlungen? Irgendwelche Strafen?"
Tim verneinte: „Es wurde unter der Decke gehalten. Das Gestüt hat keine Anzeige erstattet, weil es für den Vorfall wohl nur einen Zeugen gab, einen afghanischen Stallhelfer, auf den man sich nicht verlassen wollte. Aber Smöker hat eingewilligt, das Arbeitsverhältnis mit sofortiger Wirkung aufzulösen, sofern ihm ein positives Zeugnis ausgestellt wird, in dem natürlich der wahre Kündigungsgrund nicht erwähnt wurde. So haben sie sich schließlich vereinbart."
„Und woher weißt du das alles?"
„Digitale Personalakte", sagte Tim trocken.
„Ich danke dir. Du hast mir echt weitergeholfen."
Beim nächsten Telefonat mit Junkel fragte Alfred den Ex-Kommissar anderntags, wie er mit dieser Information umgehen sollte: „Ich kann ja schlecht herumposaunen, dass mein Kumpel die Personalakten beim Gestüt Marbach gehackt hat."

Junkel überlegte nur kurz: „Auf jeden Fall solltest du der Polizei davon erzählen. Gib ihr einen Tipp. Meinetwegen anonym. Wenn die schon im Mordfall im Dunkeln tappen, dann sollen sie wenigstens diesen Pferderipper-Fall aufklären. Eine Baustelle weniger. Es herrscht genug Aufregung in St. Märgen.

Mit seinem neuen Wissen um den mutmaßlichen Pferderipper wurde Alfreds Bild von den Geschehnissen rund um die Geisterwanderung immer noch nicht klarer. Aber er gestattete sich im Geiste einen kühnen Verdacht und weihte weder Junkel noch Vanessa in seine Überlegungen ein. Es fehlte ihm noch so etwas wie ein letzter Beweis. Es gab noch einige offene Fragen? Wer hatte am Baschimattenhof geschossen und Kleinteichs Reifen aufgeschlitzt? Und warum? Warum war der Mord im Wohnwagen geschehen, dem geheimen Liebestreff von Bärbel Heulupfer und Kurt Pfeifmann? Wer hat mit einem fingierten Anruf Kurt Pfeifmann davon abgehalten, an der Geisterwanderung teilzunehmen? Und warum? Weiterhin: Wieso hat der Mörder die Leiche zur Geisterwanderung gebracht und wie hat er es geschafft, die Tote binnen weniger als 30 Minuten zum Fundort im Pfisterwald zu bringen? Allerdings fehlte noch immer ein schlüssiges Motiv. Mit der Zucht hatte es nichts zu tun, mit den Nazis nicht, mit Eifersucht auch nicht. Was blieb noch?

Alfred war klar: Er musste sein bisher angesammeltes Wissen mit Oberkommissarin Schwänzel teilen und ihr die finalen Ermittlungen überlassen. Es traf sich gut, dass sie ihn ohnedies zu einer weiteren Vernehmung ins Polizeipräsidium nach Freiburg geladen hatte.

Er musste den Zug nach Freiburg nehmen, weil der rote Flitzer noch immer auf dem Thurner auf seine neue Frontscheibe wartete und weil Anna den akkurat ausgebeulten Panda in-

zwischen wieder in Betrieb genommen hatte. Sie hatte keinen Verdacht geschöpft.
Im Polizeipräsidium ging Evelyn Schwänzel Alfred direkt frontal an: „Sie haben bei der Detektei LUPO recherchiert und sich dabei als Mitarbeiter der Kripo ausgegeben. Das ist Amtsanmaßung. Dafür kann ich Sie belangen."
Alfred betrachtete das strenge Gesicht der Kommissarin, ihren kurzen, frechen Haarschnitt, ihren energischen Blick. Er schwankte immer noch, ob er sie attraktiv finden sollte, oder eher unsympathisch. Sie hatte etwas Herbes, das aber nur ihre Weiblichkeit betonte. In der Uniform verbarg sie ihre gut trainierte Figur, aber Alfred, der einen geübten Blick für so etwas hatte, konnte ihr einen gewissen Sexappeal nicht absprechen. Sie interpretierte sein Schweigen falsch: „Wenn Sie denken, Sie könnten die Aussage verweigern, so hilft Ihnen das nichts. Ich habe die Aussagen von Hans-Walter Höltscher, dem Leiter der Detektei. Er hat Anzeige erstattet."
So hatte Alfred den verklemmten Typen eingeschätzt. Er grinste schräg.
„Offensichtlich lassen Sie in dem Mordfall Pfisterwald keine Ruhe", sagte die Kommissarin jetzt. „Obwohl ich Ihnen untersagt habe, sich in den Fall einzumischen."
Sie beugte sich weit über den Tisch, bis sie Alfred Auge in Auge gegenübersaß. Drohend sagte sie: „Mag sein, dass Sie kein Verdächtiger mehr in diesem Fall sind, obwohl ich auch da nicht so sicher bin. Aber wenn Sie nicht unverzüglich kooperieren, hilft ihnen auch Ihr smarter Rechtsanwalt Schiller nichts mehr. Dann buchte ich Sie ein, und dann wird es mehr als eine Nacht werden, das verspreche ich Ihnen."
„Ich kooperiere doch", sagte Alfred mit treuherzigem Augenaufschlag. „Ich sage Ihnen alles, was Sie wollen."

„Ich warte!“, sagte Evelyn Schwänzel und verschränkte die Arme vor der Brust. „Legen Sie los! Erzählen Sie mir alles, was Sie im Mordfall Pfisterwald herausgefunden haben.“
Alfred badete in der Gewissheit noch einen Trumpf im Ärmel zu haben. Er packte ihn aus: „Ich kann Ihnen auf jeden Fall den Pferderipper liefern, der seit einigen Wochen in St. Märgen und Umgebung sein Unwesen treibt.“
„Was Sie nicht sagen?“ In Evelyn Schwänzels Blick vermeinte Alfred so etwas wie unwilliges Staunen zu erkennen. Sie wirkte allerdings nicht überrascht. „Raus mit der Sprache!“, forderte sie.
Alfred erzählte, was er über Freddy Smöker herausgefunden hatte, ohne Tim Joy und die Rolle, die dieser bei der Recherche gespielt hatte, zu erwähnen.
Evelyn Schwänzel hörte sich alles an, dann erhob sie sich von ihrem Platz und donnerte von oben herunter: „Da kommen Sie sich wohl besonders schlau vor, nicht wahr? Dabei ist das, was Sie mir da erzählen, ein alter Hut. Was glauben Sie eigentlich, wie wir hier bei der Kripo arbeiten? Halten Sie uns für vollkommen dämlich? Selbstverständlich haben wir alle Personen aus dem Umfeld von Bärbel Heulupfer auf Herz und Nieren überprüft. Auch ihre Vergangenheit. Smökers Vorgeschichte ist uns bekannt. Wir haben ihn im Auge. Beim Rossfest werden wir ihn festnehmen. Da ist er als Teilnehmer gemeldet und wir können ihn überraschen, weil er sicher mit nichts rechnet. Bis dahin lassen wir ihn auf dem Baschimattenhof seine Arbeit machen. Wer auch immer den Mord begangen hat, der ist sicher noch in der Gegend und beobachtet, was die Polizei unternimmt. Wir wollen ihn nicht unnötig beunruhigen. Deshalb muss auf dem Baschimattenhof alles weiterlaufen wie bisher. Verstanden?“
Alfred nickte gefügig, erstaunt darüber, dass die Oberkommissarin ihn so detailliert ins Bild setzte. Er revanchierte

sich, indem er sein gesamtes Wissen vor ihr ausbreitete: „Kurt Pfeifmann wollte ursprünglich bei der Geisterwanderung dabei sein. Er bekam einen fingierten Anruf, der ihn davon abhielt. Haben Sie das gewusst?“

Nein, das war neu für die Kripo-Beamtin. Alfred erzählte, was er vom Veterinär dazu erfahren hatte. Dann breitete er auch seine sämtlichen Recherchen zum Nazi-Verbrecher Karl Pütz aus und seinen Verdacht, dass die anonymen Drohungen gegen den Bürgermeister darin ihren Ursprung hatten. Auch Willibald Dresen kam darin vor, obwohl Alfred ihn in Gedanken aus dem Kreis möglicher Tatverdächtiger bereits ausgeschlossen hatte. Und schließlich, nach kurzem Zögern, offenbarte er auch all seine Erkenntnisse über Klaus „Klausi“ Sigwart, bis hin zum Quickie im Pfisterwald.

„Das wissen wir bereits“, beschied die Oberkommissarin zu diesem letzten Punkt. „Detektiv Höltscher hat uns davon berichtet.“ Dann faltete sie erneut ihre Hände über dem Tisch ineinander und sah Alfred ernst in die Augen, diesmal sogar mit einem Hauch von Sympathie: „Ich muss schon sagen, alle Achtung. Sie haben einiges herausgefunden. Ihnen verdanken wir auch den Wohnwagen. Von daher muss die Polizei Ihnen in gewisser Weise auch dankbar sein. Ich bitte Sie dennoch von Herzen und mit allem gebotenen Ernst: Halten Sie sich bitte zurück. Stören Sie uns nicht bei den weiteren Ermittlungen. Wir planen beim Rossfest die Festnahme von Freddy Smöker. Wenn er wirklich der gesuchte Pferderipper ist, wovon auszugehen ist, dann werden wir ihm das nachweisen können. Es gibt Fingerabdrücke und DNA-Spuren. Aber nach seiner Festnahme müssen wir zulassen, dass Klaus Sigwart vom Erlenbachhof sich um den Baschimattenhof kümmert, um die Pferde und um die Arbeit dort. Auf dem Hof lebt sonst nur noch der vormalige Hofbesitzer, Bärbel Heulupfers Großvater Herbert. Wir wissen auch nicht, wie der reagieren wird, er ist sehr seltsam, um es mal vorsichtig auszudrücken. Auf jeden Fall können wir da keine Störungen gebrauchen."

Während die Kommissarin diese nächsten Schritte so ausführlich darlegte, ging Alfred ein Licht auf. Er sagte es Evelyn Schwänzel auf den Kopf zu: „Sie verdächtigen Klaus Sigwart, stimmt's?"

„Und wenn es so ist, dann werde ich es Ihnen bestimmt nicht auf die Nase binden."

„Und Sie rechnen damit, dass er sich verrät, wenn er erst einmal auf dem Baschimattenhof wirtschaftet?"

„Glauben Sie, was Sie wollen. Nur eines: Halten Sie sich heraus. Das ist meine letzte Warnung. Haben Sie das verstanden?"

„Das habe ich verstanden", bestätigte Alfred kleinlaut. Er war froh, dass seine Vorladung so glimpflich endete. Von der Amtsanmaßung im Detektivbüro war keine Rede mehr.

Alfred war entlassen und kehrte mit dem Zug nach Neustadt zurück.

Da es früh am Abend war, plante er einen schnellen Abstecher in die Spritz,

Mathias der Wirt verstellte ihm am Eingang zum Biergarten den Weg: „Stopp Alfred!"

„Was ist los?"

„Du hast Lokalverbot!" Mathias klang nicht besonders energisch.

„Wie bitte?"

Mit einer Haltung und Handbewegungen, die wie eine Entschuldigung auf Alfred wirkten, sagte der Spritzenwirt: „Es tut mir leid, aber Gundi will dich in der Spritz nicht mehr sehen."

„Gundi … aha", stammelte Alfred.

„Wegen seinem Auto, das du gestohlen hast", sagte Mathias, und es klang immer noch eher bedauernd und entschuldigend als drohend. „Er ist stinksauer und hat mir verboten, dich nochmal in die Spritz zu lassen."
„Kann er das bestimmen?", fragte Alfred vorsichtig. „Du bist doch der Wirt."
„Das stimmt! Aber er ist der Eigentümer. Und ehrlich gesagt, Alfred, ich kann ihn verstehen. Du hättest ihn erleben sollen, an jenem Nachmittag ..."
„Nicht nötig, kann es mir schon vorstellen. Er hat die ganze Zeit gestöhnt."
Jetzt stand Mathias auf dem Schlauch: „Wie, gestöhnt?"
Alfred löste an seinem Handy den Klingelton aus: „So!"
„Ah, verstehe. Aber reinlassen kann ich dich trotzdem nicht."
„Ist Gundi da?"
„Er sitzt am Stammtisch."
„Dann hol ihn raus. Ich muss mit ihm reden."
Der Spritzenwirt tat ihm den Gefallen. Tatsächlich ließ sich Gundi herab, in den Flur hinaus zu kommen, wo Alfred stand wie ein ertappter Schulbub. So fühlte er sich auch. Es gab keine schlimmere Strafe, als ihm die Spritz zu verbieten. Das musste er unbedingt abwenden.
Im ersten Moment fürchtete Alfred, Gundi wolle ihm eine scheuern. Weil der aber ein durch und durch gutmütiger Kerl war, ließ er Alfred dann doch wenigstens mal seine wortreiche Entschuldigung vorbringen, mitsamt der Erklärung, warum das Auto am Ende die Rettung für das entführte Baby gewesen war.
„Hättest du was gesagt, ich hätte dich hingefahren", meinte Gundi am Ende, schon deutlich milder gestimmt, als zu Beginn der Begegnung. Sie standen immer noch im Flur zwischen Toiletten und Eingang zum Biergarten. Wenn Gäste

kamen oder gingen, mussten sie nach links und rechts ausweichen.
Alfred wagte einen Versuch: „Heb' bitte das Hausverbot auf. Ich werde es wieder gut machen. Du kriegst in Goodwood Wäldernews eine ganze Artikelserie über die Skischule Thoma. Wir pushen das vor der Saison, wie du es noch nie erlebt hast."
Gundi schien zu überlegen. Man sah seiner hohen Stirn an, dass er sofort alle Vorteile für sich überschlug. „Und du zahlst die Abschleppkosten", sagte er schließlich.
„Auch das", versprach Alfred. „Alles, was du willst, nur lass mich wieder in die Spritz. Ich mache im Winter auch einen Skikurs bei dir."
Das war ein mutiges Versprechen, denn Alfred hatte vom Skifahren so viel Ahnung wie ein Bierbrauer vom Apfelsaft. Gundi war schon weich. Es war ihm anzusehen, dass sein Ärger längst verraucht war, zumal er ja die gute Absicht und den glücklichen Ausgang der Kindesentführung als mildernde Umstände gelten ließ.
„Hast du Ski?"
„Nein!"
„Hast du Skischuhe?"
„Nein?"
„Schon jemals Ski gefahren?"
„Nein!"
Gundi war in seinem Element: „Das leihe ich dir alles. In einem Tag lernst du Skifahren. Das gibts' nur in der Skischule Thoma."
„Kann ich jetzt mit rein?", lautete Alfreds wichtigste Frage.
Gundi legte einen Arm um Alfreds Schulter, die ultimative Versöhnung: „Komm mit. Ich gebe ein Bier aus!"
Das Lokalverbot hatte genau elf Minuten gehalten.

St. Märgener Rossfest

Das Rossfest in St. Märgen findet nur alle drei Jahre statt. Es ist eines der größten Volksfeste der Region. Traditionell stehen dort nicht nur Pferde- und Kutschenvorführungen auf dem Programm, sondern es gibt auch einen historisierenden Festumzug und es treten im Rahmenprogramm auch viele Blaskapellen aus der Region auf.

„Damit die Besucher eine Rosskur bekommen", lästerte Alfred despektierlich, als sie zu viert am Sonntagvormittag über das Jostal hinauf nach St. Märgen fuhren. Am Steuer ihres Panda saß Anna und sah mit ihrer Sonnenbrille und den nach hinten gebundenen schwarzen Haaren cool aus wie eine Diva von der Côte d‹Azur. Auf dem Beifahrersitz saß Vanessa, die nicht wie eine Diva aussah, sondern eher wie aus der Kommune der 68er-Ikone Uschi Obermeier. Auf dem Rücksitz drückte sich Alfred, und neben ihm im Kindersitz strampelte die kleine Eva Maria Luisa, an der die zehntägige Entführung komplett spurlos vorübergegangen war. Sie machte Geräusche wie eine gurgelnde Waschmaschine.

Das Rossfest lief bereits seit Freitag. Aber am heutigen Sonntag, dem „Tag des Schwarzwälder Pferdes" steuerte es auf seinen Höhepunkt zu. Zunächst fand quer durch das Dorf der Festumzug statt, der bei der Schwarzwaldhalle und den dortigen Parcours enden würde. An der Schwarzwaldhalle ging es dann mit Pferdeschauen und dem spektakulären Gespannfahren weiter. Es war ein schöner Sonntag, nicht zu kühl, ohne Regen. Das Fest wurde von der Gemeinde mit Hilfe der gesamten Dorfgemeinschaft durchgeführt. Alfred hatte sich einiges angelesen: Es wurden insgesamt über 30.000 Besucher erwartet. Die Tradition des Rossfestes ging auf das Jahr 1949 zurück. Damals wurde es als bäuerlich-religiöses Dorf-

fest begründet. Die Feier der heimischen Kaltblut-Kulturrasse „Schwarzwälder Füchse« war in den Anfangsjahren stets mit einer Wallfahrt verbunden und entwickelte sich im Laufe der Zeit zu einem der größten Volksfeste in der Region.
Die Organisation des Events liegt komplett in der Hand der Dorfgemeinschaft, insbesondere ihrer zahlreichen Vereine. Alfred lobte, während er auf dem Rücksitz die entsprechende Broschüre studierte und den beiden Frauen vorlas: „Die St. Märgener brauchen für so etwas keine Eventagentur und keine HTG- Tourismusgesellschaft. Die stemmen das aus eigener Kraft."
„Je kleiner das Dorf, desto authentischer und unkomplizierter sind die Feste", wusste Anna beizutragen. „St. Märgen war da schon immer besonders. Die dortigen Vereine haben komplett in Eigenarbeit die Schwarzwaldhalle und die Weißtannenhalle errichtet. Darum beneiden sie sämtliche Nachbargemeinden. In Neustadt machen sie seit fünfzig Jahren an einer Festhalle herum und haben bisher noch rein gar nichts zuwege gebracht. Dort ist bis heute das Thomasheim der Pfarrgemeinde immer noch der einzige Festsaal. Das war er schon vor siebzig Jahren." Alfred las weiter aus seiner Broschüre vor: „Hier steht, dass während der drei Festtage beim Rossfest mehr als 500 freiwillige Helfer mitarbeiten. Das sind mehr als 30 Vereine, die Feuerwehr und viele weitere Unterstützer aus der Bürgerschaft. Einer der sechs Festwirte heißt übrigens Willibald Dresen."
„Der Nazi?", fragte Vanessa überrascht.
„So ist es", bestätigte Alfred. „Aber wie einer tickt, das ist ja seine Privatsache, Hauptsache er packt mit an."
In Höhe der zwei großen Festhallen wurden sie vom Ordnungsdienst der Feuerwehr auf einen Feldweg geleitet und von dort auf die umliegenden Weideflächen, die großzügig als Parkplätze ausgewiesen und mit Flatterband abgesperrt

waren. Sie stellten den Panda ab und pilgerten Richtung Dorf, vorbei am Reitplatz des Fest- und Sportgeländes, wo bereits die Vier- und Zweispännerkutschen der Schwarzwälder Pferdezuchtgenossenschaft für ihre Vorführungen trainierten. Alfred erkannte auf einem der Kutschböcke Klaus „Klausi“ Sigwart, der gekonnt Plastikkegel umfuhr. Ein anderer Zweispänner mit den Füchsen des Baschimattenhofs im Geschirr wurde von Freddy Smöker gelenkt. Er war konzentriert bei der Sache und schien vollkommen ahnungslos, dass es ein Gutteil des nicht zu übersehenden Polizeiaufgebotes, das ringsum mit Streifenwagen Aufstellung genommen hatte, auf ihn abgesehen hatte. Die Streifenwagen waren so postiert, dass die beiden Zufahrten von der Landstraße L128 schnell blockiert werden konnten, ebenso der kleine Zubringerweg von der L128 zu den Sportplätzen.

„Selbst wenn er es zu seinem Auto schafft und fliehen wollte, er hätte keine Chance“, erkannte Alfred, der die Situation aufmerksam studierte.

„Unglaublich, dass ausgerechnet der Pferderipper am Gespannfahren teilnimmt und die Pferde vorführt, für die er selbst die größte Gefahr bedeutet“, stellte Vanessa fest. „Man wünscht ihm fast einen Huftritt von einem Schwarzwälder Fuchs, und zwar am besten in die Weichteile.“

„Immerhin wird er passenderweise am Tag des Schwarzwälder Pferdes aus dem Verkehr gezogen. Wenn das kein Wink des Schicksals ist …“

Sie ließen das Festgelände hinter sich und zogen am Naturbad vorbei über die Feldbergstraße zur Dorfmitte, um sich dort den Festumzug anzuschauen. Alfred hatte als Journalist eine Einladung auf die VIP-Bühne der Gemeinde, die an der zentralen Kreuzung direkt vor dem Rathaus aufgebaut war. Während Anna und Vanessa sich gegenüber beim Café Wangler einen guten Standplatz sicherten, erklomm Alfred das etwas erhöhte Podest, auf dem ihn Bürgermeister Kreutz, der eine Art Trachtenjoppe trug, freudig in Empfang nahm: „Schön, dass Sie auch gekommen sind. Sie werden es nicht bereuen. Das wird ein Erlebnis, das verspreche ich.“

Auf der Bühne hatte sich bereits ein Kamerateam des SWR breitgemacht, außerdem die Reporter und Fotografen der Tageszeitungen, ein Vertreter der Badischen Bauernzeitung und weitere Medienvertreter. Auch Bert Kleinteich durfte nicht fehlen.

Für Alfred war es schon einmal ein Erlebnis, dass man auf der kleinen VIP-Bühne rauchen durfte. Er bot auch Bürgermeister Kreutz eine Selbstgedrehte an, doch der lehnte ab: „Nicht so gerne in der Öffentlichkeit“, räumte er ein. „Vielleicht nachher mal, hinterm Rathaus.“

Alfred hatte einen guten Überblick über das Geschehen. Der Festumzug kam von der Glottertalstraße her, bog beim Café Wangler in die Feldbergstraße und zog dann ostwärts aus dem Dorf hinaus Richtung Festplatz an der Weißtannenhalle und der Schwarzwaldhalle. Überall am Straßenrand und in den Garageneinfahrten waren Verpflegungsstände aufgebaut. Tausende Schaulustige drängten sich entlang der Absperrungen.

Die Trachtenkapelle St. Märgen führte den Zug an. Alfred erkannte, dass die Trachtenjacke des Bürgermeisters, schwarz mit roten Kragenlitzen und doppelter silberner Knopfreihe, aus dem Fundus dieser Kapelle stammen musste. Dem Bürgermeister war sie eine Idee zu eng, weshalb er sie vorne offen trug. So war auch die schwarze Weste mit weißen Punkten zu erkennen, die er darunter trug. Nur der flache schwarze Hut fehlte, den die Mitglieder der Trachtenkapelle trugen. Dennoch sah der Bürgermeister exakt so aus, wie Alfred sich einen Dorfbürgermeister aus dem 19. Jahrhundert vorgestellt hätte.

Während die ersten festlich geschmückten Themenwagen des Umzuges auftauchten, flankiert von Reitern, deren Schwarzwälder Kaltblut-Füchse vom Lärm und Trubel unbeeindruckt schienen, drängelte sich Alfred zur hölzernen Brüstung vor, wo Bert Kleinteich sich einen Platz erobert hatte und fleißig fotografierte.

„Können wir bei Goodwood-Wäldernews ein paar Fotos bekommen", fragte er in den Lärm hinein. Die Trachtenkapelle intonierte das Badnerlied und wie auf Kommando fasste sich die gesamte Belegschaft der VIP-Tribüne mit der flachen Hand ans Herz und sang aus voller Brust mit.

Etwa bei der Textzeile „ … in Mannheim die Fabrik …", tippte jemand Alfred auf die Schulter. Erschrocken wandte er sich um. Celine K., die wandelnde Tattoo-Fabrik!

„Hey, Bussy!", kreischte sie über das Badnerlied hinweg und drückte Alfred ungefragt ihre feuchte Wange gegen das Gesicht. Alfred war klar, dass man das von der anderen Straßenseite her sehen konnte. Vanessa und Anna würden es sicher registrieren. Auch Bert Kleinteich hatte es registriert. Er freute sich über die Schnappschüsse, die ihm reaktionsschnell gelangen.

Die üppige Celine trug etwas, was wie eine Oktoberfest-Tracht aussah, allerdings ihre fleischlichen Vorzüge nur unzulänglich zu bändigen vermochte. So quollen Alfred, ob er es wollte oder nicht, zwei Pampelmusen entgegen, die sogar Pamela Andersons Neid noch erregt hätten. Wo war eigentlich Celines kongeniale Partnerin Desiree W.? Weil die nachfolgende Blaskapelle nunmehr zu einem weiteren Hit anhob, den alle außer Alfred mitsingen konnten, hakte die unerschrockene Celine K. sich bei Alfred unter und es ging ans Schunkeln. „Liebe kleine Schwarzwaldmarie", plärrte Celine unerschrocken und himmelte Alfred dabei an, als müsse sie gemeint sein: „ … Dir bleib ich treu und vergesse Dich nie …"

Nein, diesen Moment würde Alfred tatsächlich nie vergessen, denn während er von Celine K. auf seiner Linken und von Bürgermeister Kreutz zu seiner Rechten heftig in die Zange genommen und in schunkelnde Schaukelbewegungen versetzt wurde, entdeckte er die zweite Influencerin mit ihrem über den Köpfen hochgereckten Smartphone, ein Beweisvideo von der Szene anfertigend. Alfred ahnte schon die „Likes", die sein Auftritt den beiden Fregatten einbringen würden.

Nun verschwanden Trachtenkapelle und ihre Klänge hinter der Biegung und es tauchten die liebevoll gestalteten Themenwagen auf. Sie stellten die verschiedenen handwerklichen Traditionen des Schwarzwaldes und auch einige Szenen aus der Dorfhistorie dar. Ein Wagen war vollgestopft mit älteren Herren, die im Gewand der Augustiner-Chorherren an die Klostergeschichte des Ortes erinnerten, und von einem bösen Vogt, dargestellt von keinem Geringeren als Willibald Dresen, unterdrückt und in ein Burgverließ gesteckt wurden, das aus Pappmaché am Heck des Festwagens aufgebaut war.

Der nächste Festwagen zeigte die Uhrmacherei, es folgten weitere Themenwagen zum Korbflechten, Schindelmachen, Dengeln und zum Brennen von Kirschwasser. Alfred bedauerte, dass er nicht unten an der Straße stand, denn vom Kirschwasserwagen wurden großzügige Proben der Brennkunst unter das Publikum verteilt.

Celine K. hing immer noch an Alfreds Arm und ließ sich nicht abschütteln. Hilfesuchend blickte Alfred sich um. Er entdeckte ein bekanntes Gesicht am anderen Ende der VIP-Bühne. Das war der Werkstattmeister vom Autohaus Schuler, bei dem seit drei Wochen sein roter Flitzer verschollen war. Alfred machte sich los: „Muss mal was Wichtiges erledigen", und ging den Werkstattmeister frontal an, während drunter vor der Bühne kleine Trachtenmädchen mit Körbchen unterm Arm vorbeischritten und mit feierlichem Stolz Blumen ausstreuten.

„Gut, dass ich Sie treffe!", schnauzte Alfred den Mann vom Autohaus an. „Wann kriege ich endlich meinen Wagen zurück. Seit drei Wochen warte ich auf diese blöde Windschutzscheibe."

Unwillig ob der Störung gab der Werkstattmeister zurück: „Was wollen Sie? Ihr Wagen ist seit zweieinhalb Wochen fertig. Die Windschutzscheibe ist längst montiert."

„Aber ...", plusterte Alfred sich auf: „Warum weiß ich nichts davon? Niemand hat mir Bescheid gesagt."

„Sie hätten ja auch mal fragen können, so wie andere Kunden das auch machen", gab der Mann zurück. „Wir rennen nicht hinter jedem her. Da Sie sich nicht gemeldet haben, haben wir gedacht, sie benötigen das Fahrzeug nicht so dringend. Sie können es jederzeit abholen."

„Worauf Sie Gift nehmen können", blaffte Alfred, immer noch empört.

„Nur heute nicht. Da ist niemand da. Sind alle beim Rossfest", schränkte der Mechanikermeister ein und wandte sich demonstrativ wieder dem Geschehen auf der Straße zu.

Dort gingen bäuerlich gewandete Pferdeführer, die Schwarzwälder Füchse am Halfter führten. Die Tiere zogen in bedächtigem Tempo historische landwirtschaftliche Arbeitsgeräte an den Schaulustigen vorbei. Zuerst kamen ein Pflug und eine Mähmaschine, dann folgte ein Düngerstreuer, an den eine Tafel an die überzeugende Bauernweisheit „Wer Dünger streut, häts' selde greut!" erinnerte. Es erschienen des Weiteren traditionell beladene Heu- und Graswagen, eine Dreschmaschine oder ein Rossfutterschneider. Dazwischen führten Jungbauern einzelne Prachtexemplare von Ochsen, Milchkühen und Ziegen am Strick durch das Dorf, gefolgt

von prächtigen Festkutschen, stolzen Reitern und immer wieder Blasmusikkapellen aus der Umgebung.
Bürgermeister Kreutz erklärte an die Adressen von Alfred, Bert Kleinteich, des SWR-Kamerateams, der Influencerinnen und allen übrigen tatsächlichen und vermeintlichen weiteren Pressevertretern: „So wird unser kulturelles Erbe erhalten und in die nachfolgende Generation weitergetragen. Deshalb veranstalten wir als Gemeinde das Rossfest zusammen mit der Schwarzwälder Pferdezuchtgenossenschaft und dem Pferdezuchtverband Baden-Württemberg."
Die Kaltbut-Füchse trugen das Ihre zum Erhalt des kulturellen Erbes bei und hinterließen auf der Dorfstraße heiß dampfende Pferdeäpfel, die der nachfolgenden Blaskapelle die Marschordnung durcheinanderbrachte, weil die Musikanten dem kulturellen Erbe auszuweichen trachteten. So oder so war der gesamte Festumzug eine Pracht und für das staunende Publikum eine lehrreiche Augenweide.
Als gegen Ende des Zuges ein vierspänniger Wagen an der VIP-Bühne vorbeizog, angekündigt als „Römerwagen" und geführt von einem Wagenlenker, der an einen Zenturio aus den Asterix-Heften erinnerte, kamen Alfred Zweifel an der Version vom kulturellen Erbe des Hochschwarzwaldes. Vier prachtvolle Rösser, selbstverständlich Schwarzwälder Füchse, gingen Seite an Seite im Geschirr, und der Centurio, der vom Umzugssprecher als Helmut Faller vorgestellt wurde, reckte sein behelmtes Haupt und winkte in die Menge, die er sicherlich etwas getönt wahrnahm, denn er trug eine Sonnenbrille, was definitiv der historischen Authentizität widersprach. Doch Manfred Kreutz klärte Alfred auf: „Früher ging über die Höhen beim Thurner eine Römerstraße. Sie führte von der Baar bis in den Breisgau hinunter."
„Fehlt nur noch Ben Hur", kommentierte Alfred mit leichtem Spott.

Doch der Spott sollte ihm bald vergehen. Und Ben Hur wurde mehr Wirklichkeit, als ihm lieb war.

Alfred Ben Hur

Das vielfältige Programm des Rossfestes bot für Alt und Jung jede Menge Unterhaltung und reichlich Speis und Trank entlang der Umzugsstrecke, vor allem aber auch außerhalb des Ortes bei den Reitplätzen oberhalb von Schwarzwaldhalle und Weißtannenhalle. Alfred schaffte es, der Umklammerung durch Celine K. durch fluchtartiges Verlassen der Festbühne zu entkommen. Zusammen mit Vanessa, die ihn im Hinblick auf Celine K. mit mildem Spott und der Frage „Warum hast du mit ihr Schluss gemacht?" auf die Schippe nahm, und mit Anna, die den Vorgang mit keinem Wort erwähnte, sich dafür intensiv ihrem Nachwuchs widmete, den sie in einem Tuch vor sich hertrug, kehrte Alfred zu den Festhallen am Ortsausgang zurück.

Mit dem Umzug verlagerte sich insgesamt das Festgeschehen dorthin. Die Fressbuden waren umlagert, lange Schlangen bildeten sich an den Getränkeständen und am festlich geschmückten Reitplatz und dem Fahrparcours für die Gespanne drängelten sich die Besucher um die besten Plätze. Unschlüssig, welcher Attraktion sie sich widmen sollten, setzte Alfred sich mit dem Vorschlag durch, dass er bei den Getränken, die Frauen bei den Wurstbuden anstehen sollten. So reihte Alfred sich in eine lange Schlange am nächstgelegenen Bierstand ein, in der Hoffnung, dass er dort auch die von Anna gewünschte Johannisbeerschorle „oder irgendwas anderes gesundes", wie sie sich ausgedrückt hatte, geben würde. In der Schlange stehend hatte er Gelegenheit, die Szene um sich herum in Augenschein zu nehmen. Er erkannte die unauffällige Präsenz der Polizei. Evelyn Schwänzel stand in Zivil beim Eingang der Weißtannenhalle, einem imponierenden Bau im Schwarzwaldstil, der das Festgelände beherrschte.

Die Oberkommissarin hielt ein Funkgerät ans Ohr und gab Anweisungen an weitere Zivilfahnder zu ihrer Rechten, die so unauffällig aussahen wie Eishockeyspieler beim Basketball. An ihren Ohrstöpseln und den aufgeblähten Blousons waren sie zu erkennen. Als nächstes fiel Alfreds Blick auf ein Pärchen, das Hand in Hand über das Festgelände spazierte: Kurt und Swetlana Pfeifmann. Ein Herz und eine Seele, aber nur scheinbar. Alfred fiel auf, dass Kurt Pfeifmann seine Frau eher festhielt als einvernehmlich führte. Er erkannte auch, warum dies nicht unangebracht war. Swetlana ging nämlich nur vordergründig fügsam an der Seite ihres Mannes. Ihre Blicke schweiften über die Menge und kreuzten sich mit den Blicken von keinem Geringeren als Klaus Sigwart, dem Erlenbachbauern, der dabei war, seine Pferde abzuschirren. Er hatte seine Wettbewerbsfahrt hinter sich. Nun stand er verschwitzt, aber prächtig wie ein St. Märgener Mannskerl nur sein kann, bei seinen Tieren und nahm Schulterklopfen und Gratulationen entgegen. Dabei sagten seine Blicke in Richtung Swetlana Pfeifmann, dass er bereits für die nächste Herausforderung bereit war.
Nicht weit hinter den Pfeifmanns schlurften unauffällig Höltscher und Kowalenko, diesmal nicht im Anzug, sondern im Freizeitlook. Nur die obligatorischen Sonnenbrillen durften nicht fehlen. Sie filmten mit ihren Smartphones und versuchten, es möglichst unauffällig wirken zu lassen, wobei das angesichts von einigen hundert gezückten Smartphones im Publikum eine ebenso überflüssige wie brotlose Bemühung war.
„Kurt Pfeifmann hatte erneut einen fingierten Anruf, der ihn zu einem angeblichen Notfall locken sollte", sagte neben Alfred eine Stimme. Sie gehörte Evelyn Schwänzel, der Oberkommissarin, die sich neben ihn gesellt hatte, ohne dass er es bemerkt hatte.

„Woher wissen Sie das?“, fragte Alfred erstaunt und rückte gleichzeitig einige Meter in der Schlange vor.
„Wir hören, seit Sie uns diese Information gegeben haben sein Telefon ab,“ sagte die Oberkommissarin trocken.
Es wunderte Alfred, dass sie so freimütig Auskunft gab. Er sollte gleich erfahren, warum das so war: „Wir konnten den Anruf zurückverfolgen und den Anrufer identifizieren“, sagte sie. „Es ist Klaus Sigwart vom Erlenbachhof. Der Nachbar der Ermordeten.“
„Was schließen Sie daraus?“
„Das Gleiche wie Sie“, erwiderte die Oberkommissarin.
Alfred ahnte: Swetlana, die Frau des Veterinärs, und Klaus, der Betzitglunki, der diesmal als Kutschweltmeister auftrat, hatten wieder ein Rendezvous vereinbart, doch diesmal war störenderweise Pfeifmann mit von der Partie.
„Passt das in ihre Tätertheorie zum Mordfall Pfisterwald?“, fragte Alfred, während er sich dem Getränkestand um weitere Meter näherte.
Oberkommissarin Evelyn Schwänzel wollte antworten, aber in diesem Moment schob sich eine resolute Brünette zwischen sie und Alfred, holte aus und verabreichte Alfred ohne Vorwarnung links und rechts zwei saftige Backpfeifen, die sie mit der herausgezischten Bemerkung: „Arschloch! Alter weißer Mann!“ garnierte.
Alfred wusste nicht wie ihm geschah. Er hatte die Frau schon mal gesehen. War das nicht die Nachbarin von Willibald Dresen? Auch die Oberkommissarin war so verblüfft, dass sie nicht einschritt. Die Suffragette entfernte sich bereits wieder, und murmelte mit grimmiger Genugtuung: „Das war fürs’ Gendern.“ Dann verschwand sie in einer Frauengruppe, die bald im Gedrängel abtauchte. Alfred hielt sich die Wange: „Was war denn das?“

„Wie es scheint, eilt Ihnen ein Ruf voraus“, bemerkte die Kommissarin süffisant. „Alle Achtung!“
„Das war meine Nachbarin“, sagte eine wohlbekannte Stimme. Willibald Dresen, noch immer in der Kluft des Klosterabtes, näherte sich feixend vom Bierstand her. Er trug in beiden Händen jeweils zwei überschäumende Becher Bier, die er in Richtung seines Festwagens balancierte.
„Nicht ernst nehmen“, führte Dresen im Vorübergehen aus. „Die ist immer so. Ortsbekannt.“
„Ausgerechnet Ihre Nachbarin. Wie heißt die Tante?“, fragte Alfred, dem immer noch die schmerzhafte Überrumpelung ins Gesicht geschrieben stand.
„Das ist Lucia Maria Winterhalder-Großbeck“, klärte Dresen auf. Verschwörerisch fügte er hinzu: „Bei mir heißt sie nur Groß-Emanze. Ein schreckliches Weib. Schreibt immer Leserbriefe zum Gendern. Wer sich mit ihr anlegt, muss sich warm anziehen. Was haben Sie ihr angetan?“
„Nicht, dass ich wüsste“, meinte Alfred ratlos. Ganz weit im Hinterstübchen klingelte bei ihm etwas bei dem Namen Winterhalder-Großbeck. Aber er kam nicht drauf.
Dresen war gut aufgelegt: „Trinken wir ein Bier zusammen?“
Alfred lehnte ab: „Ich bin in Begleitung. Muss erst meine zwei Frauen wiederfinden.“
„Sind Sie in der Sache Pütz-Grab weitergekommen?“, wollte Dresen wissen. Daher wehte also der Wind. Der alte Nazi erhoffte sich wohl von Alfred neue Informationen. Als Alfred nur mit der Schulter zuckte, rückte Dresen aufdringlich näher und gab verschwörerisch kund: „Ich habe sowieso meine ganz eigene Theorie. Ich glaube überhaupt nicht, dass Karl Pütz in diesem Grab gelegen hat.“
Alfred schenkte Dresen einen fragenden Blick: „Das schien mir doch als gesichert“, wandte er ein.

„Alle glauben das", führte Dresen seine Theorie aus. „Aber als man die Leiche mit der Erkennungsmarke fand, fehlte vom zweiten Offizier jede Spur. Vielleicht war es die Leiche des anderen Offiziers, dem Pütz lediglich seine eigene Erkennungsmarke umgehängt hat, so dass man ihn für tot halten musste und er untertauchen konnte, um nach dem Krieg unter neuem Namen eine neue Existenz aufzubauen."
„Sie glauben solchen Scheiß tatsächlich", erkannte Alfred und fügte spöttisch hinzu: „Wahrscheinlich glauben Sie auch, dass Adolf Hitler in einem Versteck in der Antarktis überlebt hat ..."
„Nicht in der Antarktis", widersprach Dresen. „In Südamerika!"
„Au weia!", entfuhr es Alfred und er schob sich von Dresen weg weiter in Richtung Bierstand. Inzwischen war er auch so weit in seiner Schlange vorgerückt, dass er nunmehr seine Bestellung aufgeben konnte: „Zwei große Bier" für sich und Vanessa „und eine Johannisbeerschorle" für Anna.
Johannisbeerschorle gab es nicht. Alfred, der sich schwertat, außer Bier „was Gesundes" im Getränkeangebot ausfindig zu machen, entschied sich in seiner Not für einen ISO-Drink. Dann machte er sich auf die Suche nach Anna und Vanessa. Die ISO-Flasche stopfte er in seine Jackentasche, die Bier balancierte er vorsichtig durch die Menge.
Evelyn Schwänzel tauchte mit der Mahnung „Und Sie mischen sich diesmal nicht ein" wieder in der Menge unter. Zuvor hatte sie ihm zugeflüstert: „Passen Sie auf, der Zugriff steht unmittelbar bevor. Freddy Smöker ist ahnungslos."
In der Tat war Freddy Smöker ahnungslos. Er kam jetzt mit seinem Gespann vom Reitplatz, wo er mit Bravour und neuer Bestzeit den Parcours gemeistert hatte. Er sah verschwitzt, aber sehr zufrieden aus. Nichts deutete darauf hin, dass er etwas von der Polizeipräsenz bemerkte oder sie gar auf sich

bezog. Die Reit- und Fahrvorführungen mit den Gespannen gingen ihrem Ende entgegen. Smöker nahm seine beiden erfolgreichen Füchse aus dem Gespann und führte sie auf eine abgekoppelte Weide zu den Kaltblütern der übrigen Teilnehmer. Bis zur Siegerehrung stand jetzt nur noch die Prämierung der Zuchthengste an. Dabei ging es nicht nur um die Potenz der Zuchthengste, sondern vor allem auch um die Vererbung der charakteristischen Merkmale. Nicht nur äußerlich bestechen Schwarzwälder Füchse mit ihren hellen Mähnen und Schweifen, ihren ausdrucksstarken Augen und dem kompakten Körperbau. Sie müssen auch die Eigenschaften aufweisen, deretwegen sie jahrhundertelang von den Schwarzwälder Bauern gezüchtet worden waren: Gutmütigkeit, Genügsamkeit und Widerstandsfähigkeit.

Die Tiere mit diesen angezüchteten Eigenschaften gerieten deshalb am wenigsten in Aufregung, als plötzlich von drei Seiten Uniformierte im Laufschritt das Festgelände stürmten. Mittendrin Evelyn Schwänzel und ihre Zivilfahnder. Einige der Polizisten hielten ihre Schusswaffe gezückt. Menschen sprangen zur Seite, andere wurden unsanft aus dem Weg gedrängt. Alfreds Bier schwappte über, als ihn die zurückweichende Menge anrempelte.

Es dauerte, bis Freddy Smöker erkannte, dass der Polizeisturm ihm galt. Doch plötzlich sprang ihm das Erschrecken ins Gesicht und er sah sich panisch um. Fast verpasste er den Moment, wo er noch die Flucht ergreifen konnte. Er wandte sich dem durch Flatterbänder abgesperrten Fuhrpark der noch nicht abgeschirrten Zwei- und Vierspänner zu. Dort stand auch der Römerwagen, den Alfred beim Festumzug bewundert hatte. Die römisch dekorierten Schwarzwaldfüchse standen brav nebeneinander in ihrem Geschirr und schlugen die Zeit und mit ihren Schweifen Fliegen tot. Anders als bei den Vierspännern, wo auf jeder Seite an einer Deichsel je

zwei Pferde hintereinander eingespannt werden, laufen bei der römischen Quadriga vier Pferde nebeneinander vor dem Streitwagen.
Freddy Smöker erklomm auf seiner Flucht vor den Polizisten, die ihn von drei Seiten bedrängten, das schmale Trittbrett für den Wagenlenker, griff sich mit einer Hand die dort eingehängte Kutschpeitsche, mit der anderen die Zügel und brachte mit gekonntem Peitschenknall die vier Kaltblüter zum Kaltstart. Eines muss man sagen: Er beherrschte sein Metier. Das hatte er wohl in seiner Zeit im Gestüt Marbach gelernt. Die Tiere parierten und fielen aus dem Stand in einen stürmischen Galopp. Die vordersten Polizisten stolperten hinterher, hatten aber keine Chance, als Smöker mit seinem gekaperten Römerwagen rücksichtslos durch die Menge donnerte und jetzt die Schlange an Alfreds Bierstand sprengte. Es war ein kleines Wunder, dass dabei niemand verletzt wurde. Die Menschen wichen schreiend und übereinander fallend nach links und rechts aus. Nur Alfred reagierte anders. Erst warf dem herannahenden Smöker seine beiden vollen Bierbecher entgegen, was freilich keine Wirkung erzielte, dann fasste er beherzt in die gebogenen Seitengeländer, die am Streitwagen verhindern sollten, dass der Wagenlenker von seiner Trittplattform fiel, und hievte sich, ohne lange nachzudenken auf den davonrasenden Wagen.
Quer durch die Menschenmenge ging es dahin.
Smöker bemerkte ihn und versuchte sofort, ihn mit nach hinten auskeilenden Fußtritten wieder von der Plattform zu stoßen. Aber Alfred hielt sich gut fest und wich aus. Smöker konnte die Zügel, die er sich um die linke Hand gewickelt hatte, nicht loslassen, ohne die Kontrolle über das davonstiebende Gefährt zu verlieren. Und mit der Peitsche, die er in der rechten Hand hielt, konnte er sich nicht so weit nach hinten verbiegen, dass er Alfred hätte treffen können. Und

so musste er den unwillkommenen Mitfahrer akzeptieren. Ohne das Tempo zu verringern, jagte Smöker das Gespann quer über den Reitplatz, wo die Kaltblut-Züchter eiligst ihre aufgeschreckten Stuten und Hengste in Sicherheit brachten. Auch das hohe Schiedsgericht, allen voran Lea Vorderhalder, ergriff die Flucht.

Die letzten Polizisten, die noch versuchten, zu Fuß dem Fluchtwagen zu folgen, gaben keuchend auf. Einsatzleiterin Schwänzel war eine von ihnen. Sie brüllte atemlos Befehle in ihr Funkgerät. Doch was sollte sie machen? Smöker strebte den Feldern und Wiesen oberhalb des Festgeländes zu, der einzigen Himmelsrichtung, in der keine Streifenwagen postiert waren.

Es schien, als wären die Verfolger abgehängt. Doch da näherte sich von den seitlich neben dem Festplatz eingerichteten Weiden in atemberaubendem Tempo ein weiteres Gespann, ein Zweispänner. Er wurde gelenkt von Klaus Sigwart. Der junge Erlenbachbauer hatte am schnellsten von allen reagiert, als Smöker die Polizei düpierte, und hatte sich das erstbeste fahrbereite Gespann geschnappt, um die Verfolgung aufzunehmen.

Smöker durchbrach am Ende des Reitplatzes die Flatterbandabsperrung. Die vier Füchse, die er antrieb, schossen unbeeindruckt durch die weiß-roten Plastikbänder und donnerten in einer Staubwolke über die angrenzenden Sportplätze auf die Wiese in Richtung des Wirtschaftsweges, der hinauf an den Waldrand zur historischen Rankmühle führte. Smöker und Alfred wurden durchgeschüttelt, als der Wagen über die unebene Wiese holperte. Beide waren so sehr damit beschäftigt, den Halt nicht zu verlieren, dass keiner den anderen ernstlich angreifen konnte. Smöker versuchte es zwar immer wieder mit Fußtritten, doch er musste aufpassen, dass Alfred nicht sein Bein zu fassen bekam und ihn vom Kutschbrett zog.

Klausi erkannte Smökers Absicht, den Wirtschaftsweg zur Rankmühle zu erreichen und schnitt ihm den Weg ab. Er hatte den besseren Winkel und erreichte den Weg früher, so dass er dort ein höheres Tempo aufnehmen und gegenüber Smökers Römerwagen Boden gut machen konnte. Als Smöker glücklich den Weg erreichte, immer noch seine vier Zugpferde zu vollem Galopp antreibend, hatte er nur noch eine Wagenlänge Vorsprung.
Doch Klausis Gespann rückte näher, obwohl der kühne Wagenlenker keine Peitsche benutzte. Alfred sah, dass Klaus eine Mistgabel über dem Kopf schwang, die er drohend als Waffe gegen Smöker richtete. Bald flogen die Gespanne Rad an Rad, Seite an Seite über den Wirtschaftsweg, der dazu viel zu eng war. Die inneren Speichenräder berührten sich fast, die äußeren Speichenräder beider Gespanne holperten über die unebene und steinige Bankette des Weges. Steine spritzten davon, die Gespanne bockten wie Asphalttrüttler, und es grenzte an ein Wunder, dass sie heil blieben und nicht in voller Fahrt umkippten. Klausi versuchte, seine Mistgabel in die Speichen des Römerwagens zu stoßen. Smöker antwortete mit knallenden Peitschenhieben gegen seinen Kontrahenten. Todesmutig mischte sich auch Alfred ein, indem er auf seinem Platz hinter Smöker hin und her schaukelte und am Haltegestänge riss, in der Hoffnung, den Wagen vielleicht zum Kippen zu bringen. Dabei war er einen Moment unachtsam und bekam prompt Smökers Schuhsohle ins Gesicht. Seine Lippen sprangen auf, seine Nase blutete.
Smöker dachte nicht daran, klein beizugeben. In seinem hassverzerrten Gesicht, schweißnass und staubverschmiert, zeigte sich jetzt ein glasiger Blick. Er wirkte wie in Trance, als er mit der Peitsche Klausis geschwungene Mistgabel zu fassen bekam, umschlang und dem Verfolger aus der Hand riss. Am Peitschenende wirbelte das gefährliche Instrument

durch die Luft. Geistesgegenwärtig ließ Smöker die Hand mit der Peitsche nach hinten fallen, so dass die Pferde nicht in Gefahr gerieten. Dadurch segelte jedoch die Mistgabel direkt über Alfreds Kopf und stach herunter wie die Harpune eines römischen Gladiators. Alfred hob schützend die Arme vors Gesicht, bekam den Griff der Gabel gegen die Ellbogen, packte geistesgegenwärtig zu und bekam die Mistgabel zu fassen. Doch noch immer hing sie an der Peitsche, die Smöker jetzt wieder kraftvoll nach vorne schwang. Die Gabel wurde Alfred wieder aus der Hand gerissen und wirbelte jetzt zurück Richtung Klaus Sigwarts Zweispänner. Alfred, weil er seinen Griff losgelassen hatte, fiel auf die Knie und schaffte es nicht mehr, sich auf dem holpernden und hüpfenden Wagentrittbrett wieder aufzurichten. Als die Mistgabel am Ende der Peitsche gegen Klaus Sigwart segelte, nahm Smöker keine Rücksicht auf die Pferde. Das mörderische Instrument mit seinen vier spitzen Zinken hätte die Rücken der beiden Füchse getroffen, wenn Klaus Sigwart nicht geistesgegenwärtig seinen Zweispänner seitlich vom Weg hinunter in die Wiese gelenkt hätte. Der abrupte Richtungswechsel bekam dem Gefährt aber nicht gut. Der Wagen kippte um, als die Pferde ins unwegsame Gelände abbogen, und Klaus Sigwart wurde in hohem Bogen ins Gras geschleudert. Die Mistgabel flog hinter ihm her, traf ihn aber nicht.
Smöker ließ einen durchdringenden Triumphschrei erklingen. Hinter ihm wurde mit blutiger Nase der knieende Alfred durchgerüttelt wie in einem Kieswerk. Es war nur eine Frage der Zeit, bis er loslassen musste und abgeworfen wurde.
Doch was bezweckte Smöker mit seiner Flucht? Man würde ihn früher oder später doch zu fassen bekommen. Er war als Pferderipper überführt, da gab es kein Entkommen.
Smökers Römerwagen donnerte nun auf die Rankmühle zu. Von dort gingen Waldwege ab, Richtung Zweribach und ins

Wildgutachtal. Vielleicht war es Smökers Absicht, dorthin zu entkommen und dann unterzutauchen. Doch er hatte die Rechnung ohne den Vorsitzenden des Vereins zum Erhalt der Rankmühle gemacht. Denn an der denkmalgeschützten historischen Mühle hatte schon die ganze Zeit ein schmaler, eher schmächtiger Mann, die Verfolgungsjagd beobachtet und sich sogleich an einem Baum zu schaffen gemacht, der direkt am Wegesrand stand. Jetzt war zu erkennen, was der Mann trieb. Er hielt eine monströse Motorsäge in der Hand, mit einem Schwert, so groß wie ein Surfbrett, und er sägte damit am Stamm des Baumes. Die Absicht war klar: Der Mann wollte den Baum umsägen, um ihn als Hindernis auf den Weg stürzen zu lassen.

Auch Freddy Smöker, der jetzt nur noch etwa fünfzig Meter von der Stelle entfernt war, erkannte die Absicht. Es gab keine Chance, auszuweichen. Nach rechts grenzte unmittelbar der Wald an, nach links wurde der Weg von einem abfallenden Graben begrenzt, den der Römerwagen niemals hätte unbeschadet überwinden können. Da vom Festplatz her unverdrossen einige Polizisten im Laufschritt dem Gespann folgten, kam auch Umkehren nicht in Frage. So gab es für Smöker nur eines: Er musste schneller sein als der Mann mit der Säge. Und auf Alfred, den die Kräfte verließen und der deshalb nun erwartungsgemäß sich mehrfach in unfreiwilligen Purzelbäumen überschlagend den Abgang machte, musste Smöker sowieso keine Rücksicht nehmen. Er ließ die Peitsche auf die Pferderücken sausen, trieb sie zur Höchstgeschwindigkeit an. Den Tieren stand längst der Schaum in den Nüstern, sie galoppierten nur noch aus Angst und ihre riesigen Augen drückten Panik und Erschrecken aus. Smöker nahm keine Rücksicht, er musste schneller sein als der Baumfäller. Die mittelgroße Fichte knarzte, neigte sich, wippte noch ein letztes Mal mit ihrem Wipfel, dann senkte sie sich erst langsam wie in Zeitlupe, dann schnell und mit Donnergetöse zur Seite und fiel krachend quer über den Fahrweg, exakt so, wie der geübte Säger es vorberechnet und beabsichtigt hatte. Smökers Römergespann war zu langsam. Der gefällte Baum versperrte den Weg, die vier schlauen Füchse erkannten das Hindernis und stemmten aus vollem Galopp heraus ihre Vorderhufe in den Teer, dass es knirschte und funkte, und brachten den Römerwagen so abrupt zum Stehen, dass Smöker den Halt verlor und über den Wagenstand hinaus und über die Pferderücken hinweg durch die Luft katapultiert wurde. Er landete unsanft auf dem Teer des Fahrweges, und es krachten dabei die Knochen, so dass klar war: Freddy Smökers Flucht war hier zu Ende.

Der Mann mit der Riesenmotorsäge näherte sich. Alfred, der herbeihumpelte, erkannte ihn. Es war der Stihl Sepp, der Führer der Geisterwanderung.

„Sie hat der liebe Gott geschickt, Herr Stihl", dankte Alfred. „Gerade im richtigen Moment!"

„Ich heiße nicht Stihl", korrigierte der Motorsägenmeister trocken.

„Wie dann?", wunderte sich Alfred. „Alle sagen doch Stihl-Sepp zu Ihnen."

„Josef Saier!", stellte sich der Stihl-Sepp vor und hob seine Monstermotorsäge in die Höhe. Mit einer Hand deutete der Stihl-Sepp auf das Fabrikat: „Deswegen! Ich habe die Werksvertretung!"

Alfred ging ein Licht auf. Stihl Sepp und Josef Saier waren eine Person. Darauf hätte er auch schon früher kommen können.

„Sie sind alle festgenommen. Leisten Sie keinen Widerstand. Legen Sie die Motorsäge weg", befahl eine energische Frauenstimme. Evelyn Schwänzel und ihre Polizeikollegen waren angekommen. Sie schnauften wie Marathonläufer im Ziel.

Aber sie hatten die Lage im Griff. Klaus Sigwart, ramponiert aber weitgehend unversehrt, kümmerte sich um die herrenlosen Pferde, Alfred und Josef Saier kamen in den Genuss einer polizeilichen Belehrung, und der Pferderipper Smöker wurde in Handschellen gelegt. Widerstand konnte er ohnehin nicht mehr leisten, er jammerte über mehrere gebrochene Rippen.

Aufklärung

„Smöker hat alles gestanden“, klärte Alfred tags darauf Anna auf, die neben ihm auf dem Beifahrersitz saß. Die kleine Eva war im Kindersitz auf der Rückbank sicher verwahrt. Sie waren gemeinsam mit dem Bus zum Thurner ins Autohaus Schuler gefahren und Alfred hatte dort seinen roten Flitzer mit nagelneuer Windschutzscheibe abgeholt, außerdem den Kindersitz gekauft, ohne den Anna nicht bereit gewesen wäre, einzusteigen. Jetzt ließen sie sich den Fahrtwinde um die Ohren blasen und kehrten über Waldau nach Neustadt zurück.

„Woher weißt du das?“

„Ich habe heute Morgen schon mit Siegfried Junkel telefoniert. Er war wie immer bestens über den Stand der Ermittlungen informiert. Und er hat mir erzählt, dass Smöker direkt nach seiner Verhaftung ein umfassendes Geständnis abgelegt hat.“

„Man hätte ihn sowieso als Pferderipper überführt, da gab es nicht mehr viel zu gestehen“, kommentierte Anna.

„Er hat den Mord gestanden. Den Mord an Bärbel Heulupfer.“

Anna war überrascht: „Deswegen war ihm die Polizei doch gar nicht auf den Fersen.“

„Ja, aber das hat er nicht gewusst. Er hat geglaubt, der Polizei-Großeinsatz beim Rossfest gelte dem Mordfall. So hat er quasi aus Versehen gestanden.“

„Schöner Erfolg für die Polizei“, kommentierte Anna. „Und Gott sei Dank ist so ein perverser Verbrecher aus dem Verkehr gezogen. Was hat ihn bloß geritten? Erst die Pferdeschändungen, dann der Mord?“

Alfred erzählte, was er von Junkel erfahren hatte. Er holte weit aus: „Freddy Smöker hat die Heulupfer erdrosselt, weil sie und der Veterinär Pfeifmann ihn mit den Aufnahmen aus einer Überwachungskamera im Stall des Baschimattenhofs konfrontiert hatten. Auf diesen Aufnahmen war Smöker zu sehen, wie er sich in eindeutiger Absicht an den Fuchsstuten zu schaffen machte. Bei den Aufnahmen, die Tim Joy rekonstruiert hat, war diese Szene zwar nicht dabei, aber eine weitere Szene, die den heftigen Streit zeigte, den Smöker mit Bärbel Heulupfer und dem Veterinär hatte."

„Aber warum haben sie ihn nicht gleich angezeigt?", lautete Annas naheliegende Frage.

„Auch hierfür gibt es eine Erklärung", fuhr Alfred fort. „Smöker wusste vom Wohnwagen und dem heimlichen Liebesverhältnis zwischen der Baschimattenbäuerin und dem Veterinär. Er drohte damit, es an die große Glocke zu hängen. Dann wäre Pfeifmanns Ehe mit Swetlana in Gefahr geraten, und da er finanziell von seiner Frau abhängig war, wäre seine Existenz ruiniert gewesen. Also erpresster er die beiden und erzwang ihr Stillschweigen, wobei Smöker beiden nicht traute. Er wollte sie loswerden. Aber gegenüber den beiden musste er lediglich versichern, dass es keine weiteren Übergriffe auf Pferde mehr geben würde. Und daran hat er sich gehalten. Der Pferderipper hat seither nicht mehr zugeschlagen."

„So ein feiger, mieser Typ", ereiferte sich Anna über den Veterinär. „Solange sie die Beine für ihn breit gemacht hat, war die Bäuerin gut für ihn. Aber dann waren ihm sein verdammtes Haus und sein Bankkonto, seine verlogene Scheinehe, wichtiger als den Mord an seiner Geliebten aufzuklären. Ich könnte kotzen …"

„Er war nicht ganz untätig", nahm Alfred Pfeifmann in Schutz. „Er konnte nicht direkt sein Wissen offenbaren, schon gar nicht der Polizei. Aber er hat zum Beispiel mir und Vanessa Tipps gegeben, um unser Interesse auf Smöker zu

lenken. Er hat uns von Smökers Vergangenheit im Gestüt Marbach erzählt, damit wir dort nachforschen."
„Das lasse ich nicht gelten", war Anna immer noch empört. „Und während er vor lauter Schiss den Mund hielt, hat Smöker unterdessen Pläne geschmiedet, wie er die lästigen Zeugen loswerden kann."
„So ungefähr", bestätigte Alfred. Er hat dem Veterinär und dessen Frau Swetlana als eine Art Zeichen seines guten Willens die Teilnahme an der Geisterwanderung geschenkt. An besagtem Tag, so wusste er, würde Pfeifmann im Pfisterwald sein und Bärbel Heulupfer auf dem Hof."
„Stimmte aber nicht", warf Anna ein. „Pfeifmann war in Oberried bei einem Noteinsatz."
„Das wusste Smöker aber nicht. Er konnte ja nicht ahnen, dass Klaus Sigwart den Veterinär mit einem fingierten Anruf zu diesem Noteinsatz locken würde, um freie Bahn zum Techtelmechtel mit seiner Frau zu haben. Also nahm er weiterhin an, dass auch Pfeifmann an der Geisterwanderung teilnehmen würde, und das war Bestandteil seines Planes."
„Welcher Plan?"
„Es war kein Mord im Affekt. Smöker hatte sein Vorgehen minutiös geplant. Er wollte möglichst öffentlich die Leiche von Bärbel Heulupfer Pfeifmann vor die Füße legen, als unmissverständliche Warnung, was geschehen würde, wenn er ihn verraten würde. Die Leiche war also an Kurt Pfeifmann adressiert, doch ausgerechnet der war bei der Geisterwanderung gar nicht dabei."
„Warum hat Pfeifmann danach immer noch nichts gesagt? Er wusste doch, wer der Mörder war?"
„Er hatte die Hosen voll. Smöker hat gedroht, auch ihn umzubringen, außerdem war ja immer noch die Gefahr, dass seine Frau sich scheiden lassen würde. Also hat er geschwiegen."

Inzwischen hatten sie Waldau durchquert und nahmen Kurs Richtung Langenordnach. Alfred genoss die Fahrt im offenen Cabrio. Endlich saß er wieder am Steuer seines roten Flitzers. Und er genoss das Beisammensein mit Anna.
Sie hatte weitere Fragen: „Wie hat er die Leiche vom Wohnwagen in den Pfisterwald hinaufgebracht? Man hat ihn doch fast zeitgleich auf den von euch aufgespürten Kameraaufnahmen noch beim Stallmisten auf dem Hof gesehen?"
„Jetzt pass auf, da siehst du mal, wie raffiniert ein perverses Gehirn von so einem Wahnsinnigen vorgeht. Das hat er nämlich ganz bewusst so inszeniert, um sich ein Alibi zu verschaffen. Smöker hat nämlich, als ich mit Vanessa auf dem Hof war, absichtlich dort das Laptop als Köder liegenlassen. Er wollte, dass wir es stehlen und die Aufnahmen sehen, die ihm scheinbar ein Alibi verschaffen. Zudem sollten die Mails und die übrigen Aufnahmen der Überwachungskamera einen Verdacht auf Pfeifmann lenken."
„Wie hat er es also angestellt?", wiederholte Anna ihre Frage. Alfred gab wieder, was er am Morgen von Junkel dazu gehört hatte: „Smöker hat die Baschimattenbäuerin an jenem Tag unter dem Vorwand, ihr Geliebter sei dort, in den Liebeswohnwagen gelockt und umgebracht. Das war ziemlich genau um 19.50 Uhr. Dann ist er zurück in den Stall geeilt, extra für die Überwachungskamera, und hat bis 19.10 Uhr gemistet. Nach dem Stallmisten ist er mit einem der Füchse vom Hof zum Wohnwagen zurück. Es war eines der Rückepferde, die extra ausgebildet sind zur Arbeit im Wald und in steilem Gelände. Am Wohnwagen hat er den Leichnam dem Pferd aufgeladen und es auf kürzestem Weg bergan in den Pfisterwald geführt. Das hat 20 Minuten gedauert, so dass er vor der Geisterwanderung ankam und exakt um 19.37 Uhr die Tote als Warnung an Veterinär Pfeifmann auf den Waldweg werfen konnte."

Alfred ließ Anna das Gehörte verdauen. Zwischendurch sagte er: „Mir ist übrigens bei der Geisterwanderung im Wald ein Wiehern aufgefallen, das nicht von den Pferden der Schimmelreiter kam, denn die standen unmittelbar bei uns. Heute weiß ich: Das war Smökers Rückepferd, das den Tieren geantwortet hat."

„Du bist ja auch ein echter Pferdekenner", spottete Anna.

Nach einer Weile, inzwischen hatten sie das Obere und das Untere Wirtshaus passiert, fiel Anna noch etwas ein: „Und dann hat Smöker auf Deine Windschutzscheibe geschossen, um dich vom Hof zu vertreiben?"

„Nein, Irrtum!", korrigierte Alfred. „Das war nicht Smöker. Das war Opa Heulupfer, den Smöker dermaßen eingeschüchtert und bedroht hatte, dass er sich versteckt hielt, wenn Polizei oder Schnüffler wie ich und Bert Kleinteich auf dem Hof auftauchten. Aber der alte Herbert Heulupfer ist keineswegs dement oder durchgeknallt. Er wollte die Aufmerksamkeit auf den Hof und auf Smöker lenken. Deshalb hat er meine Windschutzscheibe zerschossen, deshalb hat er mir den Hackklotz vor die Füße geschmissen, deshalb hat er auch die Reifen an Bert Kleinteichs Auto zerstochen. Er wollte, dass wir schnüffeln. Dazu hat er zu drastischen Maßnahmen gegriffen, aber nicht ganz ohne Erfolg, wie du zugestehen musst."

Anna seufzte.

„So klärt sich alles auf. Nur die anonymen Drohungen gegen den Bürgermeister, die kannst du nicht auch noch Smöker in die Schuhe schieben."

„Nein", gab Alfred zu. „Aber sie beweisen, dass es noch mehr Idioten auf freiem Fuß gibt. Es gibt also noch viel zu tun."

Er musste abrupt auf die Bremse treten. Vor ihnen an der Kreuzung beim Balzenhof bog ein Kieslaster mit überhöhter Geschwindigkeit in die Landstraße ein. Er kam von der

Kiesgrube Langenordnach, schnitt Alfred die Vorfahrt und donnerte vor ihm her Richtung Neustadt.
Alfred gab Lichthupe und schickte ihm ein „Arschloch!" hinterher. In diesem Augenblick gab es einen lauten Knall, wie bei einem Gewehrschuss, und die nagelneue Windschutzscheibe des roten Flitzers fiel in tausend Stücke, die nach allen Seiten davonspritzten.
Anna duckte sich, Alfred legte eine Vollbremsung hin.
„Steinschlag!", konstatierte Alfred. Und da er die Rechnung vom Autohaus Schuler in der Jackentasche stecken hatte, wusste er auch schon: „928 Euro!"
„Aber diesmal zahlt die Versicherung", tröstete ihn Anna. „Lass uns das heute bei unserem Veggie-Abend besprechen."

– Ende –

rombach aktuell

Fast zwanzig Jahre waren diese beiden ersten Alfred-Krimis vergriffen. Nun liegen sie in überarbeiteter Neuauflage als Doppelband vor.

Keltenkult und Kuckucksuhren

Realschullehrer Konrad Horch, der im Hochschwarzwald den Kraftorten der Kelten nachspürt, landet zusammen mit Alfred beim Weltcup-Springen in Neustadt wo ein kurioser Kuckucksuhren-Schmuggel auffliegt, bei dem es um viel mehr geht als um touristischen Andenkenkitsch...

Hirschsprung

Erneut fällt eine Leiche vom Himmel, diesmal am Hirschsprungfelsen im Höllental. Der Tote war Jäger. Mit dem notorischen Jagdgegner Marian Ziggl recherchiert Alfred hinter dem Toten her und landet am Ende im Schwarzwaldpark in Löffingen, wo zwei dubiose Wilderer die Reh- und Wildschweinbestände dezimieren...

Erhältlich in Ihrer Buchhandlung

Roland Weis
Keltenkult und Kuckucksuhren / Hirschsprung
304 S., 13,5 x 21 cm
14,90 €
ISBN 978-3-7930-6121-2

rombach verlag

info@buchverlag.rombach.de
www.rombach-verlag.de